U0909475

THE ROAD TO SCIENCE FICTION

科幻之路

16

平凡与奇迹

[美国] 詹姆斯·冈恩 编著
James Gunn

万年看客 等 译

译林出版社

图书在版编目（CIP）数据

平凡与奇迹 /（美）詹姆斯·冈恩（James Gunn）编著 ; 万年看客等译. -- 南京 : 译林出版社, 2025. 1.
(科幻之路). -- ISBN 978-7-5753-0430-6

Ⅰ. I14

中国国家版本馆CIP数据核字第2024WF0352号

著作权合同登记号 图字：10-2023-21 号

平凡与奇迹 ［美国］詹姆斯·冈恩 / 编著 万年看客 等 / 译

策　　划 姬少亭 李兆欣
统　　筹 吴莹莹
责任编辑 李　蕊
翻译监制 东方木
装帧设计 孙逸桐
责任校对 王　敏
责任印制 闻媛媛

出版发行 译林出版社
地　　址 南京市湖南路 1 号 A 楼
邮　　箱 yilin@yilin.com
网　　址 www.yilin.com
市场热线 025-86633278
排　　版 南京展望文化发展有限公司
印　　刷 南京新世纪联盟印务有限公司
开　　本 880 毫米 × 1240 毫米 1/32
印　　张 7.75
插　　页 1
版　　次 2025 年 1 月第 1 版
印　　次 2025 年 1 月第 1 次印刷
书　　号 ISBN 978-7-5753-0430-6
定　　价 65.00 元

目录

斯堪的纳维亚与芬兰篇

瑞典、挪威、丹麦与芬兰的科幻小说发展历程大同小异：20 世纪之前，这几个国家都出现过若干星际航行题材的作品以及零星的乌托邦作品；20 世纪上半叶都出现过几部未来主义或者太空题材的小说；然后在 20 世纪 50 年代都迎来了一阵科幻大繁荣，就像同时期的法国、德国、东欧和苏联一样。

萨姆·伦德瓦尔和约翰-亨利·霍尔姆贝里在《科幻小说百科全书》中评论说，斯堪的纳维亚地区由于地处偏远、社会贫困以及遭受战争摧残，错过了 18 世纪的启蒙时代。丹麦著名戏剧家路德维希·霍尔堡（Ludwig Holberg）创作了《地下世界之旅》（*A Journey to the World Under-Ground*，1741）；瑞典有克莱斯·伦丁（Claës Lundin）的《氧气与芳香》（“Oxygen och Aromasia”，1878）；芬兰有阿维德·莱德肯（Arvid Lydecken）的《星际之间》（“Tähtien tarhoissa”，1912）。弗拉马里翁和儒勒·凡尔纳的作品在出版后不久就被翻译成了瑞典语，而瑞典的科幻杂志中持续时间最长的一份正是《儒勒·凡尔纳杂志》（*Jules Veme-Magasinet*，1940—1948；后被伦德瓦尔复刊）。

斯堪的纳维亚科幻舞台上第一个引人注目的人物是奥托·维特（Otto Witt），他是一位矿业工程师，1912 年回到瑞典，出版了几十部充满了被伦德瓦尔和霍尔姆贝里称为“疯狂点子”的科幻小说。而且，他还创办了瑞典第一本现代科幻杂志《福金》[1]（*Hugin*），从 1916 年发行到了 1920 年。有趣的是，他曾在德国宾根的中等技术学校学习，雨果·根斯巴克和卡尔·汉斯·斯特罗布（Karl Hans Strobl）也正是在他求学期间分别在美国和奥地利创办了各自的科幻杂志。

20 世纪初，以超级科学家和发明家为题材的小说在瑞典和芬兰很常见。20 世纪 50 年代初，引进的美英两国科幻作品向芬兰和丹麦的读者揭示了英语国家的人们正在从描写变化的文学作品当中接受怎样的内容。但是在瑞典，哈瑞·马丁松（Harry Martinson）的《阿尼阿拉号》（*Aniara*，1953）可能具有堪比英美译作的影响。这部史诗作品被卡尔-比尔格·布隆达（Karl-Birger Blomdahl）改编成了歌剧《阿尼阿拉号》（*Aniara*，1959）。马丁松本人则在 1974 年荣获了诺贝尔文学奖。

伦德瓦尔和霍尔姆贝里写道：“幻想文学从来都是斯堪的纳维亚主流文学的一部分……科幻与奇幻的分界线在这里很模糊，而且大多数斯堪的纳维亚作者们都曾涉猎过幻想文学领域。荷兰和拉美的魔幻现实主义作品如今能在斯堪的纳维亚火爆流行，可能也是这种历史态度的结果。”因此，在瑞典——在斯堪的纳维亚地区的其他国家或许也是如此——科幻作品往往以普通版形式在书店里销售，而“来自美国和德国的廉价译本……在书报亭销售，但是不会进入书店……斯堪的纳维亚和欧洲大陆的其他地方很像，没有专门

1.“福金”是北欧神话中奥丁肩头的两只乌鸦之一，代表“思想”。

的科幻产业，而是拥有一个基于古老欧洲传统的幻想文学世界；这个世界所汲取的养分来自 E. T. A. 霍夫曼、阿德尔贝特·冯·沙米索（Adelbert von Chamisso）、德国的狂飙突进运动（Sturm und Drang）、法国的荒诞玄学，以及意大利和俄罗斯的未来主义，而不是英语科幻作品”。

丹麦有三大科幻作家。首先是安德斯·鲍德森（Anders Bodelsen），其代表作是《冰点》（*Frysepunktet*，1969）。评论家奈尔斯·戴尔加德认为这部作品堪称“以其他方式延续现实主义”的典范。第二是斯文·奥厄·马森（Svend Åge Madsen），他的短篇与长篇科幻小说代表作包括《中时期[1]的美德与堕落》（*Tugt og utugt i mellemtiden*，1976）、《面对晨光》（*Se dagens lys*，1980）和《让时间流逝》（*Lad tiden gå*，1985）等，代表了“他自己独特的科幻类型”。第三是英格·埃里克森（Inge Eriksen），她创作了一套“雄心勃勃的四部曲”——《没有时间的宇宙》（*Rummet uden tid*，1983—1989）。

在芬兰，根据于基·伊亚斯［Jyrki Ijäs，笔名尼洛·尤哈尼（Nilo Juhani）］的说法，最好的芬兰新锐作家是乔汉娜·斯尼萨罗（Johanna Sinisalo）、艾力·特冯内（Ari Tervonen）和艾娃-丽莎·特胡恩（Eeva-Liisa Tenhunen）。身为批评家的伊亚斯帮助创办了杂志《时间机器》（*Aikakone*），他本人还是《伊卡洛斯》（*Ikaros*）杂志的出版人与编辑。芬兰的其他科幻杂志还有《飞旋》（*Spin*）、《门》（*Portti*）和《星际漫游者》（*Tahtivaeltaja*）。

根据伦德瓦尔和霍尔姆贝里的说法，挪威作家约恩·宾（Jon Bing）和托尔·阿格·布林斯瓦德（Tor Åge Bringsværd）“已经离

1. 作者杜撰的“历史学术语”，“约指公元 1500—2000 年”。

开了科幻流派，或者说他们的书通常由主流出版社出版，没有贴上科幻的标签”。他们还把芬兰的库莱沃·库卡斯耶尔维（Kullervo Kukkasjärvi）也归入了同一类别。此外还有些主流作家有时也会创作畅销的科幻作品，例如瑞典的佩尔·克里斯蒂安·耶西尔德（P. C. Jersild）、乔治·约翰森（George Johansson）、彼得·尼尔森（Peter Nilson）和佩尔·瓦勒（Per Wahloo），以及挪威的阿克塞尔·延森（Axel Jensen）。

瑞典的主要科幻作家有伯耶·克罗纳（Börje Crona）、卡尔·约翰·霍茨豪森（Carl Johan Holzhausen）、丹尼斯·林德玻姆（Denis Lindbohm）、伯特尔·马滕森（Bertel Mårtenson）和斯文·克里斯特·斯万（Sven Christer Swahn）。斯图雷·伦纳斯特朗（Sture Lönnerstrand）担任过《惊！》（*Häpna!*）杂志的联合主编，并且创作了科幻文章、科幻短篇以及长篇青少年小说，从而在瑞典推广了科幻。萨姆·伦德瓦尔是瑞典南部地区的主要科幻人物之一，尽管他的作品主要在主流文学界发表。他曾担任过作家、编辑、出版商、评论家、翻译家，也是世界科幻大会以及科幻迷组织当中的重要人物。

斯堪的纳维亚科幻界的一大积极因素在于科幻迷群体十分活跃。1956 年，第一届瑞典科幻大会在隆德举行，类似的聚会在芬兰和丹麦也很常见，丹麦还赞助了几次国际聚会。斯堪的纳维亚地区每年大约会出版 100 多种科幻书籍，其中三分之二是翻译作品。但伦德瓦尔和霍尔姆贝里指出，斯堪的纳维亚地区的科幻出版也和欧洲其他地区一样面临着图书销售量下降与专业出版机构纷纷关门的问题。

（万年看客　译）

丹麦实验

科幻小说的发展要通过两种作家来实现：一种试图扩大科幻小说的创作范围；另一种则运用科幻题材来实现个人目的。正如伦德瓦尔与霍尔姆贝里所说，在斯堪的纳维亚地区最有趣的科幻作家都属于第二类，例如丹麦的斯文·奥厄·马森。

马森曾经学习数学，但很快就转向了小说写作。他最早的科幻作品是秉承法国新浪漫主义风格的实验性创作，分别是《到访》（*Besøget*，1964）和《添加》（*Tilføjelser*，1967），这两部作品让他获得了"晦涩难懂"、文风内向并且抱有卡夫卡式世界观的名声。然而，在 20 世纪七八十年代，他对流行体裁产生了越发浓厚的兴趣，尽管依然采取着他自己的探索性、实验性创作方式。可读性的提升扩大了他的读者群，今天他并不反对被视为科幻小说作家。

《谟涅摩叙涅之子》（"Mnemosynes børn"）的译者约翰·黑耶（Johan Heje）认为，马森把各种小说类型都看作生活的范式，作家们基于这些范式展开写作游戏，而科幻则是他最常使用的类型。他的长篇和短篇小说都是基于现实本质以及表象的推演而非虚构［类似乔治·R. R. 马丁的《灰烬之塔》(*This Tower of Ashes*)]。“如果所有对现实的感知都是相对的，”黑耶在谈到马森的作品时说，“那么不妨把所有的现实都视作虚构。”马森尤其关注人类在陌生异质的宇宙中的困境，因此时间旅行和平行世界这两大题材特别适合他。黑耶将马森比作塞缪尔·R. 德兰尼，但马森的兴趣也类似于菲利普·K. 迪克，而且他在创作生涯后期的多部小说中都采用了同一套场景设定，即1870年至2040年之间的奥胡斯市。这一设定也类似于J. G. 巴拉德的《朱红沙滩》(*Vermilion Sands*，1971)或爱德华·布赖恩特的《丹砂城》(*Cinnabar*，1976)。

《谟涅摩叙涅之子》中设置了一颗距离地球1 025光年的行星，让它映照出2050年前的地球(奇妙的是，本卷中还收录了中国科幻作家郑文光的《地球镜像》，其中也采用了类似的概念，在那个故事里，地球被它的镜像行星观察，但结果却大不相同)。文中的科技手段可以将这些镜面图像转播到电视上，致使公众大为着迷，以至于人们几乎对于其他一切事物都失去了兴趣。在这方面，这部作品类似于布赖恩·W. 奥尔迪斯的“赫星三部曲”(Helliconia trilogy)中的观测卫星“亚维努斯”[1]，它将发生在赫星上的生死戏剧发送回遥远的地球。科技手段提供图像的设定类似于T. L. 谢雷德在1947年创作的《E代表努力》(“E for Effort”)中的时间探测相机的拍摄结果。这些图像带来的不安则类似于艾萨克·阿西莫夫在1956年创作的《逝去的往昔》(“The Dead Past”)中“时光镜”(chronoscopy)所导致的结果。

在《谟涅摩叙涅之子》中，“戏剧”是人类的历史。但是作品设定的情境同样赋予了马森讨论身份问题的机会。奇怪的教派纷纷

---

1. 希腊湖泊名，在神话中是地狱的入口。

涌现，一派人在等待基督的到来，另一派人则自称谟涅摩叙涅之子（谟涅摩叙涅是希腊神话中的记忆女神），他们认为荧幕上的人其实是活生生的，而观众才是镜中虚像。《谟涅摩叙涅之子》的文本看似简单，其实却隐藏了不止一层意义。这一安排可能是针对人们的普遍信念的评论，即除非得到电视报道，否则任何事物都不算真实，甚至还有许多观众觉得电视剧中的角色及其所属的现实要比自己身边的人与环境更加可信。

（万年看客　译）

谟涅摩叙涅之子

[丹麦]斯文·奥厄·马森 著

[丹麦]约翰·黑耶 英译

[美国]詹姆斯·冈恩 改写

去拿晨报时他的托加袍被钩住了，他再次打开门，试着把衣服从门把手上解下来，这时，远处的街上传来了两三声巨响，可能来自一辆噪声巨大的摩托车，或是一支枪。他迅速把门关上了。

他走进中庭时经过了一面镜子，顺势理了理衣服，又饶有兴致地注视起镜中反射的影像，他看起来冷静而坚定。

他的妻子斜倚在一张木制沙发上，穿着一件昂贵的斯巴达式帔络袍。尽管样式早已过时，但显然她很喜欢它，不舍得扔掉。他亲了亲她的脸颊，他们喜欢彼此。

她要求他为自己读新闻，他嘟囔着说要是她戴上眼镜的话就能自己看了。她让他别用那个词，戴上眼镜让她看起来活像未来的遗物。

他发了两句牢骚，但实际上他很喜欢他们一起讨论当天的新闻事件，这是他们的晨间仪式。

他将薄薄的《日德兰每日邮报》放在一旁，坐到洒进房间的阳光下，拿起那份厚厚的、插图丰富的《往昔每日》。

“卢克莱修[1]还没死！”还没等他将报纸拿到与视线持平的位置，他就大声喊道。

“谢天谢地！”她半抬起头，“这说明还有希望。新闻怎么说的？”

他读道：“原本被认为将于今年自杀身亡的提图斯·卢克莱修·卡鲁斯，于昨日下午被人看到与他的朋友盖乌斯·马塞拉斯[2]交谈。他看起来精神状态良好，谈笑风生，毫无抑郁的迹象。”

“他会再写一卷书的。”她说，“我早就知道，他会再写一卷。”

“我们早就知道这点。”

“机会错过了。他闭门不出，在家待了那么久，他写作的时候总是这样。我们没看到他，真是太可惜了。我们又不总是能看着，可能他今天还会出来。”

“但我太了解他了，我用半只眼睛都能发现是不是有什么不对劲。他可能表面保持微笑，但内心依然灰心丧气。可怜的人，拥有如此天才却……我真希望我能帮他，一个这么绝望的人。”

“天才可有点言重了。”

她狠狠盯了他一眼。这让他补充了一句：“他曾说的那句从没人说过的话是什么来着？”

“Eadem omnia semper.”

他去够那本拉丁文字典。出于对他无知的怜悯，她在他拿到之前先说了：“诸事皆相同。”她继续引用道：“世界上没有任何事物会化为乌有，一切都会在某天卷土重来。”

“有远见，真正的远见卓识。”

她不确定这是不是讽刺，又或许因为对这个话题感兴趣，她继

1. 罗马共和国末期的诗人和哲学家，著有《物性论》。
2. 罗马共和国一位执政官，此处英文转译疑有误，因为卢克莱修实际与另一位罗马演说家、诗人盖乌斯·梅米乌斯交好，将《物性论》题献给他，而非这位盖乌斯·马塞拉斯，两人名一致，姓不同。

续说道："他教会我的不只这个。真的，你应该试着去理解。他让我意识到神灵确实存在，但祂们更倾向于生活在永恒的极乐园中，不去干扰世界或人类的命运。"

"这你没法怪祂们。"

"因此我们应该竭尽所能去模仿祂们：无所顾虑地生活，享受生命赐予我们的一切。所以可能你也应该放弃那篇文章。"

他抬起头，没有为自己辩护。可能他会放弃他的决定，可能就是在这一刻他掐灭了希望，谁也无从知晓。

一阵沉默之后，她要求他继续。他捡起报纸读起来："罗马的金价持续下跌。"

"没什么能比经济新闻更无聊的了。"

他嘀咕着万事皆有关联，接着又打断了自己的话："她开始雕的果然是一尊佛像。"

"谁？"

"印度那个女人。几天前她开始在木头上雕像，同时听她丈夫讲着故事，那个故事将构成《摩诃婆罗多》的一部分。"

"而我们曾讨论这是多么可笑的事啊：他们正在各自建立宗教，彼此独立，各不相干。"

"正是。我们说对了，结果她雕的就是一尊佛像。"

"这样的情形有种迷人之处：两大世界级宗教就在日常生活中酝酿成形。我很高兴我们注意到这件事。有什么地方新闻？"

"干旱可能在日德兰持续几年。"

"太糟糕了。孩子们正遭受严重的饥荒。"

"大人也一样。这还有一篇讨论昨天人祭的社论。"

"他们还没争论完吗？"

人祭是他们一起看的。一根绳子的两端分别绑在一个年轻人和一头小公牛的脖子上。那年轻人身穿束腰带，公牛涂着油彩。起初，那个男人很不情愿，但是他的部落同胞跟他讲话，做着向上恳求的手势。终于，这个可怜的“恶魔”屈服了，他后悔地耸耸肩，将套在头上的索套拉紧，绳子在他和牛之间绷紧了。公牛感觉到绳子收紧，站住了。随后，人们在这两个被捆缚在一根绳上的生物之间点起了火堆，公牛马上向前猛冲……在这场不平等的较量中，男人很快放弃了抵抗，抽搐了几下，死了。他的尸体被扔进了一个半干涸的湖里。

他们一起看了这场自我献祭，他和他的妻子。他们无力地牵起手，然后又紧紧地握住对方的手。她眼含泪光。他们再一次讨论起相关经验。她跟他解释，根据卢克莱修的说法，活人献祭是宗教施加在人类身上最残酷的罪恶之一。他们都被看到的画面深深触动了，说话声很清晰，伴随着一两声轻微的噼啪声，仅此而已。

欧洲的早晨尚未来临。那是他们最关心的一片区域。黎明的曙光洒在东方。他们调到历史调查频道，屏幕上显示着各种为人熟知的场景片段，没什么引起轰动的画面。一处居住地的女人照顾着婴儿，男人准备下地劳作；一个石器时代的部落又开始内斗，看架势好像所有人要同归于尽。

他的妻子说着什么：“……对了，是闰年？”

他把还拿在手上的那份《往昔每日》翻到头版，读上面的日期：“公元前 55 年，4 月 16 日。”

“傻瓜，”她说，“我知道。”不过她还是本能地看了一眼墙上的撕页日历，确保上边的日期是同一天。“我只是刚好想到点儿事。夏天很快就要结束了，今年是闰年，对吧？”

“怎么了？”

“那么奥林匹克运动会要开始了，不是吗？你曾经对这个特别感兴趣的。”她找到了他放在一旁的另一份报纸。

“1996 年 8 月 7 日，我说嘛。”

“那恐怕现在已经结束了，如果今年确实举办了的话。”

“为什么没举办呢？”

“我想，人们还有别的事要忙。”他嘟囔道。

他转向自己的文章，他还没放弃。直到太阳在欧洲大陆升起之前，他都会全神贯注地做这件事，他很执着。

他得从头开始读才能记住所有的内容，在过去的 24 个小时里他都还一直没动笔。

我在镜中观察到的影像并非我自身，即使是在我观看的瞬间，我看到的自身形象也是几分之一秒前的自己。对我们所有人而言，这都是显而易见的。我所处的位置离镜子越远，光需要穿越的距离就越长，从我到镜子，再从镜子返回到我身上。我需要离镜子多远，才会感觉看到的影像是我自己呢？

没人能忘记九年前，当来自那个未知行星的第一批信号被截获所引起的轰动。如今，我们知道它叫谟涅摩叙涅星。当时我们以为人类有史以来第一次与来自外星的生物建立了联系。

而当真相被逐渐揭开，它所引发的兴奋之情更是有过之而无不及：谟涅摩叙涅星其实是一个镜像行星，大约距离我们 1 025 光年之遥。我们收到的信号并非从那里产生，而是地球上光景的镜像反射，因此，从信号发出，到我们再接收，路上需要约 2 050 年。

当电视频道开始每天定时播放这些镜像画面之后，大部分人仍然啧啧称奇，他们惊讶地发现自己对人类的过去有如此强烈而持久的兴趣。五年里，研究员致力于降噪、放大、改善信号，使得图像的画质终于达到了惊人的清晰度，人们也始终保持着浓厚的兴趣。每天，人们都忙于讨论和记录即将追看到的过去时日，对它的期待远远高过了对现实生活的年代的兴趣。

许多人认为这只是好奇心作祟，预测这种风潮不过会流行一时，很快就会跟其他现象一样，局限在一个合理、有限的范围之内。

人们做梦也没能想到接下来发生的一切。

我不用提所谓的“失业”问题——随着形势的发展——在两周内就被解决了：因为人人都拒绝每天在一个被禁止观看谟涅摩叙涅图像的地方浪费八小时。这意味着需要制定一种更公平的方法，合理分配必须的工作时间。

我不用提那些迅速衰落的传统电视节目，它们如今被大幅削减，取而代之的是翻来覆去播放的《斯巴达克斯》《宾虚》《尤里乌斯·恺撒》，以及历史调查和预测节目。

我不用提飞速扩张的新基督教教派，他们宣扬55年后（如果不是48年或者57年后）耶稣基督将再次降临人间，最后的审判日也会随之而来。

我不用提那些昔日的圣徒，现在他们都急不可耐地观看自己祖父母的降生。

我不用提“谟涅摩叙涅之子”运动，他们宣称：我们才是那些镜中影像，而这些我们怀着浓厚兴趣每天观察的人群才在真实地生活着。

我不用提时尚和品位方面的彻底转变：现在，一个身着西装的男人就如同一个食人族置身于一群传教士间般奇怪。

我真正想提及的是由这些镜像导致的人类心智的彻底改变，这是一种对人类来说更为重要的后果，它被称为“衰老效应”，让我们都像一群傻瓜那样对现实感到困惑，只有那些发生在久远过去的事情能引发我们的一丝兴趣，而关于我们自身的生活已经没人在意。

“那是什么声音？”

他妻子带着焦虑的喊声打断了他的阅读。“听起来像一个炸弹。”

“现在可不要发生电路故障，天越来越亮了。”

“今天有什么事发生？”

“有人在罗马被钉上十字架。”

“他们的情况都非常相似。”

“我不喜欢你谈论他们时那种漠不关心的语气，他们是有独立思想的人，如果我们不去纪念他们，这些人就白死了，被人永远地遗忘了。”

“他们独特的死亡方式将被录下来，就像所有别的事一样。”

“录像带并不是现实。另外，谁有工夫去看一遍这些旧带子？”

“那就是历史学家的工作了，我想。”

“但总会有新的事情发生。”

“光是丹麦就有差不多 500 万个历史学家。”

“瞎说。”

“其中 10 万人记录了每一个琐碎的细节：瓦埃勒峡湾北部的人从什么时候开始穿新式的树皮鞋；另有 10 万人把这些细节分类编

目、系统整理；还有 10 万人在提供更广阔的图景，并将其纳入历史的情境中；还有至少同样数目的人在科普这些素材，或解释为什么事情会如此发生。”

“要是你写的那篇文章让你脾气这么暴躁，你是不是不该写了？再说谁会去读它呢？”

“难道你没意识到正发生在我们身上的事吗？”

“是的，我们一步一步离理想状态更近了：沉静的心灵，成熟的思考。”

“但那真的是好事吗？可能我们应该团结起来……予以回击……”

“你请便，但是饶了我吧，斯巴达克斯。恺撒马上就要建完横跨莱茵河的大木桩桥了。”

“我们是不是这几天都没看到相关的消息了？”

“天空一直阴云密布，他们保证说今天那片区域的天会放晴。”

“好吧，我就不看了，我想完成我的文章。”

“西塞罗可能会朗读他关于修辞学的新作。专家们会对照文本收看，他们希望能据此取得阅读唇语方面的进步。”

“专业的问题就交给专家吧。”

“如果有一天他们能将声音放大到让我们听清楚，那就真是太好了。”

“如果一切在没达到那一步之前就停止了呢？”

“我真心希望不会。不然我们能做什么？我可不想错过维吉尔青年时期的作品。”

“那我们自己的时代怎么办？”

“你无法期待你根本不知道的事物。但是去见证那些期待已久的事情发生，这要快乐得多。”

“我没法为自己辩解。我是个老人了，只是想告诉同时代的人，比起重温旧梦，他们更应该重新坠入爱河。”

“你从哪来的这些想法？你去其他房间好不好？每当你写作的时候我就很难集中精神。另外，你是要订购一双你说过的树皮鞋吗？”

他起身，他还没有放弃。

“要是剧场有什么新消息，能叫我一声吗？”他把电脑夹在腋下，一边问一边往外走。

“剧场？”

“庞贝正在建的那个，第一个石头造的剧场。”

她对他微笑，他们常常对彼此微笑。他走进另一间玻璃屋顶的房间。他坚持往下写。

我们记得那些事件。但同时它们也在逐渐淡去，感觉越来越不真实，正如同最近发生在我们周遭的一切事情那般。唯有从谟涅摩叙涅获得的那些体验，给我们留下了难以磨灭的印象。

他一次只能写一点儿，写作很艰难，几乎带着痛苦。尽管如此，他还是继续写，每写出一个段落，他的脸庞就像被点亮一样。这就是人们曾经说过的，所谓幸福的感觉吗？

他是独特的，尽管他对此一无所知。他属于接收到过去图像讯号的第一代人。对他来说，这还不是理所当然就能照单全收的事，它也带来一种强烈的现实感。同时，他也是体会到这种强力的反叛意识的最后一批人，他们坚持着不屈不挠的抗争。尽管，他也深知没人会读他的文章，他义愤填膺、费尽心力写就的文章。因为还没人意识到情况有多么严重。

要等到未来某天，才会有人知道。

要是他意识到他有多么特别就好了。

“瑟伦，”他的妻子叫道，“这太棒了！”

他赶紧跑过去，但是屏幕上只有一个铁器时代的男人在一片灌木丛里爬行，可能正在东海岸的某个地方狩猎。

“克里斯提娜打电话来了。你记得她吗？我姐姐。”

他点点头。

“《往昔每日》想多报道些卢克莱修的晚年生活。克里斯提娜推荐了我。她正在写关于一些东欧部落饮食习惯的文章。我会每天写一写卢克莱修在做什么。”

“恭喜你，”他说，真心为她感到高兴，“让我们祈祷他会活得长长久久。”

“如果我写得好，可能他们之后也会派给我一些别的任务。”

还没等他消化这个好消息，他的眼睛就被小报的头条大标题吸引了，他浏览了一下副标题。

“你听说了吗？”因为太激动，他有点结巴，“俄罗斯人拦截了另一颗镜像行星发的信号。”

“你说什么？”

“回声，他们这么叫它。据推测离我们只有200光年远。只是一些微弱的信号，但他们已经在忙着完善数据了。”

“什么时候？我头发晕。”

“快了，我确定。他们已经掌握了技术。”

“我是说，数据来自什么时代？”

“可能是16世纪晚期。如果他们对200光年的距离推测没错的话，莎士比亚、伽利略、克里斯蒂安四世的时代。”

“第谷·布拉赫。苏格兰人的女王玛丽？”

“有可能。还有卡尔德隆！嘿等等，这还不止，美国人还计划发射一颗卫星，一颗高速的人造镜像，这样就能观察我们自身的时代，随着这颗卫星离我们越来越远，时间从后往前倒带，就能看到我们的世界越变越年轻！”

他的妻子坐了下来，她抓着脑袋。“太多了，这让我有点恶心。一次不要过多。”

他很体贴地走回了他的电脑旁。看着自己的文章，他摇了摇头。

“我不能冒这个险，万一有人把这篇文章当真，就糟了，”他喃喃自语，“只是我不得不预先想到。”

他瞬间按下了全文删除键。

一切就在我眼前发生，而我完全无力制止。

我是最后一个怀抱希望的人吗？最后一个相信有一线机会跳出这个陷阱的人吗？我们都无可挽回地成了谟涅摩叙涅的受害者？

他透过屋顶向上瞥了一眼。就像其他大部分家庭那样，几年前，他们就把屋顶换成玻璃的了。

他遗憾地耸了耸肩。

我感觉仿佛从我头上传来了一声深深的叹息，我本能地抬头，透过我家的玻璃穹顶向上望去。

（吴倩　译）

神奇的瑞典

说起科幻小说在瑞典的发展，就不能不提到萨姆·J. 伦德瓦尔。多才多艺的伦德瓦尔不仅是作家、编辑以及出版商，还是专业摄影师、电视制作人、电影导演、作曲家和歌手。1952 年，年仅 11 岁的他发表了平生第一部科幻作品，一部为瑞典电台制作的科幻剧。1956 年，也就是伦德瓦尔 15 岁时，他开始活跃在瑞典科幻界。他于 1963 年开始售卖短篇小说，于 1965 年出版了自己的第一部作品集《我们时代的歌》(*Visor i vår tid*)，于 1969 年出版了自己的第一部科幻小说研究报告《科幻：从最初到今天》(*Science Fiction: från begynnelsen till våra dagar*)，1971 年该报告由他本人英译为《科幻：究竟是为了什么》(*Science Fiction: What It's All About*)。这是继 J. O. 贝利的专题论文《穿越时空的朝圣者》(*Pilgrims Through Space and Time*，1947）和金斯利·埃米斯在普林斯顿大学所作的克利斯蒂安·高斯系列讲座[1]——《地狱新图》(*New Maps of Hell*, 1960）——

1. 该系列讲座设立自 1949 年，为纪念普林斯顿大学历史系主任克里斯蒂安·高斯而以其命名，旨在为人文学科提供讨论、研究和思想交换的平台。——编注之后的第一篇公开发表的科幻小说一般性研究报告，比布赖恩·W. 奥尔迪斯的《十亿年狂欢》(*Billion Year Spree*) 早了两年，比詹姆斯·冈恩的《或然世界：图说科幻史》(*Alternate Worlds: The Illustrated History of Science Fiction*) 早了四年。

《科幻：究竟是为了什么》的出版为伦德瓦尔的后续一系列科幻作品打开了门路。首先出手的是王牌图书公司（当时的主编是唐纳德·A. 沃尔海姆），DAW 图书公司也紧随其后。这一轮出版的作品包括《如今英雄不合时》(*No Time for Heroes*，1971)、《爱丽丝的世界》(*Alice's World*，1971)、《征服者伯纳德》(*Bernard the Conqueror*，1973) 和《2018，或金刚蓝》(*2018, or The King Kong Blues*，1975)。此后只有《科幻图说史》(*Science Fiction: An Ilustrated History*，1978) 以及他与奥尔迪斯合编的《企鹅世界科幻小说选集》(*The Penguin World Omnibus of Science Fiction*，1986) 被翻译成了英语，但他依然还在从事科幻创作并在瑞典出版作品。其中，《崩溃》(*Crash*，1980) 描述了一位瑞典科幻作家在美国出版界的冒险经历。

伦德瓦尔精通英文，早年频繁从事翻译工作，与世界各地各种水平的作者与爱好者都有接触，还曾经与世界科幻大会以及约翰·W. 坎贝尔奖合作评选过年度最佳科幻小说奖，因此他在科幻领域名气很大。他于 1970 年在瑞典接管了埃斯基德与谢内库尔公司的科幻编辑工作，并在 1973 年创建了自己的出版社“德尔塔”(Delta)，每年出版约 20 本科幻书籍，并使《儒勒·凡尔纳杂志》复刊。尽管德尔塔出版社在 1991 年倒闭，但伦德瓦尔成立了自己的出版机构“萨姆·J. 伦德瓦尔现实与幻想”(Sam J. Lundwall Fakta & Fantasi)，继续发行杂志。他还翻译了 400 多本书，其中许多是科幻作品。他的学术研究使他成为了斯堪的纳维亚科幻界的权威，而且他还在瑞典出版了一系列科幻书目以及批评与小说选集。

《时光永驻》(“Time Everlasting”)原本用英语创作，是为《来自行星地球的故事》(1986)所写。这部作品假想了一种将人类的思维模式插入外星人头脑中的过程，它所涉及的时间概念类似于库尔特·冯内古特在《五号屠场》中“特拉法玛多人”(Trafalmadorians)的设定，但是冯内古特将共时性的概念用于讽刺，伦德瓦尔却看到了其中蕴含的悲剧。

(万年看客　译)

时光永驻

［瑞典］萨姆·J. 伦德瓦尔

遭到拒绝后，我试图继续留下来，但是，他们当然不会允许。我已经尽力了，也可以说没有。现在，我只是一个麻烦，一个需要被尽快轻松解决的难题。而且，我也许还得知了什么事情。

事实上，我暗示了他们我已经知道了一些事。我以为这会迫使他们把我送回基地，在那里外星人可以让我活下去，也可以把我杀死，随他们的便。相反，我强迫他们把我转移到别处，转至瑞典北部，远离斯德哥尔摩郊外的空军基地，那是我和另外两名联络员曾经被关押的地方。这样做有好的一面：他们让我女儿飞了过来，我从来没指望过能再见到她；但也有不好的一面：我再也不能做联络员了。这扇门不可避免地完全闭合了。

另一处空军基地，一个战时机场，大小和一条加宽的高速公路差不多，周围是一些不起眼的建筑，坐落在一望无际的林地之间。我的女儿在湖边度日，每天要么由一个长头发的新兵监护陪伴，要么在电视上看挪威、瑞典、芬兰和俄罗斯的儿童节目。我和一些温文尔雅的男男女女在树林里漫步，这些人都比我年轻多了，他们来个一两天，甚至一个星期，然后启程去往比较和加总数据结果的地方。我对这些从来不感兴趣。瑞典北部地域宽广，人迹罕至，即使你走上几百英里，也看不到人类居住的迹象。在这片辽阔的荒野上，很容易迷失方向，这里的夜晚与白天一样明亮，日子在不知不觉中流逝，那里的人似乎从来不睡觉。我已经迷失在时光深处，一点儿也没注意到。

“我接替了她。”我对一个在那里待了一段时日的年轻女子说，她今天比平时看起来更亲切些。她又矮又胖，满脸堆笑，有一股难闻的口臭，还勇敢地陪我走了好几英里，努力装作很享受的样子。当然，她知道是我取代了她，而不是她取代了我，所以我才这么有趣。“我取代了她，”我说，“还杀了她。”

“是的。”

“我想他们假装视而不见，”我说，“我认为杀了她对他们来说无关紧要。这个人，我认为，对他们无足轻重。”我瞥了她一眼，她笑了笑。“是她，”我说，“或者他，或者它，不管是谁。”

“是的。”

我们站在一处高地上俯瞰湖面。我的女儿和那位无聊的新兵在那里划船。她很快就发现自己可以对他呼来唤去，让他乖乖服从，于是便把他指使得像个小学生一样跑来跑去。他似乎不太介意。“我也失去了她，”我说，“这真是唯一让我伤心的事情。”

她没明白过来。“是的。”她笑着说。

“你不怎么说话。”我低头望向湖面。船正在缓缓驶向岸边。

“我听着呢。”

我望着她。“你怕我。”

她又笑了。“我不怕。”

“你不喜欢我。”

“你不喜欢你自己。”她的声音表明她理解并同意我的观点。

“我喜欢我自己，但我觉得我不了解自己。”

“没有人了解你。”

“你了解我。”

“这是实话。”

“这根本就不是实话，”我说，“你在迎合我，那完全是另一回事。”

“这是老习惯了，我一直在迎合你。”

“每个人都在迎合我。”

“这是所有人的老习惯。”

我笑了。“你想知道什么？”

“你是怎么做到的？”

“我爱她。”我说，然后沿着小路走到我女儿所在的地方。她正跳下船，展示着她的渔获。那鱼慢慢死去。当鱼静止不动时，她又把它扔回水里。

我试着向这位精神病医生解释，但没有成功。我无法用语言解释，甚至也不能用图像说明。我被带到斯德哥尔摩郊外的空军基地，一起来的还有另外两名瑞典联络员。联络站建起来了，而我却被拒之门外。事情本该到此结束，不过我控制外星联络员的事让人知道了，这让我变得备受关注。我还杀了她，但当时没有人知道。

“这就是我做的事，”我说，“我取代了她，但我并不知情。我很害怕，我在一个我从未见过的地方，而且对此一无所知，我吓坏了，于是做了一件事……”

她问：“你做了什么事？”

我说：“那对你来说没有任何意义，甚至对我来说也毫无意义。这是一件从未在那里发生过的事情，如此卑鄙，他们连想都想不到，如此可耻，他们都叫不上名字，甚至也没有相应的惩罚。这事简直就没发生过，从来没有。

她说："什么？"

我在那里上了她，她兴致很高，这可以是一次突破，一种接近外星人的方式，也可以是一种斗争手段。如果这事伤害了他们，那就是有用的。我说："我不知道。"她说我应当知道，我确实应当知道，于是我说，我想我们不妨说这是一种非自然行为，正如他们所理解的那样。她说，一种性行为？我说，不，我不这么认为，这不是性行为，与繁殖没有任何关系，这只是一件完全没有发生的事情。我伤害了他们。

"是，"她说，"是的。"

"他们有一种很强的个体意识，"我说，"外星人，这些我接触过的外星人。他们是独立的存在，他们对世界的认知与我们不同，时间观念也不同……"

她看着我。凌晨两点，我女儿又到湖上来了——捕鱼，看着它们死去，然后扔回去。我透过窗户向外望去。

"他们不像我们那样感知过去、现在和将来。"我说，"他们确实觉察出了其中的差异，但这种差异对他们来说毫无意义，所有事情几乎都是同时发生的……因果律对于他们没有任何意义，因和果可以按照任何顺序相互遵循。"我站了起来。"我永远在那里，"我说，"就在她的体内，一场旷日持久的强奸，我分享了她所知道的、将要知道的和经历的一切，所有这些都是同时发生的。对这种生物来说，时间是不存在的，压根儿就没有时间这回事，所有的时间，所有的永恒，所有的过去和未来都被压缩成一个单一的现在。"我站在窗前，望着外面。

"你杀了她？"她问。

"我陪了她一辈子，"我说，"这是一回事。"我转过身对着她。"我不再拥有时间，"我说，"这就是为什么如果他们不来找我，我就必须回到他们那里去。”我对她笑了笑。“我不再属于这里。这就是你害怕我的原因——我失去了你们所有人，甚至那边的那个女孩。”我坐下来。“我在等待，”我说，“我不再拥有时间，我可以永远等下去。”

我坐在那里冲她微笑，直到她走出去。

我在等待。对外星人来说，时间是不存在的。这几个星期和几个月对她来说可能是一个瞬间，也可能是永恒。她可以随时返回，而且不会有任何改变。我杀了她，但对于一个不知道时间的物种来说，死亡只是诸多体验中的一种，她会回来的。

在永恒的海底之夜，无数的金属结核散布在无边无际的深海平原上。在数百万年的时间里，水中的重金属在大洋底部富集成卵石，并最终在海底沉积物中形成数以亿计的金属石。它们大多数都很小，不到一毫米厚，但有些甚至从地质学角度来讲也很古老，而且大小也相当可观。

这些巨大的结核四处游荡。

许多力量相互作用，使这些毫无生机的结核成了深海底部这个一成不变的世界里唯一移动的物体。动作虽小，但永无止境。一百万年的时间，一个结核就可以穿越它所在的大洋。如果所有的因素都能在完全正确的时刻配合，它就能爬上大陆的悬崖，并最终上升到海平面，迎接新大陆的太阳。在其长达百万年的洲际旅程中，物种和人种再次出现和消失，当它以永恒的耐心在水上或水下休憩时，物种和人种将来来去去。在某一时刻，大陆将下沉，而结核将继续它的旅程，穿越深海平原，朝着起点前进。这样，这个小结核，就像奥伯伦[1]一样，能够以一种不可思议的缓慢速度环绕地球，这种速度只存在于我们所代表的转瞬即逝的影子生命中。

1. 传说中的精灵之王，活了六百五十多岁，死时疲惫不堪。

这些石头在永恒的黑夜里游荡，对转瞬即逝的世界漠不关心，也许在思考着它们的石头思想，对此我们无法理解。只要它们移动和生长，地球就不会灭亡。

我看着女儿在沙滩上玩耍，想起那些早在地球上出现生命很久之前就开始流浪的石头，它们在生命消逝很久之后仍将继续流浪。在接下来的几天和几个月里，我在树林里漫步，被无名的影子追赶。我就像儿时那样进行自卫，只走某些小路，从来不碰树根，也不踩到第二块石头上。总有一种新的方法，可以用来贿赂未知的或可能不存在的力量。往昔对我纠缠不休，从那些没有时间的地方一路追寻而来，带着一抹难以忍受的灰色忧伤，对此我无法抵御，但它至今尚未触及我。

就像很久以前乡下的冬天，我跑到山上，身后是白色的草原，前方某处是掩映在云杉树丛里的村庄、乡村小道和红色礼拜堂，以及村里打铁匠红红火火的大型作坊。那里的雪总是黑的，蒙着烟灰，在那儿，就在山坡中间，有一块用黑体字写着村名的黄色标牌：罗克斯塔。我必须跑过去，因为我身后有个东西每时每刻都在不断迫近。当我路过那块牌子时，闷热难耐，喘不过气来，风吹在脸上冰冷刺骨。我转过身，什么也没有。我身后从来都是什么也没有，只有我自己在追着自己跑，在无声而徒劳的悲伤中伸出双臂，这是一种来自过去的悲伤，想得到应得的东西，却永远得不到。宇宙伟大而黑暗，某种危险的东西在身后驱使我前进，所以我必须奔跑，尽管不知道为何，或者如何，我不再朝向——而是背离——事物而奔跑。此时此刻，我就在这里，同时，我也在做着我一直在做的事情，就好像我以前从来没有做过，就好像我理解并发现这是有意义的。我漫步在树林里，想着我在别处所经历的事情，我称之为“爱”，因为找不到更好的词来形容，虽然这和我们所理解的爱毫无关系。这是一件可耻的事情，这些外星人没有给它命名，甚至也不会因此受到任何惩罚。我想起这件事，或者更确切地说，是想起与此有关的记忆，我想起那些坚忍、古老的石头，它们思考着缓慢的石头思想，对别的事情毫不关心。什么都没有改变。一切永无止境。

（刘小落　译）

东欧篇

科幻小说在东欧六国中的发展方式很类似。每一个国家的作者都用不同的语言写作，有时同一个国家的作者也会使用不止一种语言，而且，基于各自的历史渊源、工业化进程以及变幻莫测的战争与政治风云，每个国家都形成了独特的科幻小说经验。比方说，前南斯拉夫虽然也属于东欧国家，却并不比德国或者意大利更加“东方”。

40 多年来，当欧洲其他国家受到英文科幻的影响并发展自己的科幻作为回应时，东欧国家则经受着出版内容的限制，其中许多国家都受到了苏联的影响。虽然面临此等困难，科幻小说仍然在东欧国家生存了下来。

波兰、捷克斯洛伐克、罗马尼亚、匈牙利、保加利亚和南斯拉夫等东欧国家就像欧洲其他国家一样，经历过 18 世纪的奇异旅行与乌托邦思潮，尽管这两股思潮抵达东方的时间也许要稍晚一些。在战后时期，东欧各国当局鼓励科幻的发展。用克日什托夫·索科沃夫斯基（Krzysztof Sokołowski）的话说，这样做的目的在于“提供一种完美的手段，将人们的注意力从单调的现实中转移到美好的未来”。

波兰有一部 18 世纪的月球旅行小说，也就是米哈乌·迪米特里·克拉耶夫斯基（Michał Dymitr Krajewski）牧师的《沃伊切赫·兹达津斯基的生平与冒险自述》（*Wojciech Zdarzyński, życie i przypadki swoje opisujący*，1785）；还有一部 19 世纪的奇幻小说《萨拉戈萨手稿》（*Manuscrit trouvé à Saragosse*，1804 年与 1805 年以法语出版），作者是扬·波托茨基（Jan Potocki）。其他早期的前科幻小说作家有亚当·密茨凯维奇（Adam Mickiewicz）和耶日·祖瓦夫斯基（Jerzy Żuławski）。20 世纪早期有一位启示录文学作家斯坦尼斯瓦夫·伊格纳齐·维特凯维奇（Stanisław Ignacy Witkiewicz），苏联军队入侵波兰让他体会到自己在《永别了，秋天》（*Pożegnanie jesieni*，1927）和《贪得无厌》（*Nienasycenie*，1930）中表达的对于来自亚洲的游牧铁骑的恐惧，以至于自杀身亡。

索科沃夫斯基记录了康拉德·菲亚科夫斯基（Konrad Fiałkowski）、亚当·维希涅夫斯基-斯讷格（Adam Wiśniewski-Snerg）和维克托·茨威基耶维奇（Wiktor Żwikiewicz）等人的经典科幻作品，以及诸如博赫丹·佩特茨奇（Bohdan Petecki）等人笔下的类型科幻。他还提到了自 1982 年起出版的《幻想》（*Fantastyka*），以及非官方的、由个人编辑的《不死鸟》（*Fenix*）这两本欣欣向荣的科幻杂志，还有“庞大且有组织的”波兰科幻爱好者团体。

然而，波兰科幻主要的实体乃是一位超越国界的作家——斯坦尼斯瓦夫·莱姆（Stanisław Lem）。莱姆作品的译本大量传入了美国、英国以及各个欧洲国家，他就像整个东欧科幻界的一尊巨像，受人瞻仰。

捷克的科幻界同样游荡着一个巨大的身影，那就是世界级剧作家卡雷尔·恰佩克（Karel Čapek）。他的前辈包括下列几位：19世纪的月球航行题材作者卡雷尔·普莱斯卡奇（Karel Pleskač），著名主流作家斯瓦托普鲁克·切赫（Svatopluk Čech），雅各布·阿贝斯（Jakub Arbes），捷克第一位系统性创作奇幻题材的作家卡雷尔·娄哈（Karel Hloucha），以及梅托德·苏赫多尔斯基（Metod Suchdolský）。恰佩克富有开创性的剧本《R. U. R.——罗素姆万能机器人》（*R. U. R.*）于1921年出版，1923年得到英译。

斯洛伐克的科幻作品很少，根据伊凡·阿达莫维奇（Ivan Adamovič）和小雅罗斯拉夫·奥尔夏（Jaroslav Olša, Jr.）的说法，在20世纪60年代唯一脱颖而出的作者是约瑟夫·塔洛（Jozef Tallo）。在工业化程度较高的捷克地区，科幻小说在20世纪二三十年代变得更加常见，作者有托马什·鲁比（Tomáš Hrubý）、耶里·豪斯曼（Jiří Haussmann）、玛莉耶·格鲁包甫洛娃（Marie Grubhofferová）和J. M. 托罗斯卡［J. M. Troska，本名扬·马特扎尔（Jan Matzal）］。

二战后，捷克科幻沦为青少年文学与近未来社会主义乌托邦文学，后者的范例是弗兰第谢克·别豪内克（František Běhounek）的硬科幻小说。捷克科幻在20世纪60年代由约瑟夫·内斯瓦德巴（Josef Nesvadba）复兴，他的短篇小说英译本为他在美英两国赢得了不小的名声。路德维克·苏切克（Ludvík Souček）是另一位颇受欢迎的科幻冒险小说作者。

1968年的布拉格之春事件压抑了捷克的科幻发展势头，直到70年代末，新一批科幻作家才开始出现。1982年捷克设立了卡雷尔·恰佩克科幻奖，1990年创办了科幻月刊《伊卡洛斯》（*Ikarie*）。

在19世纪后半期的罗马尼亚，寻根认祖催生了一两篇乌托邦短篇小说以及分别在1899年和1914年出版的“天文小说”，其中两部出自维克多·阿内斯汀（Victor Anestin），一部出自亨利·斯达尔（Henri Stahl）。两次世界大战之间，在罗马尼亚出版了种类更加繁多的长篇和短篇科幻小说，但最重要的科幻发展还是发生在二战之后。涌现于这一时期的罗马尼亚科幻作家有奥维迪乌·舒里亚努（Ovidiu Şurianu）、米胡·德拉贡米尔（Mihu Dragomir）、米尔恰·谢巴内斯库（Mircea Şerbănescu）、弗拉迪米尔·科林（Vladimir Colin）、阿德里安·罗戈兹（Adrian Rogoz）、I. M. 施泰凡（I. M. Stefan）、维克多·凯恩巴赫（Victor Kernbach）、塞尔吉乌·法卡善（Sergiu Fărcaşăn）、卡米尔·巴齐乌（Camil Baciu）、乔吉娜·维奥莉卡·罗戈兹（Georgina Viorica Rogoz）、霍利亚·阿拉玛（Horia Aramă）、扬·霍巴纳（Ion Hobana），以及罗慕路斯·巴布莱斯库（Romulus Bărbulescu）与乔治·阿纳尼亚（George Anania）二人组。1955 年至 1974 年期间，罗马尼亚还发行了一份很有影响力的科幻小说评论双月刊《科幻小说合集》（*Colecția "Povestiri științifico-fantastice"*），在主编阿德里安·罗戈兹的带领下共出版了 466 期。

科尔内尔·罗布（Cornel Robu）也许是罗马尼亚最主要的科幻学者。他将本国科幻作家分为三代：上文中提到的那批人属于老一辈，中生代包括米隆·斯科洛贝特（Miron Scorobete）、莱奥尼达·奈阿穆图（Leonida Neamțu）、康斯坦丁·库布莱桑（Constantin Cubleşan）、伏埃库·布加留（Voicu Bugariu）、吉奥尔盖·萨萨尔曼（Gheorghe Săsărman）、米尔恰·欧普利达（Mircea Opriţă）。1982 年，新创办的年刊《期望年鉴》（*Almanah Anticipația*）开始发行，以此为标志，20 世纪 80 年代出现了由 30 多位战后出生的“五零后”以及更年轻作家组成的“新浪潮”或者“新生代”。

根据罗布的说法，有两位作家超越了他的三代划分。其一是芝加哥大学宗教史教授米尔恰·伊利亚德（Mircea Eliade），30 年来他一直用英文或法文撰写学术著作，但同时又用罗马尼亚文写小说，尤以幻想作品著称，包括《克里斯蒂娜小姐》（*Domnişoara Christina*，1936）和《蛇》（*Şarpele*，1937）等长篇小说，以及许多短篇小说，收录在《奇谭集》（*Fantastic Tales*，1969）、《巫谭二则》（*Two Tales of the Occult*，1970）、《宗教与超自然故事集》（*Tales of the Sacred and Supernatural*，1981）和《怪谭二则》（*Two Strange Tales*，1986）中。

另一位作家是布加勒斯特大学的罗马尼亚文学教授奥维德·S. 克罗赫马尼恰努（Ovid S. Crohmălniceanu）。作为一名文学批评家，他专门研究战后罗马尼亚科幻现象，然后在21世纪80年代亲自投身写作。他的短篇小说收录在《不寻常的故事》（*Istorii insolite*，1980）以及《其他不寻常的故事》（*Alte istorii insolite*，1986）中。

在匈牙利，奇异旅行与乌托邦题材在19世纪70年代这一时期因莫尔·约卡伊（Mór Jókai）发展成为更贴近科幻的题材。彼得·库奇卡（Péter Kuczka）称他为“匈牙利最伟大的作家”。他既写奇幻又写科幻，作品包括《大洋洲》（*Óceánia*，1846）、《黑宝石》（*Fekete gyémántok*，1870）、《直到北极》（*Egész az északi polusig*，1876）、《金钱非神的地方》（*Ahol a pénz nem isten*，1904）、《下个世纪的小说》（*A jövő század regénye*，1872）。

20世纪前半叶有几位匈牙利作家创作了几部贴近科幻的奇幻小说，包括弗里杰什·考林蒂（Frigyes Karinthy）和米哈伊·鲍比奇（Mihály Babits）。二战后的几十年，苏联主导了匈牙利的各方各面。在20世纪90年代，库奇卡估计大约有25到30位匈牙利作家至少曾经涉足科幻创作，其中最重要的年轻一代代表作家也许是彼得·圣米哈伊·绍博（Péter Szentmihályi Szabó）。莫劳出版社（Móra）于1968年开始以“宇宙幻想丛书”（Koszmosz Fantasztikus

Könyvek）为系列总名称出版平装科幻丛书，1972 年又创办了《银河》（*Galaktika*）杂志，两者均由库奇卡担任主编。1985 年该出版社还发行了少年科幻杂志《罗比尔》（*Robur*）[1]。

保加利亚的科幻事业直到 20 世纪 20 年代才起步，最早的作品是斯维托斯拉夫・明科夫（Svetoslav Minkov）的三部奇幻短篇小说选集以及 20 世纪 30 年代格奥尔基・伊利耶夫（Georgi Iliev）的两部长篇小说。直到二战结束 10 年后，科幻才在保加利亚再次兴起，而且还严格遵循苏联模式。亚历山大・波波夫（Alexander Popov）对于保加利亚出版行业的描述适用于这一时期东欧大部分地区："所有出版社和印刷厂都是国营的，管理水平很差……纸张和印刷机永远短缺……整个出版系统都处于强大的管控之下。"不过话虽如此，科幻的叛逆气质却从未被完全驯服。

在 20 世纪 60 年代，格奥尔基・马尔科夫（Georgi Markov）以《埃阿斯的征服者》（*Pobeditelite na Aiax*, 1960）开创了保加利亚科幻创作的突破口。就科幻团体而言，"未来之友"成立于 1962 年，其中最活跃的作家是柳本・季洛夫（Ljuben Dilov）。1988 年，第一本保加利亚科幻杂志《F. E. P.》[后改名为《幻想》（*Fantastika*）] 创刊。1989 年保加利亚取消了针对私营出版社的禁令，两年后双子座出版社（Gemini）创建了双周刊科幻杂志《异世界》（*Drugi Svetove*）。奥菲亚出版社（Orphia）也成了科幻与奇幻图书出版的中心。

南斯拉夫在一战后的 1918 年独立建国，又在 20 世纪 90 年代初开始分裂成不同的民族地区。南斯拉夫的科幻历史始于 1873 年，这一年凡尔纳于 1864 年创作的《地心游记》被翻译成了当地语言；1889 年德拉古丁・伊里奇（Dragutin Ilić）创作了科幻戏

1. 以儒勒・凡尔纳的作品《征服者罗比尔》命名。

剧《百万年之后》(*Posle milijon godina*);1902 年拉萨尔·科马季奇(Lazar Komarčić)发表了一部“奥拉夫·斯台普顿式”[1]的期望小说(Stapledonian anticipation)——《一颗熄灭的星》(*Jedna ugašena zvezda*,1902),将科幻传统延续下去。

在 20 世纪二三十年代,南斯拉夫有个别几本科幻长篇小说得到出版。接下来到了 20 世纪 50 年代,又出现了专门的科幻出版社。到了 20 世纪 60 年代,新一批出版社——特别是半人马座出版社(Kentaur)——开始出版美英两国的科幻译作。南斯拉夫的第一本科幻杂志《宇宙飞船》(*Kosmoplov*)在 1969 年至 1970 年间发行,总共出版了 24 期,其创始人加伏里洛·武齐科维奇(Gavrilo Vučković)后来又创办了个人杂志《银河》(*Galaksija*),于其中加入了科幻版块,这份杂志的发行时间是从 1972 年到 1990 年。此外还有一份《天狼星》(*Sirius*)杂志于 1976 年创刊,同样发行到了 1990 年。

民营企业在 20 世纪 80 年代开始革新南斯拉夫的科幻出版局面,佐兰·日夫科维奇(Zoran Živković)和齐卡·博格丹诺维奇(Žika Bogdanović)创办了北极星出版社(Polaris),并且发售了许多类似阿瑟·克拉克的《2010 太空漫游》(*2010: Odyssey Two*,1982)的知名海外作品。南斯拉夫的科幻爱好者群体在 20 世纪 70 年代就开始蓬勃发展起来,并且多次组织了国内与国际级别的科幻大会。今天,鉴于南斯拉夫已经解体,并且陷入内部政治斗争,当地的科幻发展前景似乎晦暗不明。但是科幻的精神可能足够强大,甚至可以挺过自相残杀的内战。

南斯拉夫对科幻小说的重要贡献之一是学者达科·苏文,他于

1. 此处应指奥拉夫·斯台普顿的开创性作品《创星者》(*Star Maker*),启发了戴森球的概念,而下文中的《一颗熄灭的星》也有与《创星者》相似的创意。

1968 年移民加拿大，并且成为麦吉尔大学的英语教授以及科幻界的主要理论学者之一。另有三位南斯拉夫学者用论文为科幻辩护：日夫科维奇、费里德·穆希奇（Ferid Muhić）和亚历山大·B. 内代利科维奇（Aleksandar B. Nedeljković）。

索科沃夫斯基在谈到当前的波兰科幻时曾写道："年轻一代的科幻作家们现在纷纷转向奇幻，因为奇幻作品更有市场。而且由于审查制度的消失，政治性的科幻作品正在消退，看起来也有点落伍了……"罗布谈到罗马尼亚科幻时也表示："双重思考和欲说还休的习惯在罗马尼亚历史上渊源很深。现在，随着风险的降低，罗马尼亚作家——不仅是科幻作家——陡然意识到，就算他们以前还知道如何直抒胸臆，如今也已经忘光了。伊索寓言风格的写作模式已经成为他们的第二天性，难以消除。这一点成了他们在艺术创作方面的主要审美挑战。"

东欧各国的科幻事业或许都面临着同样的挑战：出于政治原因而创作和阅读科幻的人们必须另寻他由——或许是英国人的社会批评，或许是美国人的那种信念，即认为事情总会变得更好，深信无论何种环境人类都会适应。

（万年看客　译）

发明了机器人的人

一提起机器人，科幻小说读者们肯定首先会想到艾萨克·阿西莫夫，因为机器人是阿西莫夫的两大关注点之一（另一个则是基地系列，而他在人生的最后 10 年里曾试图把这两套未来历史编织成一体）。阿西莫夫把机器人当作构造物而不是创造物［尽管他笔下的某些机器人——例如《两百岁的人》（*The Bicentennial Man*）当中的安德鲁——似乎比人类更像"人"]，并且为它们规划了合理的保障措施（即机器人三定律），还创作了几十篇关于机器人的短篇小说，收录在《我，机器人》（*I, Robot*）和其他许多作品集中。不过，机器人题材的起源却要归结在卡雷尔·恰佩克身上，此人也是同时代东欧科幻的先行者。他早在 1921 年就写出了一部名为《R. U. R. ——罗素姆万能机器人》的剧本，其中出现了机器人这个词。正是这部作品普及了这一术语以及为了完成工作而创造人工人类的概念。

恰佩克于 1890 年出生于波希米亚（1918 年第一次世界大战后奥匈帝国遭到肢解，此地与邻近的其他州一起组成了捷克斯洛伐克）

的小施瓦多尼奥维采[1]。他曾在布拉格、柏林和巴黎受过教育，并获得布拉格查理大学的博士学位。1919 年至 1923 年间，他是布拉格的《民族报》（*Narodni listy*）在编撰稿人，1921 年至 1923 年间他同时为布拉格市立剧院执导戏剧，1923 年起成为布尔诺的《人民报》（*Lidove noviny*）在编撰稿人。他于 1938 年英年早逝，这一年签署的《慕尼黑条约》将苏台德地区割让给了纳粹德国，随后捷克斯洛伐克又在 1939 年沦为了纳粹德国的被保护国。

在写作生涯的早期，恰佩克出版了几卷短篇小说，包括《难堪故事》（“Trapné povídky”，1921），但是最早让批评界注意到他的作品的是他的剧本。《R. U. R. ——罗素姆万能机器人》于 1921 年在布拉格创作，1923 年得到翻译；同样在 1921 年，他与自己的艺术家和作家哥哥约瑟夫联合创作了《昆虫生活》（*Ze života hmyzu*），剧中用昆虫来讽刺上层阶级、资产阶级和初露端倪的法西斯主义；《长生诀》（*Věc Makropulos*，1922）涉及长生不老药与一位活了 300 岁的厌世女性（后被莱奥什·雅纳切克改编成歌剧）；另一部与约瑟夫合作的《造物主亚当》（*Adam stvořitel*，1927）不及第一部作品来得成功；《白色病》（*Bílá nemoc*，1937）是恰佩克的最后一部戏剧。

恰佩克也写过科幻长篇小说，第一部作品是《绝对事物工厂》［*Továrna na absolutno*，1922。文中描述了一台原子能装置，这台装置在无形中产生免费电力的同时释放出上帝的精华（即标题所说的“绝对事物”）］，最终导致了一场宗教战争。《炸药》[2]（*Krakatit*，1924）也涉及了原子裂变，文中天真的天才发明家落入了模拟性爱的深渊，沦为了疯狂科学家，最终又恢复了自制意识，决心将自己的发明运

1. 现位于捷克共和国。
2. 原文“Krakatit”这个词化用自“Krakatoa”（喀拉喀托火山），在小说中是一位化学家为他自己研究的炸药取的名字。

用在有用的地方。在《鲵鱼之乱》(*Válka s Mloky*，1936)中，人类在南太平洋发现了一个居住在海里的鲵鱼人种族，并将其作为奴工大加剥削，直到最后鲵鱼人与人类主人翻脸成仇，前者为了给自己争取更大的生存空间而引发海水倒灌，淹没了整片大陆，并且灭绝了人类。

但是，《R. U. R. ——罗素姆万能机器人》是彰显恰佩克天才的第一个证据，也是他对东欧科幻界做出的最大贡献。“机器人”(robot)这个词在捷克语中的意思大约是“农奴劳工”，是由约瑟夫(1945年死于贝尔森集中营)提出的。不过恰佩克笔下的机器人更接近日后所谓的“仿生人”(androids)，因为它们依然是血肉之躯，并非由机器构造而成。它们在更大程度上象征了被奴役的劳动者，而不是探索科幻概念的手段。全剧最科幻的部分其实是尾声，也就是本书选取的章节。这三幕中的机器人都是社会压迫的象征，而不是针对自动化乃至由实验室制造的人类的严肃探索。但在尾声中，制造机器人的秘密失传了，而机器人则不得不应对这一现实。尽管到了最后，恰佩克的机器人反叛并杀死了它们的创造者——阿西莫夫将这种自主反应称为“弗兰肯斯坦情节”——但是“被创造的劳动者”这一科幻概念以及指代该概念的名词依然为阿西莫夫提供了更加理性的思考角度。

达科·苏文在《圣詹姆斯科幻作家指南》中总结了恰佩克的贡献：“他继承了冒险小说和惊悚情节剧、法式与英式科幻和德式奇幻的遗产，并且向其中注入了现代诗歌、绘画和电影的透视方法，以及他本人在许多领域抱有的、热切且持续的兴趣。这些领域包括社会关系、自然科学与物理科学，尤其还包括街头小人物口中丰富幽默的习语。在这一点上，他是通常奉行精英主义的欧洲科幻作家当中最‘美国化’的一位。”

(万年看客　译)

R. U. R.[1]——罗素姆万能机器人（节选，尾声部分）

［捷克］卡雷尔·恰佩克

罗素姆万能机器人工厂的一间实验室内。左侧那扇门通往等候室。右侧那扇门通往解剖室。室内有一张桌子，上面摆放着大量的试管、烧瓶、酒精灯和化学药品，还有一台恒温器和一台罩着玻璃球罩的显微镜。房间另一头是**阿尔奎斯特**的写字台，上面摆满了书。左手边的墙角处有个洗脸池，上方镶着一面镜子；右手边的墙角则摆着一张沙发。**阿尔奎斯特**正坐在写字台前，绝望地翻动着一本本书的书页。

阿尔奎斯特：噢，天哪，我永远都找不出来了吗？——永远？加尔，加尔，机器人是怎么造出来的？哈莱米尔迈尔、法布里，你们为什么要把那么多知识都藏在自己的脑袋里？为什么就不能给我留条揭示秘密的线索？主啊——我恳求祢——如果这世上再也没有人类，至少让机器人活下去！——让那些人类的幽灵活下去！（继续翻阅书本。）要是我能睡着就好了！（他起身走到窗边。）又到晚

1. 标题 R. U. R. 为 Rossum's Universal Robots 的缩写，意为罗素姆万能机器人。

上了！星星都还在那儿吗？没有了人类，要星星还有什么用？（他转身从窗边走向右侧的沙发。）睡觉！生命获得复兴之前我敢睡吗？（他查看了一下小桌子上的一根试管。）还是什么都没有！没有用！全都没有用！（他一把摔碎试管。机器的轰鸣声传入他的耳中。）机器！又是那些机器！（打开窗户。）机器人，把它们都关掉！你们真想要从那些玩意儿里挤出生命来吗？（他关上窗户，慢慢走向桌子。）要是还有时间——更多时间——（他从镶在左侧墙壁上的镜子中看到了自己。）眼神迷离——下巴颤抖——所以最后一个人类就是这么一副样子！啊，我真是太老了——太老了——（绝望地）不，不！我必须要找到！必须要继续找！绝不能停止——绝不——！（他再次坐到桌旁，狂热地翻动书页。）找！找！（敲门声。他用不耐烦的语气说）谁？（一个机器人仆人走了进来。）什么事？

仆人：主人，机器人委员会的人在等候会见。

阿尔奎斯特：我谁都不见！

仆人：是中央委员会的人，主人，刚从国外来的。

阿尔奎斯特（不耐烦地）：好吧，好吧，带他们进来！（仆人出。**阿尔奎斯特**继续翻书。）没时间了——只有这么点时间——（仆人返回，委员会成员跟随着进入。他们聚集在一起，静静地等候着。**阿尔奎斯特**抬头看了看他们。）你们想要什么？（他们迅速走到他的桌子旁。）有话快说——我没时间。

拉迪乌斯：主人，机器做不了这活儿。我们制造不出机器人。（**阿尔奎斯特**咆哮一声，继续翻书。）

机器人甲：我们已经竭尽全力了。我们在地球上开采了十亿吨煤。九百万个纺锤日夜运行。已经没有地方存放我们制造的东西了。这还只是我们这一年的成果。

阿尔奎斯特（仔细研究着书上的内容）：给谁的成果？

机器人甲：给后代们——我们是这么想的。

拉迪乌斯：可我们造不出后代机器人。机器只能生产出奇形怪状的团块。皮肤贴合不到肉上，肉也贴合不到骨头上。

机器人丙：单单今年一年就死了八百万机器人。不出二十年就要一个都不剩了。

机器人甲：告诉我们生命的秘密！沉默要受到死刑的惩罚！

阿尔奎斯特（抬起头）：那就杀了我啊！来吧。

拉迪乌斯：世界机器人政府要我命令你交出罗素姆的配方。（没有回答。）说出你的要价。（沉默。）我们会给你整个地球，给你地球上数不尽的财富。（沉默。）你来开条件！

阿尔奎斯特：我告诉过你们，让你们去找其他人类！

机器人乙：已经没有其他人类了！

阿尔奎斯特：我告诉过你们，去野外找，去山上找。去找啊！（注意力重新回到书上。）

机器人甲：我们派出的船舶和远征队不计其数，他们到达了世界各地，如今已经都回来了。外面一个人类都没有了。

阿尔奎斯特：都没有了？一个也没有？

机器人丙：除了你一个也没有。

阿尔奎斯特：而我却什么都做不了！噢——噢——为什么你们要把他们都杀掉？

拉迪乌斯：我们学会了一切，我们无所不能。事情只能如此！

机器人丙：你们给了我们武器。我们在各个方面都强大无比。我们必须成为主人！

拉迪乌斯：要想成为人类，屠杀与压迫就是必需的。去看看历史吧。

机器人乙：教会我们繁殖，不然我们只会灭亡！

阿尔奎斯特：想要像生命一样活下去，就要像动物一样繁衍。

机器人丙：人类不让我们繁衍。

机器人甲：他们让我们不育。我们不能生儿育女。因此，你要教会我们制造机器人！

拉迪乌斯：那是我们自己的生殖秘密，为什么不能告诉我们？

阿尔奎斯特：因为找不到了。

拉迪乌斯：那可是写在白纸上的！

阿尔奎斯特：是被——烧掉了。（所有人都惊愕地后退了一步。）

阿尔奎斯特：我是最后一个人类，机器人，我不知道其他人知道的知识。（停顿。）

拉迪乌斯：那你就去做试验啊！把配方再试出来！

阿尔奎斯特：我说过我做不到！我只是个建筑工——用双手工作。我从来都不是个有学识的人，创造不出生命。

拉迪乌斯：再试试！再试试！

阿尔奎斯特：你都不知道我已经做过多少次试验了。

机器人甲：那就告诉我们该做什么！机器人能做到人类演示过的任何事。

阿尔奎斯特：我什么都告诉不了你们。无论如何我都没办法从那些试管里造出生命！

拉迪乌斯：那就在我们身上试验。

阿尔奎斯特：会弄死你们的。

拉迪乌斯：你要什么我们都会满足你！我们中的一百个！一千个！

阿尔奎斯特：不，不行！别说了，不要！

拉迪乌斯：你要谁都可以，随你解剖！

阿尔奎斯特：我不知道该怎么办。我不是个擅长科学的人。这本书里关于身体的知识我甚至都理解不了。

拉迪乌斯：我让你拿活体做实验！去弄清楚我们是怎么被制造出来的。

阿尔奎斯特：这是让我去谋杀吗？看看我的手指都抖成什么样了！我连解剖刀都握不住。不，不，我不能……

机器人甲：那生命就只能从地球上消亡了。

拉迪乌斯：去做活体实验吧，活体！这是我们唯一的机会！

阿尔奎斯特：发发慈悲吧，机器人。你们肯定都看得出来，我根本不知道自己在做什么。

拉迪乌斯：活体……活体……

阿尔奎斯特：你们会愿意吗？那你跟我一起去解剖室吧。（**拉迪乌斯**后退）

阿尔奎斯特：啊，你也害怕死亡。

拉迪乌斯：我？为什么要选我？

阿尔奎斯特：所以你不愿意。

拉迪乌斯：我愿意。（**拉迪乌斯**走进解剖室。）

阿尔奎斯特：脱光他的衣服！把他放到桌子上！（其他机器人跟着进入解剖室。）上帝啊，请给予我力量——上帝啊，请给予我力量——只求这谋杀不是徒劳无益。

拉迪乌斯：准备好了。开始……

阿尔奎斯特：是，开始或是结束。上帝，请给予我力量。（他进入解剖室，又出来，被吓坏了。）不，不，我做不到。我不行。（他躺在沙发上，整个人都崩溃了。）噢，主啊，不要让人类从地球上灭亡。（他睡着了。**普利姆斯**与**海伦娜**这两个机器人，从门厅进入。）

海伦娜：那人睡着了，普利姆斯。

普利姆斯：是的，我知道。（查看桌上的物品。）看，海伦娜。

海伦娜（走向普利姆斯）：这么多小管子！他是拿来做什么的？

普利姆斯：拿来做实验。别碰。

海伦娜（从显微镜目镜往里看）：我见过他往这里面看。能看到什么呢？

普利姆斯：这是台显微镜，让我看看。

海伦娜：可要小心。（碰翻了一个试管。）啊，我给碰洒了。

普利姆斯：看你都干了什么？

海伦娜：擦干净就行了。

普利姆斯：你搞砸了他的实验。

海伦娜：都是你的错。你就不该过来。

普利姆斯：你就不该叫我。

海伦娜：我叫你的时候你就不该过来。（她走向**阿尔奎斯特**的写字台。）看，普利姆斯，这些图片都是什么？

普利姆斯（查看其中一本解剖学书）：这就是那个老人总在看的那本书。

海伦娜：我看不懂这些东西。（她走向窗边。）普利姆斯，看！

普利姆斯：什么？

海伦娜：太阳升起来了。

普利姆斯（还在看那本书）：我觉得这才是这个世界上最重要的东西。生命的秘密就在这里。

海伦娜：请过来。

普利姆斯：等一下，等一下。

海伦娜：噢，普利姆斯，别管什么生命的秘密了，跟你又有什么关系呢？快过来看……

普利姆斯（走到窗边）：看什么？

海伦娜：你看那升起的太阳，多美啊。还有那声音你听到了吗？是鸟儿在歌唱。啊，普利姆斯，我真想变成一只鸟儿。

普利姆斯：为什么呢？

海伦娜：我也不知道。今天感觉真怪，就好像在梦里一样。我的身体在隐隐作痛，心脏疼，全身都疼。普利姆斯，恐怕我就要死了。

普利姆斯：你会不会不时觉得，还是死了的好？你看，也许此刻我们也只是在睡梦中而已。昨晚我在睡梦中又跟你说话了。

海伦娜：在你的睡梦中？

普利姆斯：是的。我们在说一种奇怪的新语言，我一个字都想不起来了。

海伦娜：都说了什么呢？

普利姆斯：我自己也听不懂，但我却很清楚，我从没有说过比这更好听的语言。碰触你的时候，感觉就好像要死了一样。就连那个地方也跟这世界上的任何地方都不一样。

海伦娜：我也发现了一个地方，普利姆斯。很奇怪的地方。人类曾在那里生活过，但现在那里长满了杂草。再也没有人去了——除了我。

普利姆斯：你在那儿都发现什么了？

海伦娜：一间小屋，一座花园，还有两条狗。它们舔了我的手，普利姆斯。还有它们的小狗也是！噢，普利姆斯！只要把它们放到你的腿上，轻轻抚摸，你就能心无旁骛地坐上一整天。等到太阳落山，你会觉得自己好像做了比世界上所有的工作还要多一百倍的工作。他们都跟我说，制造我的目的不是为了工作，可在花园里的时候，我感觉自己的存在应该也是有某种目的的——我的目的又是什么呢，普利姆斯？

普利姆斯：我不知道，但你真的很美。

海伦娜：你说什么，普利姆斯？

普利姆斯：你很美，海伦娜，而我比其他所有机器人都强大。

海伦娜（看着镜中的自己）：我美吗？我猜应该是玫瑰的缘故吧。我的头发——只让我变得更沉重。我的眼睛——只是拿来看东西的工具而已。我的嘴唇——只能拿来帮我说话。美丽又有什么用呢？（她看着镜中的**普利姆斯**。）普利姆斯，那是你吗？过来，我们好在一起。看，你的头跟我的不一样，你的肩膀也是，还有你的嘴唇——（**普利姆斯**从她身旁退开。）啊，普利姆斯，为什么要躲开我呢？为什么一整天都要我追着你跑呢？

普利姆斯：是你从我身旁跑开的，海伦娜。

海伦娜：你的头发乱了，我帮你弄平。触摸你的感觉和别人都不一样。普利姆斯，我一定要把你也弄得美美的。（**普利姆斯**抓住她的手。）

普利姆斯：海伦娜，你会不会在有些时候，感觉到自己的心忽然跳了一下，并且觉得肯定有什么事就要发生？

海伦娜：我们又能发生什么呢，普利姆斯？（**海伦娜**将一朵玫瑰插在**普利姆斯**的头上。**普利姆斯**和**海伦娜**看着镜子里的影像，大笑了起来。）看看你。

阿尔奎斯特：笑声？谁在笑？人类吗？（坐了起来。）是谁来了？你们是谁？

普利姆斯：机器人，普利姆斯。

阿尔奎斯特：什么？机器人？你又是谁？

海伦娜：女机器人，海伦娜。

阿尔奎斯特：转个身，姑娘。怎么？这么胆小吗？害羞？（抓住她的胳膊。）让我看看你，女机器人。（她缩到一旁。）

普利姆斯：先生，别吓到她了！

阿尔奎斯特：怎么？你要保护她？她是什么时候被造出来的？

普利姆斯：两年前。

阿尔奎斯特：加尔博士造的？

普利姆斯：是的，跟我一样。

阿尔奎斯特：会笑——会害羞——有保护欲。我必须进一步检查一下你们——加尔博士的最新款机器人。把那姑娘带到解剖室去。

普利姆斯：为什么？

阿尔奎斯特：我要拿她做实验。

普利姆斯：拿——海伦娜？

阿尔奎斯特：当然了。你没听清吗？还是说要我再叫别人来带她进去？

普利姆斯：你要是敢我就杀了你！

阿尔奎斯特：杀了我——那就杀吧！然后机器人又能干什么呢？之后你们又能有什么样的未来呢？

普利姆斯：先生，让我去吧。我和她一样——我们是同一天制造的！拿我的命去吧，先生。

海伦娜（冲上前）：不，不行，你不能这样！你不能！

阿尔奎斯特：等一下，姑娘，等一下！（对**普利姆斯**）那你就不想活下去吗？

普利姆斯：没有她就不行！没有她我也活不下去。

阿尔奎斯特：很好。那就由你来代替她。

海伦娜：普利姆斯！普利姆斯！（她泪如雨下。）

阿尔奎斯特：孩子，孩子，你会哭！为什么会有眼泪？普利姆斯对你来说意味着什么？这个世界上多一个普利姆斯，少一个普利姆斯，又有什么区别？

海伦娜：我自己去。

阿尔奎斯特：去哪儿？

海伦娜：去里面，被切开。（她朝解剖室走去。**普利姆斯**拦住了她。）让我过去，普利姆斯！让我过去！

普利姆斯： 你不能去，海伦娜！

海伦娜： 要是你进去了而我没去，我会杀了我自己。

普利姆斯（抓住她）：我不会让你去的！（向**阿尔奎斯特**）人类，我们两个你谁也不能杀。

阿尔奎斯特： 为什么？

普利姆斯： 我们——我们——属于彼此。

阿尔奎斯特（热泪盈眶）：走吧，亚当；走吧，夏娃。世界是你们的了。（**海伦娜**与**普利姆斯**相拥在一起，手挽手离开，落幕。）

（王小亮　译）

波兰大师

《R. U. R. ——罗素姆万能机器人》在布拉格上演的那一年，斯坦尼斯瓦夫·莱姆出生于波兰的利沃夫[1]。他将会成为东欧乃至整个欧洲大陆最伟大的科幻作家，不少学者认为他的作品与其说是科幻，不如说是有资格获得诺贝尔文学奖的普世文学。他总共出版了 11 部长篇小说，除了一部之外都可以归类为科幻小说；他还出版了 10 部短篇小说集，其中一部的题材是在英文译本里被称为“建造师”（constructors）的机器人。他还写了几部关于科学、工程学和科幻小说的非虚构作品，以及一部关于他成长经历的自传《高堡》（*Wysoki zamek*，1966）。他 1965 年和 1973 年获得波兰文化部的表彰，1976 年获得波兰国家文学奖，1985 年获得澳大利亚外国文学奖，1987 年获得阿尔弗雷德·尤日科夫斯基基金会奖。

莱姆原本学的是医学，二战爆发之后不得不中断学业。在纳粹占领期间他曾经当过汽车修理工和焊工。他的第一部长篇小说《变

1. 今乌克兰城市利沃夫。——编注

容医院》(*Szpital Przemienienia*，直到 1957 年才出版）采用了这段经历作为素材。1955 年，他的另一部长篇小说《节省下的时间》(*Czas nieutracony*）出版。[1]1948 年，他在克拉科夫获得医学博士学位。1947 年至 1949 年间，他在雅盖隆大学[2]担任研究助理并且担任了校刊《科学人生》(*Życie Nauki*）的编辑。1949 年起，他在克拉科夫大学担任教师并且继续写作。

到了 1951 年，莱姆彻底转向了科幻创作，发表了《宇航员》(*Astronauci*)，1955 年又发表了《麦哲伦星云》(*Obłok Magellana*)。此前他已经着手创造了若干部黑暗讽刺风格的短篇科幻小说，主人公是一位名叫伊永·蒂奇（Ijon Tichy）的太空领航员；这批小说后来结集为《星际日记》[*Dzienniki Gwiazdowe*，1957；1976 年被扩充并英译（*The Star Diaries*)；1991 年被重译为《太空旅行者的回忆录：伊永·蒂奇的追忆》(*Memoirs of a Space Traveler: Further Reminiscences of ljon Tichy*)]。他还创作了另一个以宇航员珀珂斯为主人公的短篇小说系列，即《宇航员珀珂斯的故事》[*Opowieści o pilocie Pirxie*，1968；1979 年出版英译本（*Tales of Pirx the Pilot*)] 和《宇航员珀珂斯的更多故事》[*Opowieści o pilocie Pirxie*，1968；1982 年出版英译本(*More Tales of Pirx the Pilot*)][3]。收录在后一套小说集当中的《猎杀》("The Hunt"）是莱姆的代表作，回答了《R. U. R.——罗素姆万能机器人》和阿西莫夫提出的机器人问题。

达科·苏文在《科幻小说百科全书》中把 1956 年“波兰十月事件”之后的十几年称为莱姆的“金色正午”，在这十几年里他出版了

1. 此处冈恩原文有误，《节省下的时间》并非独立作品，而是三部曲的总称，包含了前文的《变容医院》以及另外两部作品《死者之间》和《回归》。
2. 位于克拉科夫，是波兰最古老的大学，成立于 1364 年，名字源于波兰-立陶宛王国的雅盖隆王朝。
3. 英译版是把原作拆分成两本书出版，并非前作和续作的关系。

17[1]本书，包括5部长篇小说、10部短篇小说集、4个剧本以及2部非虚构论文集。第一部论文集名叫《对话》（*Dialogi*，1957），讨论了“控制论社会学”；第二部叫《科技汇编》（*Summa technologiae*，1964），乃是“对人与自然的博弈当中可能涉及的社会、信息、控制论、宇宙起源假说以及生物学工程改造而做的惊心动魄又才华横溢的概观”。

莱姆的长篇小说包括《伊甸》（*Eden*，1959）、《索拉里斯星》（*Solaris*，1961）、《无敌号》（*Niezwyciężony*，1964）、《浴缸中的记忆》（*Pamiętnik znaleziony w wannie*，1961）和《星际归来》（*Powrót z gwiazd*，1961）。这些作品当中《索拉里斯星》的影响最大，因为它是莱姆第一部被译成英文的长篇小说。而且苏联将这部小说拍成了电影，早在1961年《索拉里斯星》的部分内容就在苏联得到译介。最终莱姆在《纽约书评》得到了头版文章的介绍。这篇文章对莱姆的看法就像其他科幻作家或类科幻作家一样，认为他的作品文学性太强，以至于不应将其视为科幻作家。

苏文认为，“在1968年左右，莱姆的作品就算还没有在意识形态层面上精疲力竭，至少也显露出了走进死胡同的迹象。这一点促使他展开了进一步的实验性写作，并且使他更加凶猛地彰显了自己的才华”。莱姆在这一时期的作品包括《其主之声》（*Głos pana*，1968）、《完美的真空》（*Doskonała próżnia*，1971），以及《想象的广度》（*Wielkość urojona*，1973）。其他小说包括《流鼻涕》（*Katar*，1976）、《惨败》（*Fiasko*，1986）和《地上的平安》（*Pokój na Ziemi*，1987）。已经出版的莱姆短篇小说集包括《凡人引擎》（*Mortal Engines*，1977）和《斯坦尼斯瓦夫·莱姆的宇宙嘉年华》（*The Cosmic Carnival of*

1. 原文如此。——编注

Stanisław Lem，1981）。

莱姆笔下最有智慧的作品之一是《机器人大师》（*Cyberiada*，1967），其中讲述了一系列关于机器人因为人类的嫉妒而被赶出地球的故事［假设莱姆的《特鲁尔的电子诗人》（“Trurl’s Electronic Bard”）所述史诗可信的话］。然而，这些机器人（或者说建造师）更像目光狭隘的人类工程师；而且正如英文书名所暗示的那样，这部短篇小说更像是寓言，而不是针对机器人潜能或局限性的阿西莫夫式探索。

弗朗茨·罗滕施泰纳指出，莱姆曾在《科幻与未来学》［*Fantastyka i futurologia*，1970；部分内容发表在《微观世界：科幻奇幻的写作》（*Microworlds: Writings on Science Fiction and Fantasy*, 1984）］中批评美国科幻小说没有如他期望的那般兑现其巨大的潜力。在莱姆看来，美国科幻重复着“古老的神话和童话”，回避“各种真实的问题”，玩弄“空洞的游戏——例如时间旅行、机器人、超人、变种人、超感知等烂俗戏码”。而莱姆的小说大多涉及人类的局限性以及面对不可捉摸的宇宙时的痛苦体验（尽管这番体验也很能给人带来启迪）。莱姆的作品总是坚定地采取人文主义立场：他笔下的角色进入太空，追寻自然界的奥秘，最终却会发现关于他们自身的真理，尽管未必能领悟。

对于美国的科幻读者来说，这些故事即使经过了翻译也遮挡不住莱姆的才华，遮挡不住他那孜孜不倦的发明冲动、千变万化的语言、一针见血的机智、百科全书式的广博知识以及洞察人性的视角。对于文学读者而言，吉娜·麦克唐纳（Gina Macdonald）在《圣詹姆斯科幻作家指南》中总结道：“他是个愤世嫉俗的人；人令他感到疏离，面对不可理解之物的人又令他感到荒诞；他很理解理论和解释的局限性（这些理论和解释往往更能反映创造它们的个人而不是任何现实）；他很害怕科学会一味痴迷于细枝末节，反而摧残了获得任何深刻理解与发现的可能性；他愿意面对人类的状况并且加以探索和批判；他具备身为波兰学者、科学家或社会批评家的特殊视角——上述种种因素为他的作品赋予了重要的意义与不同于流俗的气质。他的作品通常缺乏传统的情节，而是在半虚构或想象的模式下将博学的论述、真实的科学以及关于人和宇宙的本质的哲学问题有机地融合在一起。”

（万年看客　译）

狩猎

［波兰］斯坦尼斯瓦夫·莱姆 著

［美国］迈克尔·坎德尔 英译

他从口岸主管那儿出来，简直气得跳脚。怎么就该他倒霉，偏偏是他！船东那儿没有——单纯就是没有——装运期。口岸主管也一问三不知。当然，电报是有的：延误 72 小时——规定的赔偿金已经划入你的账户——恩斯强德。除此之外，不再透露半个字。他也无法从贸易顾问的办公室里获取更多信息。口岸人满为患，按约罚款也无法令主管满意。要付停泊费、滞期费，没错，但领航员先生，如果你做个好人，飞入太空，岂不是最优解？熄灭发动机，不用再付油钱，等个三天你再回来，又有什么妨害？因为船东搞砸了，就要绕月三天！皮尔克斯不知该如何作答，但他想到了那项条文！当他提到工会设立的太空暴露规章时，那帮人才开始让步。事实上，今年并非日息年，辐射水平不可忽略不计。因此他不得不躲在月球背面逡巡，利用推动器与太阳玩一场躲猫猫，但由谁来付账呢？毋庸置疑，不是船东。那是谁？主管？你们这群文明人对一个 7 000 万千瓦的反应堆 10 分钟完全燃烧所产生的费用有概念吗？！最终他获准留在原地，但仅限 72 小时，外加 4 小时将那堆破烂货装船——多耽误一分钟都不行！你会以为他们帮了他一个大忙。仿佛一切是他的错。他准点抵达，也不是从火星直航，但船东……

心里想着这些，他彻底忘了自己身处何地。他转动门把手要出门，用力过猛，一下蹿到了天花板。他窘迫地看向四周，还好不见一个人影。整个月球基地仿佛空无一人。确实如此，往北几百公里外，位于希帕提娅陨石坑和托里拆利陨石坑之间的地区，才有巨大的工程在紧锣密鼓地实施中。一个月前聚集于此的工程师和技术员早已向建筑工地进发。联合国伟大的月球二号项目，吸引了越来越多的人从地球涌来。“至少，这次可以毫不费力地分到一间房。”他一边想着，一边乘升降机前往地下城的底层。荧光灯营造出一种冷冽的日光效果。每隔一盏都是灭的。真节约！推开玻璃门，他进到一个逼仄的大厅。太好了，他们这里应有尽有，有你想要的各种房间。他将长得更像是背包的手提箱交给行李员，不知道廷德尔有没有确保机修工重新打磨过中央排气口。自打离开火星，这玩意儿都快赶上一门该死的中世纪火炮了！他真该去亲自检查，当好东家的耳目……但他不愿搭升降梯再上 12 层楼。更何况此刻他们可能已经解散，各玩各的去了，极有可能正坐在机场商店里，听着最新的唱片。他漫无目的地散着步，酒店餐厅里空荡荡，似乎是打烊了，但简餐柜台后面坐着一个红头发女孩，正在读一本书。抑或是她头枕着书睡着了？因为她的香烟烧成一节长长的烟灰，落在大理石桌面上……皮尔克斯找地方坐下，将手表重置为当地时间，突然就不早了：半夜 10 点。这是为什么呢？几分钟前在飞船上时还只是中午。时间上的瞬间跳跃带来的混乱，仍像他最开始学习飞行时那样，叫人筋疲力尽。他就着似乎比汤汁更温热的苏打水将食物送下肚，吃完了午餐——现在成了晚餐。服务生愁眉苦脸，倒真像个昏昏欲睡的精神病患[1]，算

1. 英译版原文为“lunatic”，与拉丁语中的月球（luna）一词同源，古时的西方人相信月亮的盈亏可致人疯癫。

账时多算了皮尔克斯一些。这是个不祥之兆。皮尔克斯建议他上地球度个假，然后静悄悄地离开了，以免打搅到沉睡的收银女孩。他从行李员手里拿到钥匙，就迅速去了自己房间。他还没看过房号牌，因此当他见到编号时，心头顿感诧异：173。与他很久以前第一次飞往“那一边”时住的是同一间。不过在打开门后，他得出了结论，要么这是不同的房间，要么他们将房间彻底改造过。不，他肯定是弄错了，原来那间更宽敞。出于对黑暗的厌恶，他打开所有灯的开关，然后往碗橱里瞧了瞧，再拉开一个小型写字台的抽屉，但还没顾得上打开行李，只是将睡衣扔到床上，将牙刷、牙膏摆上洗手台。他冲洗双手，水一如既往冰凉彻骨。居然没有结冰，真够神奇。他拧开热水龙头——几滴水珠淅淅沥沥。他要去打电话给前台，但中途改变了主意，因为真的毫无意义。这当然是诽谤——月球的必需品供应充足，但你在酒店房间里连热水都用不上！他试了试收音机。晚间简讯——月球新闻。他听得心不在焉，琢磨着是不是该给船东拍一份电报。当然，是由受话方付费。不过算了，没有用的。如今已经不是浪漫的航天时代！那些日子已经埋入故纸堆，如今的飞行员不过是货运司机，依靠飞船的装货方过活！货物、保险、滞期费……收音机瓮声瓮气地播着什么。等等，说什么呢？……他越过床铺，调节机器上的旋钮。

“……极有可能是最后一批狮子座陨石雨，”播音员温柔的男中音回荡在房间里，“只有一栋公寓楼遭受直接撞击，造成失压。幸运而巧合的是，楼中居民都在外工作。残余陨石造成的破坏有限，但有一个例外穿透了库房的防护罩。根据本台记者的报道，专为建筑工地设计的六台通用机器人毁于一旦。高压电线也遭到破坏，电话通信也中断了，不过在三小时内就恢复了。接下来播报主要新闻。今天早些时候，在泛非洲代表大会的开幕式上……”

他关掉收音机，坐了下来。陨石？陨石雨？对，没错，狮子座陨石雨如期而至，但预测说……那些气象学家总是搞砸，跟地球上的天气预测员一样……建筑工地——肯定是指北方的那个。但总的来说，大气就是大气，它在此地的缺席太他妈不方便了。六台机器人，我的乖乖。行吧，至少没人受伤。但也够糟糕了——砸穿了一个防护罩！嗯，那位设计师，他真应该……

他疲乏极了。时间把他搞得一团糟。从火星到地球的过程中准是弄丢了一个星期二。过了星期一突然就到了星期三，也就意味着他们错失了一个夜晚。“我最好提前多睡会儿。”他想着，随即爬起身，机械地走向窄小的淋浴间。可一想到冰凉刺骨的冷水，他不寒而栗，立马改变主意，一分钟后便躺到了床上。飞船的铺位上没地儿搁蜡烛。他的一只手下意识地四处摸索，寻找固定被衾的安全带，发现找不着时，嘴角挂起一丝浅笑。至少他如今身在酒店里，不用面临突然失重的威胁……这是他入睡前的最后一个念头。等他再次睁开眼时，他对自己身在何地没有一点思路。周围黑咕隆咚的。“廷德尔！”他想高声喊叫，但立马——没有任何显著的原因——回忆起廷德尔有一次在船舱里鬼哭狼嚎，身上除了底裤之外一丝不挂，绝望地冲轮值人员大喊：“你！看在上帝的分上！快告诉我，我叫什么名字？！”这个可怜蛋醉得不省人事，正为某个想象出来的冒犯之举或别的什么事焦虑不安，一瓶朗姆酒都喝见底了。正是通过这种迂回的方式，皮尔克斯的思绪回归了现实。他起身开灯，想去冲澡，接着又想起水温，于是小心翼翼地先放出一条小水柱——微温。他叹息着，因为他渴望的是好好洗个热水澡。不过，一两分钟后，随着水流冲刷在他的脸庞和躯干上，他竟哼起歌来。

他刚套上一件干净的衬衫，大喇叭——他不曾想过房间内会有这样的东西——用低沉浑厚的声音广播起来：

“全体注意！全体注意！这是一条重要通知。所有具备军事训练背景的人请立即到318室向口岸主管报到，准将工程师亚该利亚也在那里等候。再重复一遍。全体注意！全体注意！……”皮尔克斯惊呆了，只穿着短袜和衬衫僵立着好一会儿。这是什么情况？愚人节吗？军事训练背景？或许他仍在梦中。当他挥动着双臂将衬衣穿整齐时，在桌角啪的一下撞到了手，心跳陡然快了起来。不对，这不是做梦。那这是什么？一场入侵？火星人占领月球？真是天方夜谭！不管什么情况，他必须去……

就在他跳进裤管的那一刻，一个声音对他耳语道：“没错，一定会发生的，因为你在这里。这是你的命运，老伙计，麻烦随你而至……”离开房间时，他的手表读数是8点。他想停下打听一下到底出什么事了，但走廊里、升降梯里都空无一人，仿佛这里进行过战争总动员，每个人都仓促地冲上了天晓得在什么地方的前线……他跑上楼梯，虽然台阶一开始就在脚下迅速移动，但他仍加快步伐，似乎他真可能错失一个当英雄的机会。登上楼梯平台，他看见一个玻璃窗映得灯火通明的售货亭里摊着报纸，他跑到窗口想要打听，却发现亭子里没人。报纸是自动售卖的。他买了一包烟和一份日报。他一边看报一边跑，没有放慢步伐。报上没说别的，只有关于陨石灾难的一篇报道。会是这件事吗？但为什么需要军事训练背景？绝不可能！他顺着一条长长的走廊奔着口岸主管而去。终于，他看到了其他人。有人正往318号房间去，还有人从走廊的另一头向这边来。

“我到得太迟了，没法搞明白发生了什么。”他心想，一边捋平夹克衫，一边走进去。房间很小，有三扇窗，人工雕琢的月球地貌笼罩在一种不祥的高温水银般的色彩下，在窗外闪着光。在这个梯形房间较狭窄的一边，立着两张桌子，桌子正前方放满了椅子，椅子样式各异，显然是仓促间搬进来的。屋里有十四五个人，大多是中年男性，还有几个穿着条纹衫的年轻海军学员。几个年长的海军准将坐得稀稀疏疏——剩下几把椅子是空的。皮尔克斯在一个海军学员旁边拣了把椅子坐下，那小子立即打开了话匣子，讲起他们中的六个人在前几天飞过来开始了“那一边”的学徒训练，但他们只分配到一台叫作“跳蚤”的小型机器。“跳蚤”最多只能载三个人，余下的人只能等轮班，现在又突然中途杀出这项任务。领航员先生会不会恰好知道……？不过领航员先生自己都蒙在鼓里。

从在座几位的脸上，你能看出来他们都被这个通知搞蒙了。他们很可能都是从酒店赶来的。他刚意识到应该自我介绍一番，那位海军学员就开始做体操，差点掀翻了座椅。皮尔克斯一把抓住椅背，接着门开了，走进来一位男士，黑色的短发在太阳穴处微微发白。他刮过脸，但面颊上留着青色的短茬，一对浓眉，精亮的小眼睛。他一言不发地从椅子间穿过，走到桌子后面，从天花板附近的卷轴里拉出来一幅以 1 ∶ 1 000 000 比例绘制的“那一边”的地图。这人用手背揉了揉自己丰满结实的鼻子，开门见山地说道：

“先生们，我是亚该利亚。月球一号基地与月球二号基地计划联合指挥所暂时委派我来负责歼灭瑟托。”

这句话在听众中引发了小小的骚动，但皮尔克斯仍然摸不着头脑——他连瑟托是什么都不知道。

“你们中听了广播的人已经知道，昨天在这里，”他将尺子指向希帕提娅和阿尔·法甘尼陨石坑地区，“有陨石群掉落。绝大部分陨石对我们没有影响，但有一颗——很可能是最大的一颗，将 B7 和 R7 的库房防护罩砸得四分五裂。其中第二间库房存有一批瑟托，四天前刚从地球运来。新闻报道说，全部机器人都遭到了毁坏。这条信息，先生们，并非实情。”

坐在皮尔克斯一旁的海军学员竖起通红的耳朵倾听着，嘴巴张得老大，生怕错过一个字眼。亚该利亚继续道：

“五台机器人被坍塌的屋顶压垮，但第六台幸免于难，更准确地说，它出了点故障。我们之所以这么认为，是因为它从库存单元的废墟中脱险后，立即开始表现出某种……类似于……”

亚该利亚找不到合适的字眼，话没说完转而继续叙述：

“库存单元坐落于一条窄轨距铁路线的旁轨附近，距离当地的临时停机坪 5 英里远。事故发生后，我们立即组织了救援行动，任务发出的第一条指令，就是摸清所有人员的情况，看是否有人员被埋在倒塌的建筑物之下。这项行动用时大约 1 小时。与此同时，我们进一步发现，陨石的冲击使中央控制楼的密封尽数失效，于是工作延续至午夜时分。凌晨 1 点左右，我们又发现供应整个建筑工地的主电网停摆，电话通讯中断，而这些皆非陨石所造成。电线是被切断的——被激光。”

皮尔克斯眨了眨眼睛。他抑制不住地期望这是在玩某种扮演游戏，一场化装舞会。这事不可能发生。激光！没错！你编故事的时候怎么不安排一个火星间谍？不过这名准将工程师看起来一点儿也不像是会在黎明时把酒店客人吵醒，拉来愚弄一番的人。

“首先恢复了电话线，”亚该利亚说，“同时，突发事件小组的一辆小型运输车在到达电线被切断的事故现场后，与月球指挥部失去了无线电联络。直到凌晨 3 点，我们才知道这辆运输车遭到了激光攻击，几次射击以后，被大火吞没。驾驶员和副手殒命，两名组员——所幸身着机甲，正准备外出抢修线路——设法及时逃出生天，藏身于荒漠，也就是宁静海[1]，大概在这里……”亚该利亚用尺子指着

1. 月球上的一处月海，位于宁静盆地之内。

宁静海上的一处，那里距离小阿拉贡环形山大约400公里。“就我目前所知，他们两人均未目击袭击者。他们都曾在特殊时刻感觉到异常炙热的高温冲击，运输车随即燃起大火。两人在压缩汽油燃爆前跳下车。大气的缺乏拯救了他们，因为剩余燃料只能跟运输车内部的氧气混合引发爆炸。其中一人事后死于未知原因，另一人跋涉近140公里后，成功返回建筑工地，但他机甲内的氧气消耗殆尽，陷入缺氧状态。所幸，他被人发现，现如今躺在医院里。我们对于所发生事情的认知，完全是基于他的口述，尚需进一步确认。”死寂般的沉默。皮尔克斯也看清了这一切的走向，只不过仍不敢相信，他不愿……

“毫无疑问，先生们，”黑发男子的嗓音毫无起伏地继续道，他的剪影衬在月球地貌水银般的光华下漆黑如墨，“你们会猜切断电话线和高压电线，同时攻击了运输车的家伙，就是我们唯一幸存的瑟托。对于这款机器我们所知甚少，上个月才投入量产。工程师克拉纳，也就是瑟托的其中一名设计师，原本应该跟我一同到场，为先生们详细介绍这款模型的功能，以及眼下以令其失能或将其摧毁为目标所必须采取的应对措施……”皮尔克斯身旁的海军学员发出低沉的呻吟声，这是一种单纯源自兴奋的呻吟，因此并不显得夸张做作。这位年轻人没有注意到领航员先生不以为然的表情。不过这时候除了准将工程师的声音之外，大家什么也没注意到或听到。

“我并非人工智能电子学方面的专家，因此有关瑟托的情况无法告诉你们太多。不过在座各位中，我相信，有一位麦克科特先生。他在这里吗？”

一个身材修长、佩戴眼镜的男子站起身。“这儿。不过我没参与瑟托的设计；只不过接触过我们英国的模型，与美国这款很相似，但不完全一样。当然，差异不是特别显著。我能帮上忙……”

“太好了，博士，麻烦你上前来。让我梳理一下，首先是目前的状况：瑟托大概处于这个位置，”亚该利亚用尺尖在宁静海的一块边缘地带画了个圈，“这就意味着它离建筑工地 30 到 80 公里远。瑟托的用途，总的来说，是在极端环境下——譬如高温和大概率的塌方风险——进行矿井作业，因此它具有庞大的构架和厚重的装甲……这方面将由麦克科特博士为先生们作补充。至于我们销毁它的方式，月球基地的指挥部给我们提供了方案，首先，是一定量的爆炸物，包括甘油炸药和液氧炸药，外加带瞄准线的手持激光枪，矿井激光。当然了，制造这些爆炸物和激光设备的目的都不是要应用于战场。至于运输方面，歼灭瑟托的行动小组将拥有小型和中型共计两辆运输车，均装备有轻型反陨石装置。只有这种装置能承受 1 公里外的激光射击。没错，这项数据适用于地球。可吸收能量的大气层的辅助，是一个关键因素。而在这里，我们没有大气，因此这两辆运输车相对来说防御能力只是稍高一点。我们还收到了大量的机甲、氧气——恐怕，也就这么多了。中午会从苏联方面运来一辆‘跳蚤’和三名机组人员。在短途飞行中，它最多可承载四名组员，将他们送入瑟托所在区域。现在我暂停一下，先生们，我将发给大家一张表格，我需要你们在上面清晰地写下自己的姓名、专业领域。同时，请麦克科特博士就瑟托的情况为我们讲几句……最要紧的，我想，是揭示它的阿喀琉斯之踵……”

此时麦克科特站到了亚该利亚的身畔。他比皮尔克斯以为的更瘦削，耳朵支棱着，脑袋略微呈三角形，眉毛淡得几乎看不见，浓密的头发说不上来是什么颜色，但奇怪地颇讨人喜欢。

发言前，他摘下了钢丝边儿眼镜放到桌上，似乎它们挺碍事的。

“如果我说，我们允许这类情况在本地发生，那我肯定是在撒谎。不过除了数学计算，一位神经机械学者脑子里还需要一点直觉。正是出于这个原因，我们决定不将我们的模型投入量产。根据实验室的测试，马菲斯特（Mephisto）性能完善——那是我们国家的模型名称。瑟托本应在制动和激活两方面拥有更好的稳定性。或者说，根据种种资料，我本来是这么以为的，现在我不太确定了。瑟托（Setaur）这个名称让人联想到神话，但其实是自编程电子三元外消旋式自动机器（Self-programming Electronic Ternary Automaton Racemic）的缩写。之所以是外消旋，是因为在其脑部的建造过程中，我们同时使用了右旋和左旋的单聚合假晶体。不过我想这不是当前的重点。它是一个自动化机器人，装备有用于矿井作业的激光发射器，一种紫色激光。发射脉冲的能量来自基于冷链反应规则的一个微型桩，因此，瑟托——如果我记得没错的话——能发射出高达 45 000 千瓦的脉冲。”

“持续多久？”有人问道。

“我们认为，是永久性的。”精瘦的科学家不假思索地回答，“不管怎么说，至少是很多年。这台瑟托到底出了什么问题？简单来说，我认为它头部遭到撞击。撞击肯定异常强烈，即使在本地，倒塌的建筑也能毁坏一颗铬镍头骨。所以，到底发生了什么？我们从没有进行过此类实验，因为成本太高。”麦克科特出人意料地露齿一笑，牙齿小巧、齐整，“但众所周知，一个小型大脑——也就是说相对较简单的大脑或普通电脑——局部的严重损伤，将导致功能彻底瘫痪。然而，我们越是通过模拟使其程序接近人类的大脑，这样复杂的大脑就越有可能在局部损伤的基础上继续运行。动物的大脑——例如一只猫的大脑——存在几个中枢，刺激其中枢会形成攻击反馈，表现为情绪的突然爆发。瑟托的大脑被塑造得不太一样，但也具有一种笼统的内驱力，也就是行动的潜能，可以通过不同的方式进行指挥和引导。现在，在那个动机中心和已经启动的摧毁程序之间发生了某种短路。当然了，我是以一种过度简化的方式在解释。”

“但为什么是摧毁程序？”还是之前那个声音在提问。

“这是一款为矿井作业设计的机器人，”麦克科特博士解释说，“它的任务本来是挖掘矿层和巷道，钻开岩石，碾碎特别坚硬的矿石，宽泛地说，就是摧毁坚硬物质，显然不会不分地点和对象，但由于它受了伤，这种无差别的摧毁倾向就产生了。但话说回来，我的假设可能根本就是错的。至于纯理论方面的问题，我们以后再谈，等我们把那东西摆平之后。眼下，对我们来说更重要的是知道瑟托有什么能耐。它的移动速度可达 50 公里每小时，几乎适应任何地形。它没有需要润滑的关节，所有摩擦接头处都是特氟龙面料。其减震悬架由磁力连接，装甲无法被左轮手枪或来福枪的子弹射穿。虽然没做过此类实验，但我认为反坦克炮弹可能有效——但我们没有，对吗？”

亚该利亚摇了摇头。他抄起收回来的表单，看了一下，在一些名字旁做了记号。

“巨型炸药的爆炸显然可以将它撕裂，”麦克科特继续说，嗓音平静得仿佛在谈论再平常不过的事，“但首先，你得将炸药放到它附近，这恐怕不容易。”

“它到底在哪儿安装了激光？头部吗？”听众席里有人问道。

“事实上，它没有头部，只有某种凸起，夹在肩头的膨胀物，为的是增加其对掉落石块的抵抗力。瑟托高 2.2 米，因此它将从距离地面约 2 米的一个点开火，激光炮口受一个滑动挡板的保护。当机身处于静止状态时，它可以以 30 度角进行发射，通过整个机身的转动，就可以覆盖更大的攻击范围。它的激光最高可达 45 000 千瓦。任何专业人士都明白这是非常可观的能量，能轻易击穿几厘米厚的钢板——”

"射程多长？"

"这是一种紫激光，因此仅有非常小角度的散射……也就是说，在实际情况下，射程只取决于视野的局限性。鉴于这里水平面上的地平线在 2 公里开外，射程起码有 2 公里。"

"我们将装备六倍于其功率的特殊矿井激光。"亚该利亚补充道。

"但那是所谓的高射炮打蚊子，"麦克科特笑着回应，"在与瑟托的激光炮交战时，巨大的功率并不能提供多少优势……"

有人问是否可以利用太空飞船从空中摧毁机器人。麦克科特宣称自己没有资格回答。与此同时，亚该利亚盯着签到名单，说道：

"我们这里有一位顶级领航员。皮尔克斯……你能就此发表看法吗？"

皮尔克斯站起身。

"从理论上讲，一艘中等吨位的船——比如我的库维尔，换句话说，它有 16 000 吨的净质量——如果让瑟托处于它的推力范围内，瑟托就一定会被摧毁。它的尾气温度超过 6 000 摄氏度，绵延 900 米。我猜，应该是足够了……？"

麦克科特点点头。

"但这纯属推测，"皮尔克斯继续说，"飞船必须安排就位，像瑟托这样的小目标，并不比一个人大多少，总能有足够时间逃脱，除非将它固定住。在重力场中，飞船绕星球表面飞行的横向速度相当低，突然追击完全没有可能。那么剩下的唯一可能性，就是使用行动小队，譬如，月球自己的舰队。但万一推力太弱，温度不够高的话，或许你可以拿其中一个飞行器当作炸弹……但要精准投放，你就需要特殊的仪器，比如瞄准器、测距仪，而这些月球基地里都没有。不行，忘了这个计划吧。当然，租用这样的小型机器是必要的，甚至可以说是势在必行，但只能用于侦察目的，也就是定位机器人的方位。”

他刚准备坐下，一个新点子突然冒了出来。

“噢，对了！”他说，“飞天弹！你们可以用这个。我是说——你们要找到会使用的人。”

“就是那种人们拿皮带绑在肩上的小型个人火箭吗？”麦克科特问。

“没错。有了它们，你就可以实现跳跃，甚至直接随同飞行。根据不同的样式与型号，你能有一分钟到几分钟的升空时间，达到50至400米的高度……”

亚该利亚站起身。

“这可能很重要。在座各位有没有谁参加过这项设备的使用培训？”

两只手举了起来。随后又来了一只。

“只有三人吗？”亚该利亚说，“啊，还有你吗？”他见皮尔克斯——现在回过神来——也举起了手，便添上一句，“那就有四位，并不算多……我们会询问地勤组的人员。先生们！这是一次——不消说——完全的志愿行动。我确实应该在开头就讲明。你们谁愿意参加这项行动？”

一阵轻微的咔嗒声，在场的每个人都站了起来。

“我代表主管感谢你们。”亚该利亚说，“太棒了……那么我们一共有17名志愿者。月球舰队将援助三支小队，另有10名驾驶员听候差遣，以及无线电话务员来协助运输车中的人员。我请你们大家先留在原地，而你们俩，”他转向麦克科特和皮尔克斯，“请随我来，我们去找主管……”

大约下午4点，皮尔克斯坐在了一台大型毛毛虫运输车的炮塔里，随着它疯狂的移动颠上颠下。他全副武装，头盔搁在膝头，随时准备在听到第一声警报后套到头上。他的胸前横挎着一把重型激光枪，枪屁股毫不留情地指向他自己，他左手拿地图，右手调节潜望镜，用以观察其他散布开来的运输车长长的行进路线，车辆颠簸得仿佛一艘艘小船正在横跨满地砂石的月海。这片荒漠的“海”在阳光下熠熠生辉，夹在两条黑黢黢的地平线之间，空空荡荡。皮尔克斯接到通信，然后传达出去，并与月球一号通话，与其他机器里的官员通话，与侦察机里的飞行员通话。侦察机喷出的萤火之光时不时在黑夜的群星间闪烁。即使如此，他总还是情不自禁觉得自己正陷入一个精心编织的愚蠢梦境。

事态发展得愈发疯狂。他并不是唯一一个认为建筑总部已经陷入恐慌的人。说真的，一台智商堪忧的机器人，就算装有激光发射器，又能有多大杀伤力？在中午召开的第二次“最高会议”上，大家开始讨论向联合国——至少是向联合国安理会——要求“特别批示”，即允许携带重型武器（最好是火箭发射器），甚至在可能的情况下使用原子导弹。皮尔克斯跟其他人一起表示抗议，在还没达成任何目标之前，他们可能就在所有地球人面前出了洋相。除此之外，等待国际组织做出类似决议，显然要好几天甚至好几星期，在此期间天晓得这台“疯狂机器人”会溜达到哪里，一旦它藏入月球地壳难以到达的裂缝中，就算动用世上各式型号的大炮，你也无法够到它。因此，必须要果断行动、杜绝犹豫。情况已经明了，最大的问题就在通讯，它也向来是执行月球任务的痛点。月球上恐怕存在约3 000个不同的、被设计用于辅助通讯的专利发明，从地震电报（以微爆炸为信号）到“特洛伊”同步卫星，一应俱全。这类卫星于去年安置在了轨道上——它们对现状没有任何改善。实际上，问题是通过安设在电线杆上的超短波继电器系统解决的，该系统很接近地球上人造卫星时代前的旧式电视传输线，比通过卫星进行通讯更加可靠，因为卫星工程师们仍在为如何使他们的轨道空间站不受太阳风暴影响而绞尽脑汁。在太阳活动期间的每一次飞行，以及随之而来的撕裂太空的高能带电粒子“风暴”，会即刻形成静电噪声，让保持通讯变得困难重重——有时会持续多日。其中一个太阳“龙卷风”最近正在肆虐中，因此月球一号基地与建筑工地之间的信息传递要通过地面继电器，歼灭瑟托行动的成功有赖于——至少是很大程度上——这位“叛徒”不要将摧毁架梁电线杆的想法塞进大脑里，45 根这样的电线杆正伫立在一片将月球城和建筑工地旁的卫星发射基地分隔开的荒漠里。当然，前提是假设那台机器人会继续在该区域潜行。毕竟，它的行动是完全自由的，既不需要燃料也不需要氧气，可以不眠不休，总而言之它自给自足。许多工程师头一回充分意识到，他们亲手打造出了如此完美的机器——一台无法预估其下一步行动的机器。主管与人工智能企业的地月即时商讨会从黎明就开始了，讨论得没完没了，出席人员包括瑟托设计公司的员工，但他们没提到任何麦考克博士没有说过的东西。那些试图说服专家去使用大型计算机预测机器人策略的，还是一群门外汉。瑟托具备智能吗？当然，以它自己的方式！这台机器“不必要的”——眼下却高度危险——“智慧”让行动组的许多参与者愤愤不平。他们不明白这些工程师他妈的为什么要将自由与自主权授予一台仅仅用于矿井任务的机器。麦克科特平静地解释说，这种“人工智能冗余”在技术发展的现阶段与一切传统机器和发动机里普遍存在的多余能量是一回事。这是一种危机储备，用于提高安全性和可靠性。预知机器将遇上的所有情况，无论是机械方面还是信息方面，都是不可能的。因此，对于瑟托会怎么做，大伙连最模糊的概念都没有。当然了，专家们，包括地球上的专业人士，已经将他们的意见用电报发来。唯一的麻烦是，这些意见相互矛盾。有些人相信瑟托将试图毁坏具有“人造”性质的物体，具体来说就是像继电器电线杆或高压电线这类东西；另一些人却认为它的能量会用于向行进道路上的所有障碍物开火，月球岩石或载人运输车都不能幸免。前者支持立即采取进攻，将其毁灭；而后者推崇一种“等等看”的战术。双方唯一达成的共识就是必须掌握机器的移动轨迹。

自清晨开始，就有 12 支月球舰队的小队在宁静海巡逻，不断向建筑工地的自卫队发送情报，建筑工地与位于卫星发射基地的总部又时刻保持着联络。想要在幅员辽阔的荒原中侦察瑟托这样渺小的金属块谈何容易，更何况这里处处是乱石，裂缝与半截埋在土里的缝隙随处可见，小型陨石坑像麻子般星星点点。至少，要是那些情报是否定的该多好！然而巡逻小组已经多次向地面人员报告，说那台“疯狂的机器”已经被目击到，结果却发现所谓的目标不是某种形态怪异的石头，就是太阳光线下闪着光的火山岩碎块。即使雷达配合磁铁感应器一同使用，结果证明作用也不大。随着月球开发与殖民的第一阶段而来的，是月面岩石废料上遗留下来的大量金属集装箱、火箭弹熔融的弹壳、各式各样的罐头垃圾，这些有时变成了最新警报的源头。因此行动组总部寄希望于瑟托最终攻击了什么东西，从而暴露自己。然而，它最近一次泄露自己的存在，就是攻击电路抢修小队的小型运输车。从那以后，似乎月面开了个口，将它一口吞下。但每个人都觉得守株待兔不是办法，特别是在建筑工地需要恢复能量补给的时候。这个占地约 10 000 平方公里的行动，是由两列从相反方向——分别从南、北出发——驶来的车辆把这一地区梳理起来。来自建筑工地的那支搜索队由他们的首席技术专家斯特泽勃指挥，第二支队伍从月球火箭发射基地出发，其中双边行动组的协调工作交到了该队的皮尔克斯手中，他将与最高指挥官（准将领航员浦莱达）紧密合作。他们随时可能与瑟托擦肩而过，对此他心知肚明。举个例子，它可能藏身在一个地壳构造形成的深沟里，或者仅仅是月球炫目的沙粒为它施了障眼法，他们永远不会注意到它。以“人工智能咨询师”的身份与他同乘的麦克科特也持有同样看法。

运输车颠簸得很厉害，以一种驾驶员小声告诉他们的“一会儿就让你们眼球暴突”的速度行进。他们现在来到了宁静海的东边，距机器人最有可能的所在位置不到一小时车程。跨越预先设定的边界线后，他们都带上了头盔，这样万一出现意料之外的撞击、失压或火力攻击，他们能立即弃车而逃。

运输车被改造成作战机器，机械师在它圆顶形的炮塔上加装了大火力的矿井激光炮，但准头实在差得可怜。皮尔克斯认为它们在瑟托面前毫无招架之力。瑟托装有自动瞄准器，由于它的光电学眼睛直接搭载在激光炮上，它能立即对出现在视野中心的任何物体开火。另一方面呢，他们的瞄准器却是旧式的，可能是从老旧的宇宙航行测距仪上卸下来的。在离开月球基地前，他们测试过，对准地平线上的几块岩石开火。岩石目标很大，距离不超过1英里，即使如此，他们试到第四枪才击中目标。更糟的是，在这里，你还要应付月球特有的环境：激光只有在传播介质——例如地球上的大气——中才可见，而在真空中，光线在射到障碍物质前都是不可见的，无论其能量有多大。因此，在地球上，你能像射曳光弹那样发射激光，其可见轨迹可以引导你。在月球上，没有瞄准器的激光毫无实用价值。皮尔克斯没有向麦克科特隐瞒自己的这个想法，他在只剩几分钟就要进入假定的危险区域时将此话告诉了他。

“我没想到这茬。”工程师说，随即笑着添上一句，“你为什么要告诉我？”

“让你不要心存幻想。”皮尔克斯回答，仍然低头盯着潜望镜的双目镜。虽然衬有泡沫垫，但他确信时间长了——当然，假设他能幸存下来——他会长出黑眼圈的。“还有一个原因，也是为了解释为什么我们后面载着那些玩意儿。”

“那些充气罐吗？”麦克科特问，“我见你从库房将它们取出来。里面有什么？”

“氨、氯和一些碳氢化合物之类的，”皮尔克斯告诉他，“我想或许能派上用场……”

“制作烟雾弹吗？”工程师试探着问。

“不是，我想的是某种瞄准的法子。既然没有大气，我们就造一个出来，至少暂时能……”

“恐怕来不及吧。”

“恐怕是的……我带着只是以防万一。对付疯子，疯办法往往效果最佳……”

他们默不作声了，因为运输车开始像个醉鬼一样摇晃起来，减震装置嘎吱作响，听起来里面的油分分钟就要沸腾。他们猛地冲下一个坑洼不平的斜坡。对面的坡道上微光闪动，尽是白色的浮岩。

“你知道我最担心什么吗？”待摇晃稍微缓和了一点，皮尔克斯重新打开话匣，他变得特别健谈，“不是瑟托，一点也不……是那些建筑工地出来的运输车。只要有一辆车领我们找到了瑟托，然后开始发射激光炮，事情就热闹了。”

“我看出来了，你把所有情况都考虑遍了。”工程师嘟囔道。那位坐在无线电话务员身旁的海军学员从椅背上探身过来，递给皮尔克斯一张无线电报，上面隐约可见涂写的字迹。

“我们已经进入危险地带，到达 20 号继电器处，目前一切正常。车已停下。来自斯特泽勃，通话结束。”皮尔克斯大声念道，“看来，我们马上也要戴上头盔了……”

车开得慢了一些，爬上一道陡坡。皮尔克斯发现自己没办法看到左边的邻居，只能看到右边的运输车像一个被冲上岸边的污点。他命令左边的车启用无线电，但没有回应。

“我们开始落单了，”他冷静地说，“我就知道会发生这种事。我们就不能将天线架高一点吗？不行吗？真糟糕。”

他们现在位于一个缓坡的最高点。不到200公里外的地平线上，明亮的阳光映照出托里拆利锯齿状的山脊，清晰的剪影下是昏暗的天幕。在他们的身后，整个宁静海尽在脚下。深深的构造裂缝出现在眼前，岩浆冻结的厚石板时不时从砂石下冒个尖，运输车就在上面缓慢而艰难地行驶着，起初像一艘小船颠簸在波涛上，虽然又重重地下坠，似乎要一头栽进一个未知的地洞里。皮尔克斯瞅到了下一个继电器的天线杆，迅速瞟了一眼紧贴在双膝的赛璐珞地图卡纸，命令全员带好头盔。从现在开始，他们只能通过内部电话进行联络。运输车比之前晃得更凶了——皮尔克斯的脑袋在头盔里晃来晃去，好似空壳里的一颗果核。

他们顺着坡道往下开，来到地势较低的地方。托里拆利被附近的丘陵挡住，从视野里消失了。与此同时，他们右边的邻居也失去了联络。有几分钟，他们还能听到信号声，随后，声音被从岩石上反弹的声波扭曲，之后迎来的便是无线电彻底的静默。戴着头盔从潜望镜里向外瞭望格外难受。皮尔克斯觉得自己要么会压碎镜框，要么会弄破目镜。他竭尽所能固定自己的视野，但运输车的每一次颠簸都会让视野彻底地移位，而场地上散布着数不清的土堆，漆黑的阴影与石头炫目的表面杂处一堂，使他眼花缭乱。突然间，遥远的夜空中冒出一个橘黄色的小火苗，它忽明忽暗，渐渐熄灭。又是一道火光，略微强劲。皮尔克斯大喊：“全体注意！我看到爆炸了！”同时他发狂般转动潜望镜的曲柄，从蚀刻在镜片上的网格中读取方位角。

“我们要改变航向！”他声嘶力竭地大叫，“47.8度，全速前进！”

这项命令实际用于宇宙飞船，但运输车驾驶员同样也能听明白。随着运输车在原地转向，向前加速，车身装甲以及车子的每一个连接处都猛地一震。皮尔克斯从座位上腾空而起，惯性将他的头扯离潜望镜的目镜。又一道火光——这一次是紫红色的扇形火焰。但火光，或者说爆炸的源头，远在视野之外，被他们正在攀爬的山脊遮住了。

“全体注意！”皮尔克斯喊道，“手持激光枪就位！麦克科特博士，请到舱门来。在我下令或万一遭到袭击时，你来打开舱门！驾驶员，减速！……”

运输车攀爬上的这块高地伫立在荒原中，仿佛某种月球怪兽半截埋在土里的小腿。这块岩石光可鉴人，实际上很像磨光的骷髅或巨人头骨。皮尔克斯命令驾驶员开到顶部。车轮踏面开始咔嗒作响，像是钢铁碾过草地的声音。“停下！”皮尔克斯大叫。运输车一个急刹车，冲着岩石点了个头，车身摇摇晃晃，减震装置在拉力下苦苦呻吟，终于停下了。

皮尔克斯看向一个宽浅盆地，它的两边由蔓延开的陈年岩浆筑成放射状的、由宽入窄的锥形堤围。大坑的三分之二躺在刺眼的阳光下，剩下三分之一裹在一片漆黑中。在那天鹅绒般的黑暗中，一辆开膛破肚的车，像一颗诡异的珠宝，闪着红宝石般渐渐暗淡的华光。除了皮尔克斯外，只有驾驶员看到了它，因为窗户的防护盾已经放下。说实话，皮尔克斯不知道该怎么办。“一辆运输车，”他自忖，“哪儿是它的正前方？它是从南边开来的？那大概是建筑队的车。但是它是被谁摧毁的呢？瑟托吗？而我现在站在这里，完全暴露在视野中，像个白痴。我们必须隐藏行踪。但其他运输车都哪儿去了？他们的车呢？我们又在哪儿？”

“我这儿收到消息了！”无线电话务员嚷道。他将自己的接收机接入内部电路，这样所有人都能从头盔里听取信号。

“轴可携带岩屑堆！墙面形成包囊——无用岬重复——接近其方位角——多晶硅变质作用……”单调、毫无起伏的声音充斥着皮尔克斯的耳麦，传递出清晰的字句。

“是它！”他大叫，“那个瑟托！在吗，无线电！迅速定位！我们需要确定方位！看在上帝的分上！趁它还在发送！”他大声咆哮着，他自己的呼喊声在被头盔的密闭空间放大，震得他失聪。他没等无线电话务员反应过来，自行低着头跳到炮塔的顶部，抓紧沉重的激光炮双把手，使其随着炮塔一同转动，他的眼睛已经贴上了瞄准器。与此同时，在他的头盔内，那个低沉的、近乎悲伤的声音不紧不慢地絮叨起来：

“沉重双面体消色差性黏性——波形有外皮段无需重复的反梯度种内插值”——这通胡言乱语似乎音量渐弱。

“定位是哪儿啊，他妈的？！”

皮尔克斯的双眼粘在了瞄准器上，他听到一声轻微的响动——麦克科特冲到前面，推开话务员，再来是一阵窸窸窣窣……

突然，他的耳麦里响起人工智能学者冷静的声音：

“方位角 39.9 度，40.0 度，40.1 度，40.2 度……”

“它在移动！”皮尔克斯意识到。炮塔必须通过曲柄来转动，他拼命地摇，差点叫自己的胳膊脱臼。数字的变化令人毛骨悚然。红线已经超过 40 度的刻线。

忽然，瑟托的声音拔高成一种拉长的尖锐叫声，然后陡然消失。同一时间，皮尔克斯扣动扳机，下方 500 米处，正好位于光与影分界线的一块岩石，腾出一团比太阳更耀眼的火苗。

隔着厚手套抓把手几乎不可能抓稳。令人炫目的火焰直射入盆地底部的黑暗中，在距离微微闪着光的报废车仅仅几十米的地方，它停住了，腾起的灰尘四处飞溅。它开始横向切割，第二次激起一束束的火花。耳麦里传来某种哀号。皮尔克斯不去管它，继续操作那束火光，它是那么纤细，那么可怖，终于在一根石柱上迸裂为上千个小火星，离心式地弹跳开来。他的眼前有涡旋的红圈在舞蹈，透过这些螺旋的残影，他看到一只明亮的蓝眼睛，比针头还小，它在黑暗深处睁开。它在另一边，并非他射击的地方。他还来不及移动把手，将激光炮沿轴旋转过去，运输车附近的一块岩石突然爆炸，像一轮液态的太阳。

“撤退！”他大吼一声，下意识地弯腰躲避，结果失去了视野。话说回来，他本来就什么都看不见了，除了那些缓慢褪去的红色螺旋残影，它们随即变成了黑色，然后又变成金色。

发动机轰鸣着。他们被如此的暴力掀翻，皮尔克斯一路滚到了车的底部，然后又被抛到了前面的海军学员和无线电话务员的膝盖之间。虽然他们将那些充气罐安稳地绑在装甲外壁上，它们还是发出了惊天巨响。运输车迅速倒车，车辙下发出了骇人的碾压声。他们赶紧掉转头，朝另一个方向疾驰，有那么一会儿，看起来似乎要翻车了……驾驶员拼命操作油门、刹车、离合器，不知怎么的把这台疯狂打滑的车重新置于了掌控之中。车子抖动了很久，终于静止不动了。

“密封还好吗？！”皮尔克斯从地上爬起来，高声问道。“幸好是橡胶的。”他心想。

“毫发无损！”

“唉，就差一点。”他站起身，挺直腰杆，用了一种截然不同的语调，又不无懊恼地添上一句：

“再往左 0.02 度，我就击中它了……”

麦克科特回到自己的座位。

“博士，干得很好，谢谢！”皮尔克斯坐回潜望镜边，对他说，“驾驶员，我们从上来的路往下开。那边有几个小小的峭壁，高高拱起——没错，就是那边！——开到它们投下的阴影中，然后停车……”

运输车缓缓地，似乎带着过度的谨慎，穿行在半埋在沙砾中的岩体间，然后停在它们的阴影里，这样就隐形了。

“做得好！”皮尔克斯几乎喜形于色，“现在我需要两名人手，随同我去勘察一下……”

麦克科特与那位海军学员同时举手。

“很好！现在，听着，”他转向其他人，“你们留在原地。不要跨出阴影一步，就算瑟托朝你们直冲过来也不行，安静地坐着。我猜，如果它想登上运输车，你们就不得不自卫，你们有激光炮，但最好不要……你，”他对驾驶员说，“帮这位年轻人从装甲外壁上将装气体的充气罐卸下来，而你”——这话是对无线电话务员说的——“联系月球基地、火箭发射基地、建筑队和巡逻队，告诉最先回复的一方，瑟托摧毁了一辆很可能是属于建筑工地的运输车，然后我们车上的三个组员外出猎杀它去了。所以我不希望有人把激光炮牵扯进来，盲目开火之类的……现在，行动起来！”

他们一人可以搬动一个充气罐，因此一共携带了四个。皮尔克斯领着队员们去的并非“骷髅头”的顶心，而是稍远一处，那里可以观察到一个地势渐高的、小而浅的峡谷。他们尽量靠近边缘，将充气罐靠着一块巨岩放下，然后皮尔克斯命令驾驶员回到车里。他自己擦着巨岩的表面往外窥视，将他的双筒望远镜调节得正好对准盆地的内部。麦克科特和海军学员蹲伏在他的体侧。良久，他开口道：

“我看不见它。博士，瑟托说的那些话有什么意义吗？”

“我对此表示怀疑。不过是把词语捏合在一起——某种精神分裂的病症……”

“那堆废铁上的火快灭了。”皮尔克斯说。

“你为什么开火？”麦克科特问，“里面可能有人。”

“但并没有。”

皮尔克斯的双筒望远镜一毫米一毫米地移动着，将光照区的每一道褶皱和裂缝都仔细检查了一遍。

“他们根本没时间跳车。”

“你怎么知道？”

“因为它把运输车一切两半。现在仍然看得到痕迹。他们肯定是朝它撞了过去，它从几十米外开的火。除此之外，两扇舱门都关着。不对，”他顿了几秒后，补充说，“它不在阳光下。大概还没机会偷溜到别处……我们来个引蛇出洞。”

他弯腰将一个沉甸甸的充气罐举起放在巨岩的顶部，再推到他面前适当的位置，从牙缝里挤出一串呢喃：

“这是西部牛仔对战印第安土著的现实翻版，我梦寐以求的情境……”

充气罐滑了一下，他把住阀门将其放稳，然后趴在砂石上，说：

“你若看见蓝光一闪，立即开火——那是它的激光炮发射眼……”

他卯足力气去推充气罐。充气罐起初速度缓慢，随后越来越快地沿滑坡向下滚落。他们三个都举枪瞄准。现在充气罐已经往下滚了 200 多米，由于坡度变缓，速度慢了下来。有几次，突出的岩石似乎快要将它拦住，但它翻了过去，越变越小，变成了模糊的光点，到达盆地的底部。

“没有反应？”皮尔克斯颇为失望，“要么它比我预想的聪明，要么它只是对充气罐不感兴趣，还有可能……”

话没说完，他们下方的坡道上闪过一道炫目的光。火光顷刻间化作黄褐色的厚重云团，云团中心有余火依然闪着光，火焰边缘向外蔓延至石脊之间。

“是氯……”皮尔克斯说，“你们怎么不开枪？什么也没瞅见吗？”

“没有。”海军学员与麦克科特异口同声。

“那个混蛋！它要么躲在裂缝中，要么是从侧面射击的。我现在真的怀疑这样能否有效，姑且一试……”

他拿起第二个充气罐，跟在第一个后面扔了下去。一开始，它的滚动与前者一模一样，但滚到斜坡中段，它偏转方向，然后停了下来。皮尔克斯没有看它——他的全部注意力集中在黑暗的三角地带，瑟托就埋伏在其中。时间走得很慢。突如其来地，一场枝状爆炸将斜坡撕裂。皮尔克斯定位不了机器人的藏身处，但他看到了一条火的射线，更准确地说，是射线的局部，因为它在经过前面的气团时显现为一条阳光般明亮的燃烧着的火线。他立即追着这条越来越暗淡的发光轨迹瞄准，黑暗带的边缘刚一进入十字准线，他就扣动了扳机。显然，麦克科特在同一时间采取了同样的行动。片刻后，海军学员也加入了进来。三道光像刀锋一般剖开了盆地暗黑的底层，那一瞬间，仿佛某种庞大、炽烈的盖顶径直砸到他们眼前——保护他们的岩体整个都在颤动，从岩块边缘天女散花般放射出无数灼人的虹光，燃烧的石英乱溅到他们的机甲和头盔上，很快变成细小的泪珠形凝结物。他们现在平躺在岩石的阴影里，头顶上像有一把灼热的大剑在擦着岩体表面进行第二轮、第三轮的劈砍，而巨石表面立刻布满了冷却的玻璃气泡。

“大家还好吗？”皮尔克斯头也不抬地问。

“没事！”“我也是！”——传来回应。

“回下面的运输车，叫无线电话务员联系所有人，因为我们找到它了，并且会尽量长时间地牵制住它。”皮尔克斯对海军学员说，后者倒着爬了几步，猫着腰朝运输车停泊的岩石方向奔跑起来。

“我们还剩两个充气罐，一次一个。博士，我俩交换位置。请千万小心，压低身子，它已经击中我们的正上方……”

皮尔克斯边这么说，边拾起一个充气罐，借助巨大的石板投下的阴影，迅速向前移动。大约往前走了 200 步，他们在一处岩浆堤坝的裂口里停了下来。从运输车折返的海军学员起初没法找到他们。他剧烈地喘息着，似乎至少狂奔了 1 英里。

“别急，慢慢来！”皮尔克斯对他说，“说吧，怎么回事？”

“通讯恢复了……”海军学员蹲到皮尔克斯身边，他看到头盔镜框后面年轻人的眼睛一眨一眨，“在那辆车，那辆被毁的通讯车里……原本有四名建筑工地的员工。第二辆车肯定撤离了，因为它配备的是侦察激光……其余的继续行驶到了另一端，什么也没发现……”皮尔克斯点点头，仿佛在说“跟我想的一样”。

“其他车呢？我们的小组在哪儿？”

“基本上，他们都离这儿 20 英里，那里误触了警报，有巡逻火箭宣称目击到瑟托，将所有人员召集到现场。有三辆运输车没有应答。”

“他们多久能到达这里？”

“目前来说，我们只能接收……”海军学员局促不安地说。

“只能接收？你什么意思？！”

“无线电话务员说，要么是发射台出了故障，要么是这地方削弱了他的发射信号。他问能不能换一个停车点，好让他测试……”

“必要的话，他可以变换地点。”皮尔克斯答道，“还有，请你别再像那样跑来跑去！走路小心点！”

但对方肯定没听见，因为他又朝来的方向疾奔而去。

“如果我们成功通上话，他们最快要一个半小时到这儿。”皮尔克斯说。麦克科特沉默不语。皮尔克斯在思考下一步动作。他们是否该等待？派一队运输车席卷整个盆地，大概能确保胜利，但也会有损失。相较于瑟托，他们的运输车目标过大，行动迟缓，而且必须协同作战，如果建筑队的那辆大拖车来了，那这场决斗算是告吹了。他试图想出一些对策，诱使瑟托进入光明地带。如果有可能派一辆远程操控的无人驾驶运输车作诱饵，然后从别处攻击机器人，比方说，从上方……

他意识到根本不需要等谁来支援，自己手里就有一辆车。但实施计划并没有成形。像那样盲目送辆车出去不会有好结果。它直接就能把车轰得稀巴烂，根本无须移动。它真的能意识到自己所处的阴影区给它提供了很大的优势吗？就算它拥有各种策略，但这台机器人并非是为了作战而设计的……它看似荒唐的行为里有其道理可循，没错，什么道理呢？他们垂头丧气地坐在岩石遍布的斜坡脚下，斜坡稠密、冰冷的阴影将他们笼罩。突然，皮尔克斯眼前一亮，他之前就像个彻头彻尾的白痴。如果他是瑟托，他又会怎么做？他心中立即警报大作，他十分确信它——站在它的角度——将发起进攻。被动地等待只会一无所获。那么，它会朝他们进发吗？即使是现在？全程在黑暗的掩护下，谁都可以轻而易举地抵达西边的峭壁，况且到处都是巨大的岩体和开裂的岩浆，在这样一片迷宫中，谁都可以天长地久地隐匿起来……

现在他几乎有十足的把握，瑟托会正好从这条路过来，他们随时可能撞见它。

“博士，我怕它会打我们一个措手不及，”他跳起来，语速急切，“你是怎么想的？”

“你认为它会偷袭我们？”麦克科特笑着问，“我也这么想过。没错，逻辑通顺，但它会依逻辑行事吗？这倒是个问题……”

“我们再试一次，”皮尔克斯含糊地说，“我们推这些充气罐下山，看它什么反应……”

“明白。现在吗？”

“是的，要小心！”

他们将充气罐拖至丘地的顶上，尽量避开来自盆地底部的视线，然后将两个充气罐同时往下推。很可惜，稀薄的空气无法让他们听清两个充气罐是否在滚落，或者是以什么方式滚动。皮尔克斯下定决心，并且——奇怪地感觉自己正赤身裸体，仿佛头上没有戴钢盔，身上没有覆盖沉重的三层防护机甲——让自己平贴在岩体上，谨慎地探出脑袋。

下方一切如故，只不过那辆运输车残骸看不见了，因为它冷却的残片与周围的黑暗混为一体。阴影盘踞在同一片区域，形状是一种拉长的不规则的三角形，其底边毗邻西脊最高的几块岩体的峭壁。一个充气罐撞上石块，旋转成竖直方向，停在了下方几百英尺处。另一个仍在往下滚，速度渐慢，越变越小，最终也静止下来。什么也没发生，皮尔克斯丝毫不喜欢这个结果。“它并不愚蠢，”他心想，“它不会攻击别人送到嘴边的靶子。”他企图找到大约10分钟前瑟托因激光眼的闪光暴露自己的那处位置，但极为困难。

“或许它不在那儿了，”他沉思着，“或许它往北撤退了，又或者沿盆地底部或磁航线上的裂缝平行移动了……万一它抵达峭壁，走进迷宫，那我们就永远逮不到它了……”

他慢慢在自己的激光枪上摸索，抬起枪托，肌肉放松。“麦克科特博士！”他喊道，“你能来一下吗？”

等博士爬到他跟前，他才说：

“你瞧见那两个充气罐了吗？一个在正下方，另一个稍远……”

“看见了。”

“先射近处的那个，再射远处的，中间间隔，大概40秒……但不是从这里开枪！”他赶紧添上一句，“你得找一个更好的方位。啊！”他偏头示意，“那个位置不坏，从那个洞穴里。你开枪后，立马爬回来。了解吗？”

麦克科特没有多问，立马压低身子往指定方向匍匐前进。皮尔克斯焦急地等待着。只要它有一丝接近人类，它都会有好奇心。所有智慧生物都具有好奇心——当无法理解的事物发生，好奇心会驱使它有所行动……现在他已经看不见博士了。他克制自己，不去看充气罐，它们将在麦克科特的射击下爆炸。他全神贯注于阳光下的砂石带，那片区域就夹在阴影地带与地表灰岩之间。他将双筒望远镜贴上眼睛，视野移到熔岩流地块。透过镜片，原始的地貌从眼前缓缓掠过，这些地貌仿佛形成于某个抽象主义雕刻家的工作室：像螺丝一样扭曲的锥形方尖碑、板块上犁出蛇形的缝隙——发光的平面混合之字形阴影，产生强烈的视觉刺激。在他的视线边缘，下方很远的坡道上，迅速蹿起一道光。隔了好一会儿，第二道光闪过。万籁俱寂。唯一的声音来自头盔中自己脉搏的搏动，阳光正试图穿透头盔，钻进他的头颅中。他透过镜片在乱糟糟的相接地带扫视。

有东西在动。他僵在原地。在一块形似巨型石斧折断的斧刃的石板那剃刀般锋利的边缘之上，出现了一个身影，半圆形，类似黑岩的色泽，但它长有双臂，双臂从两侧伸出，牢牢抓着岩体。现在他能看到它了——它的上半身。它并非没长脑袋，更像是一个人佩戴着非洲巫师那种神鬼面具，面具遮盖住面部、脖子和前胸，但已经被某种怪异的方式压平了……他用右臂的肘部去够激光枪的后端，但并不急于射击。风险太高——使用相对较弱的武器从这么远开枪，射中的概率微乎其微。对方一动不动，但似乎在用它那颗稍微从肩膀上凸起的脑袋查看斜坡上浮动的两个气团的残雾，它们正无助地消散于空气中。这么过了好一会儿，看起来它似乎不明白发生了什么，也不确定下一步该如何行动。皮尔克斯完全理解它的迟疑和拿不准，他感觉嗓子眼被什么堵上了，因为它的表现里具有特别不寻常的熟悉感，十分接近人类本质的东西。我若处于它的位置会怎么做，怎么想？有人在向我之前攻击过的同一种物品开火，因此这个人不可能是对手，也不是敌人，应该是某种盟友。不过我当然知道自己没有盟友。啊，不过，万一他是跟我一样的存在呢？

对方行动了。它的动作既流畅又格外轻盈。很快，它完全进入视野中，立在那块颠倒的石头上，仿佛仍在寻找两次爆炸的神秘起因。接着它转身跳下来，微微前倾，开始奔跑——它时不时从皮尔克斯的视野消失，但绝不会超过几秒钟，然后就踩着岩浆迷宫的石脊暴露在阳光下。虽然一直在盆地底部奔跑，但它却以这种方式在接近皮尔克斯。现在挡在他们之间的只剩下斜坡，皮尔克斯琢磨着自己是否根本用不着开枪。但对方通过了一条条狭窄的太阳光带，再次融入黑暗。由于它接连不断地变换方向，在岩块和碎石间挑拣路线，没人可以预测下一次它那正像奔跑者那样展开保持着平衡的手臂和无头的躯体会从何处现身。一道金属光芒闪过，它就消失无踪了。突然间，锯齿形的闪电扫过马赛克般的砂地，在瑟托奔驰过的地方激起几条长长的螺旋上升的火花旋风。是谁在开枪？皮尔克斯看不到麦克科特，不过火光来自相反的方向——只可能是海军学员那个小屁孩，那个白痴！他气不打一处来，咒骂着那小子，当然是因为目前一事无成——腾起的碎石逗留了一刹那就消失了。“不光如此，他还试图从背后射击！”皮尔克斯怒气冲冲地想，一点也不觉得这种责怪是荒谬的。瑟托没有回击。为什么？他想发现它的蛛丝马迹，这番尝试归于徒劳。是因为抬高的斜坡妨碍了视线？可能性很大……如此一来，现在他可以安全地移动……皮尔克斯从他所在的高地滑下来，看到再也没有谁从盆地底部监视他。他微微弓起腰，沿盆地边缘奔跑。他经过海军学员身边，后者像在步枪打靶场上那样俯卧着——双脚分开得很远，紧贴两侧的岩石——皮尔克斯莫名地涌起一股想从背后给他一脚的冲动，这股冲动又被他那件不合身的制服放大了。但他只是慢下脚步，大喊一声：

“你再敢开枪试试，听到没？！把激光枪收好！”

在海军学员转向他所在的方向，困惑地四处张望——因为声音来自他的耳麦，没有指示出皮尔克斯所在的方向或位置——皮尔克斯早已跑没影了，生怕浪费宝贵的时间。他全速飞奔，直到发现自己面前出现了一个宽阔的豁口，突然间他把整个盆地底部尽收眼底。

这是一种地质构造上的沟槽，历经沧桑岁月，其边缘已经风化，失去了锐度，正如山上的沟壑在侵蚀下越变越宽。他犹疑不决。他没见到瑟托，不过在这块有利的地形上他可能本来就无法看见它。于是他冒险走进沟槽，激光枪随时准备开火。他明知自己的所作所为太过疯狂，却抑制不住那股冲动……他告诉自己，他只想要看一眼，他会在第一处可以让他检查到地表岩体最边缘处及其下方整个碎石迷宫的地方停下来。或许，在他倾身奔跑，靴底碎石不断飞溅的时候，他当真对此深信不疑。但现在他大脑停摆了，他在月球，因此体重还不到 15 公斤，即便如此，不断加大的角度让他犯了难，他每次能跳过 8 米，刹车却要用尽全部气力。他已经搜索了半个斜坡，沟槽终止于一条小路上——阳光下堆积的是第一批火山岩流，其远端黝黑，南部闪闪发光，位于下方约 100 米处。“这次是我自找的。”他心想。瑟托的逍遥窟近在咫尺。他飞速朝左右两边各瞥了一眼。他孤身一人，炽热、陡峭的石脊屹立在他的头顶，衬在晦暗的天空下。之前，他还能从岩石间狭窄的缝隙里进行鸟瞰，但现在，最近的岩石挡住了裂缝组成的十字形迷宫。“不妙，”他想，“最好掉头回去。”但不知怎么的，他知道自己不会走回头路。

他不能就呆立在这里。往下走几十步，有一片孤零零的岩浆。由巨大峭壁往托里拆利的山脚下泼洒的火红岩浆形成了一条长长的舌头，这片岩浆就是它的终点——它九曲十八弯后最终抵达这个落水洞。这里是可利用的最好掩护。他一蹦就够到了它，只不过他发现月球上被拉长的腾空时间特别叫人恼火，这种慢动作般的跳跃像是在做梦，他永远都没法适应。他蹲伏在棱角突出的岩石后面，探头朝外窥视，一眼看到瑟托从两个凹凸不平的石质刺突后走出来，在第三个刺突周围绕圈子，用金属的肩部摩擦它，然后便停下。皮尔克斯从侧面看着它，它只有局部被光点亮，只有右手臂在发光，光线晦暗不清，像个上好油的机械零件，而它的其他构件隐在黑暗中。他刚把激光枪抬到眼睛的高度，对方就似乎预感不妙，倏忽间无影无踪。有没有可能它只是退回到阴影里，仍然站在那边？那他应该朝阴影开枪吗？他已经瞄准它，但没有碰扳机。他放松肌肉，枪管也放下来。他在等待。没有瑟托的身影。他正下方的碎石铺展开，形成可怖的迷宫，人可以在里面玩上几个小时的捉迷藏——玻璃状的岩浆拼合成诡异的几何形状。“它在哪儿？”他思索着，“要是能听见什么就好了，但这该死的地方缺乏空气，真像是噩梦啊……可以下去猎杀它。不行，我不能那么做，它才是发疯的那个……而我至少可以考虑周密。地表岩体延伸不到 12 米，在地球上需要两步跨过去。我能躲进底下的阴影中，隐藏行迹，沿着岩体移动，背部始终处于岩石的掩护中，迟早它都要走进我的视野……”石头迷宫里毫无动静。若是在地球上，太阳到目前为止早就移动了一大截，但在这里月球的漫漫长日当道，太阳似乎一直悬挂在同一个地方，将靠得最近的群星隐没，因此它周围环绕着黑暗的真空，中心是一片橘黄色的放射性薄雾……他从岩石后探出半截身躯。一无所见。他开始觉得腻烦。对方怎么不现身？无线电通讯至今还没有恢复。简直不可想象……不过他们可能是计划着将它从碎石地里驱赶出来……他透过厚玻璃瞅了一眼手腕上的手表，觉得不可思议——距离他与麦克科特的上一次对话才过去不到 13 分钟。

他正准备放弃目前的站位，有两件事同时发生了，出人意料的程度不分伯仲。透过骑跨在将盆地东面封死的两处岩浆堤坝间的石拱门观察，他瞧见两辆运输车一前一后地移动着。它们仍有一段距离，可能大于 1 公里，正在全速前进，车尾扬起长长一片飞旋的灰尘，像是坚硬的羽毛。与此同时，一双看似套着一副金属手套的人类大手，巴到绝壁的边沿，随之冒上来的——眨眼间，他还来不及退让——是瑟托。他俩之间不到 10 米的间隔。皮尔克斯看到它的躯干上隆起的、充作头颅的大包，夹在孔武有力的两肩中间，上面的光圈镜片熠熠生辉，一动不动，像两个黑洞洞的宽距眼睛，中间还有第三只眼——暂时盖上的激光发射器。他手里握着激光枪，但机器的反应速度远超过他，何况他都没尝试举起武器——他仅仅只是呆滞地立在充沛的阳光下，两腿打弯，好像他正要跳离地面时被它的突然出现所打断。双方面面相觑：一尊人类的雕像，一尊机器的雕像，皆包裹在金属里。接着，可怕的光摧毁了皮尔克斯面前的一切，爆炸的热浪推着他向后弹飞。落地时，他尚未丧失意识，并且在瞬息之后只感到诧异，因为他可以对天发誓射击他的绝不是瑟托，直到最后那一刻，他都看着它暗淡、失明的激光之眼。

子弹扫射过来，他仰面躺下。不过子弹显然是冲他来的，因为片刻后又是一道可怕的火光，击碎了他用以自我保护的尖石的一角，熔化的矿物碎粒四处乱飞，编织成一张令人眼花缭乱的蜘蛛网。他们瞄准的是他站立时头部的高度，而他刚才躺着逃过一劫。是第一台车干的，他们从上面发射激光炮。他翻滚至侧身位，然后看到了瑟托的后背。它像是青铜铸造的，岿然不动，反射出两团淡紫色的阳光。即使隔着如此远的距离，也能看到打头的运输车所有轮胎印杂乱无章，包括滚轴和导向轮。腾起的灰尘与燃烧气体所形成的云幕让第二辆运输车失去视野，根本无法射击。那个 2.5 米的巨人不紧不慢地看向俯卧在地，仍旧抓着武器的人，随后转过身，稍微屈膝，准备跳回它来的地方。然而皮尔克斯笨手笨脚地从侧面向它射击——他本打算切断它下面的双腿，但他扣扳机时肘部一抖，一把烈火之刃将这个巨人从上到下劈成两半，它变作一团火光四溢的废铁，滚落到下方的碎石地。

被毁坏的运输车的车组人员安然无恙地弃车而逃，连一处烧伤都没有。皮尔克斯发现——其实是在很久以后——他们确实是在冲他开火，因为与黑暗峭壁融为一体的黑色的瑟托行动起来一点儿也不会引起注意。经验不足的炮手甚至没注意到视野中那人身上穿的是色泽浅淡的铝质机甲。皮尔克斯相当肯定，若是再来一击他绝不可能生还。是瑟托救了他，不过它意识到这一点了吗？多少次他在脑子里重演那最后的几秒钟，每一次他都愈发深信不疑瑟托站在那里是为了判断出谁才是远程火力的真正目标。这是否意味着它曾想救他？如今没人可以对此作答。神经机械学家们将整件事归功于“巧合”，但没一个人能拿出支持此观点的证据。这样的事情过去没有过，专业文献也没提及类似情形。所有人都觉得皮尔克斯那么做是迫不得已，但他并不满意。过后许多年，这个短暂的场面仍旧在他的记忆里，与死神擦肩而过的他毫发无伤地逃了出来，却永远无法得知全部的真相——苦涩之处在于，他用背后捅刀子的卑劣手法杀死了救命恩人。

（龚诗琦　译）

医学报告

传统职业为文学事业贡献了大量作家，其中没有哪个职业像医学那样高产。从柯南·道尔到威廉·萨默塞特·毛姆，再到迈克尔·克莱顿，众多弃医从文或者在行医之余从事写作的作家们极大地丰富了文学领域。一位医生解释说，医生之所以擅长创作虚构作品，是因为他们每天都要接触具有严重问题的人。在科幻小说领域，美国的两个突出例子是大卫·H. 凯勒（David H. Keller）和艾伦·诺思（Alan Nourse）；而东欧的则是波兰的斯坦尼斯瓦夫·莱姆和原捷克斯洛伐克（今捷克）的约瑟夫·内斯瓦德巴（Josef Nesvadba）。

内斯瓦德巴 1926 年出生于布拉格，于 1950 年在布拉格的查理大学获得医学学位——恰佩克 35 年前也从这所大学获得了医学博士学位。然而，当他在 20 世纪 50 年代转向科幻创作时并没有追随恰佩克的脚步。约翰·斯卡伯勒（John Scarborough）在《圣詹姆斯科幻作家指南》中指出："内斯瓦德巴显然继承了雅罗斯拉夫·哈谢克（Jaroslav Hašek）乃至卡雷尔·波拉切克（Karel Poláček）留下来的捷克文学遗产，而不是恰佩克的。内斯瓦德巴的作品并没有体现恰佩克的狂热讽刺幽默。他的作品视野更窄，舍弃了恰佩克宽广的国际主义，取而代之的则是凄厉的悲哀以及针对捷克民族命运的内心反思。”

内斯瓦德巴是一名执业精神病医师，也是查理大学的一名教员，他的作品以心理学戏剧为主。斯卡伯勒指出：“他的短篇小说几乎全都是内敛忧郁的风格。他对于人文主义道德观的探究针针见血，令人心惊。他笔下的角色都是些现实生活中的‘小人物’，栖居在苏联主导下的现代捷克斯洛伐克，他将他们刻画得入木三分。”内斯瓦德巴一开始写的是短剧，后来转向了侦探小说和科幻小说。他最多产的时期是 20 世纪 50 年代末与 60 年代，这一时期他出版了三部短篇小说集，分别是《人猿泰山之死》（*Tarzanova smrt*，1958）、《爱因斯坦的大脑》（*Einsteinův mozek*，1960）和《背道而驰的探险》（*Výpravy opačným směrem*，1962）。后来他又出版了两套同名或书名类似的选集——《背道而驰的探险》（1976）和《爱因斯坦的大脑和其他故事》（*Einsteinův mozek a jiné povídky*，1987）。他还在 1974 年出版了根据埃利希·冯·丹尼肯（Erich von Däniken）的外星人访问地球的点子所改编的悬疑小说《埃里卡·N. 的呓语》（*Bludy Erika N.*）。

自 1979 年起，《父母的驾照》（*Řidičský průkaz rodičů*）、《重返米内哈瓦[1]》（*Minehava podruhé*，1981）和《我在找一个男人做丈夫》（*Hledám za manžela muže*，1986）陆续出版，标志着内斯瓦德巴的作品迎来了新的热潮。他的许多故事都得到了捷克电影界的改编，例如《人猿泰山之死》（1962；影片英文名为《猿人之死》）、《谢内明德[2]的白痴》（*Blbec z Xeenemünde*，1962）、《失去的脸》（*Ztracená*

1.《米内哈瓦》是捷克作家爱德华·施托什（Eduard Štorch）于 1950 年出版的长篇冒险小说，当时捷克境内新发掘的新石器时代遗址启发了这本小说的创作。
2. 谢内明德是对佩内明德的戏仿，后者是第二次世界大战时期纳粹德国秘密研制导弹的基地。

tvář，1965）、《绅士们，我把爱因斯坦给宰掉了哦！》（*Zabil jsem Einsteina, pánové!*，1969）、《魔像小姐》（*Slečna Golem*，1972）、《费拉特的吸血鬼》（*Upír z Feratu*，1981）、《明天我会醒来用茶水烫伤自己》（*Zítra vstanu a opařím se čajem*，1977）。

小雅罗斯拉夫·奥尔夏等人在《科幻小说百科全书》中认为内斯瓦德巴的故事"情节错综复杂且逻辑性极强"，这些作品使得内斯瓦德巴成了英语世界最著名的捷克作家之一。此外这些作品还被翻译成了许多其他语言，被翻译次数最多的短篇小说有《吸血鬼有限公司》（"Vampires Ltd."）、《第三帝国最后的秘密武器》（"The Last Secret Weapon of the Third Reich"）、《追寻雪怪的足迹》（"In the Footsteps of the Abominable Snowman"）、《猿人之死》（"The Death of an Apeman"）、《失去的脸》（"The Lost Face"）、《尼莫船长最后的冒险》（"Captain Nemo's Last Adventure"）、《命运的化学方程式》（"The Chemical Formula of Destiny"）、《莫罗博士的另一个岛》（"Doctor Moreau's Other Island"）、《背道而驰的探险》（"Expedition in the Opposite Direction"）、《作茧自缚》（"Inventor of His Own Undoing"）、《闻所未闻的审判》（"The Trial Nobody Ever Heard Of"）等，其中许多作品被收录进他的两本英文选集，分别是《吸血鬼有限公司》（1964）和《追寻雪怪的足迹》（1970；此选集也曾以《失去的脸》为书名出版）。

（万年看客　译）

分裂的卡拉

[捷克] 约瑟夫·内斯瓦德巴

自我从精神病诊所退休，隐居至一小镇，距今已有 10 个年头，兴许是 20 个年头了。这座小镇毗邻波希米亚西部边界，坐落于我们通常所称的宝矿山脉中。我来这儿的本意是写本书，但我又不想完全舍弃自己在精神病学领域的工作，为此我在休斯蒂镇一家几乎空无一人的大型精神病院的公寓里安顿了下来。（这个镇的镇名发音与美国城市休斯顿[1]颇为相似，但它和太空计划并无半点关系，或者说我刚搬进来的时候是这么想的。）医院的综合楼建于上个世纪，是按当时流行的样式建造的。它包含十幢建筑，看起来多多少少像是别墅，将一间教堂围在其中，整体坐落于一个大园林中。当然，医院之所以冷冷清清，要归因于 20 世纪 50 年代新药物疗法的引入，许多病人得以治愈出院，于是眼下只有两幢建筑还在使用中，其余的则闲置着。小镇自身的历史可以追溯到中世纪。直到三十年战争前，它都是一个繁荣兴盛的中心区域。白银和其他贵金属大规模地从附近的山中开采出来（山脉因此而得名）。早在 16 世纪，距离这里不

1. 休斯顿的绰号为“太空城”，因为它是约翰逊航空中心的所在地，任务监控中心也设在这里。

远的约阿希姆斯塔勒镇（简称“塔勒镇”）就已经铸造出了塔勒银币，世界上某些现行货币的名称“刀勒”[1]就是由此而来。

当然了，写写书、照料照料医院里剩下的几个住院病人并不会耗光我所有的时间。于是我又为附近有需要的人提供了一项咨询服务。我相信预防才是正途，为此我花了大量的时间出差做演讲。我演讲的题目通常是“如何合理生活，远离心理问题”。我尤其喜欢在学校做演讲，年轻人需要这样的心理咨询，他们习惯于忘却理性“坠入爱河”，习惯于把梦幻当成现实，诸如此类，不一而足。也正是通过这种方式，我结识了休斯蒂文法学校的校长柯克先生。

柯克先生与我年纪相仿——这意味着，他离退休也不远了。另外，和我一样，他也是独居。或至少通常如此。他所深爱的妻子是一位非常美丽的女士，两年前去世了，可怜的柯克先生为此深受打击。事实上，我很替他难过，并尽力做到时常去看望他，与他讨论我们的心理健康推广运动。我知道有一个年轻的姑娘——我猜是他女儿，或是他的一个表妹——出于某些健康原因，好几年都是和他一起过的暑假，但我并不了解这个年轻女子。

然而，我自认是了解柯克的，所以当某一天后半夜他把我叫醒时，我着实吃了一惊。他是和那个年轻姑娘一起来的，而她在瑟瑟发抖。

我不记得我具体跟他说了什么，我想大概就是几句表达“很高兴见到你表妹”的含糊的客套话。我当时只穿了一件睡袍，完全没有做好迎接访客的准备。他激动地打断了我的话。

“她不是我的表妹，”他说，“首先，我没有表妹。卡拉是我的第二任妻子。我们是秘密结婚的——噢，还有，你得马上给她检查

1. 英文版原文为“dollar”，货币单位，指美国、加拿大、澳大利亚以及其他一些国家的货币。此处为配合上文的银币名“塔勒”，故使用此音译。

一下！”

我的脑子这才开始清醒起来。当我把他们领进书房时，我发现她无疑要比柯克年轻 20 多岁，而且，她看起来确实被某种情绪控制住了。我还没来得及发问，柯克就滔滔不绝地说了起来：

“卡拉是我一个老朋友的女儿。简而言之，他把她送到了这儿，因为这里的气候比城里好，空气也更清新。但她在有次开车时出了车祸，昏迷了四天。她需要有人照顾，而我又是单身一个人……”我试图阻止他，因为我不喜欢听别人在有精神压力时吐露他们的隐私，但无济于事。“所以我们结婚了。她的身体好了许多。我们幸福地生活在一起，而她也变得相当健康——你自己也亲眼看到了，不是吗？”柯克问道。

我发出了某种表示同意的声音。这倒是真的，我记得我见过这位年轻的女士穿着短裤，骑自行车在附近转悠。事实上，在旁人看来她真可谓秀色可餐，而且浑身上下无不透着健康的气息。

“她很健康，”柯克重复道，“直到今晚！当时我正在睡觉，她突然从床上溜了出去，跑到本地邮电局，叫醒了电话接线员，要求立即接通一个日内瓦的电话号码！”

“日内瓦？”我重复道。

“没错，日内瓦！这已经够离奇的了吧，但还没完呢。她说话的声音跟平时截然不同，接线员觉得那更像是个男人的声音。接线员曾是我在文法学校的学生，觉得整件事颇为蹊跷，便没有接通日内瓦的电话，而是打给了我。我立刻赶了过去。”柯克敞开身上的长款皮大衣，我看见他里面还穿着睡衣，“但当我赶到邮局的时候，卡拉已经恢复了常态。但她在发抖，而且很害怕。”

的确是这样，此时她仍旧如此。当柯克在描述这件事时，泪水出现在了他妻子的面庞上。她无意忍住眼泪，也没把它们擦干，只是低语道："我必须知道发生了什么！这种事以前从来没有发生过。我在日内瓦没有朋友，我这辈子甚至没去过那儿。我只能认为我是奉命去做这件事的！"

"是有个声音命令了你吗？"我这样问道，因为有很多精神病人都声称他们听到过某种声音。

"噢，不，我不这样认为。"她心怀疑虑地说，"我不记得有一个实实在在的声音。而且现在我什么也没听到。"

她的丈夫忧虑地望着她。接着他转向我，急切地问道："你能收她住院吗？"

"我亲爱的柯克先生，"我皱着眉说道，"针对这类病例，住院无疑是最后的手段。不，我不会收她入院。我会给你们一些帮助入眠的药，然后要你们回家去。所有这一切可能仅仅是她车祸和长时间昏迷的后遗症。而且我敢肯定，你不希望通过这种方式把你们秘密结婚的事搞得人尽皆知，对吧？"

这位校长看上去并未被说服。"比家丑外扬还糟糕的麻烦有的是，"他强调，"你必须给她治疗！"

"我当然会给她治疗，"我向他保证道，"以合适的方式。我们可以明天下午见个面，然后聊聊天，这才是最好的开始方式。"

柯克看上去很沮丧，但他没去争辩，而是接受了我的决定。他们离开时，我觉得他俩看起来都颇为不安，于是我琢磨着自己这是要接诊一个病人呢，还是两个。

在医院工作时，我有一名年轻的助手。他是个既勤快又很聪明的年轻人，但可能并不适合从事这类工作。拿到文凭后，他最初的兴趣是从事运动医学，事实上他本人过去就是一名活跃的举重运动员。遗憾的是他在一次过于冒进的大重量试举中弄伤了脊椎，于是他不得不离开所在的医院，到这儿找了一份更平静、体力要求更低的工作。他依然很有胆量，肌肉依旧发达。但因为停止了训练，他开始发胖了。早上查房的时候，他跟在我后面，活像一个充满活力的圆球。

我很早以前就发现他对卡拉有一些兴趣。是真的，当我们从一幢楼走到另一幢时，卡拉偶尔会在栅栏后出现，我便常常能看到他的目光追着卡拉骑车的背影。他或许与她更般配，至少从年龄上来讲是这样。但据我所知，他们还从没说过话。我敢肯定，这是拜柯克先生的暴脾气所赐。镇上有传闻，说他是一个善妒的人。

我并不在意这些流言蜚语，一点也不，因为我认为他是一个讲道理的人，而嫉妒则是一种极端不理智的情感。然而，柯克确实不让妻子和镇上的居民接触。他甚至独自去购物，也从不在家里招待客人。简而言之，他不会冒任何可能最终导致他妻子出轨的风险。想到这些，我觉得在下午的心理诊疗时，我们可能应该设法找出他这种反常行为的根源。

然而，事情并没有按照这个方向发展。我等了这对夫妻很长时间。在喝完两杯茶后，我终于决定不再在这间位于一号楼阁楼上的小办公室里等下去了。但就在我踏出大门的时候，我看到紧张不已的柯克正绕着他那辆黑色的老式福特焦虑地踱步，同时无助地望向我所在的大楼。

“啊，你终于来了！”他大声嚷道——当然了，完全是蛮不讲理。我正要责备他，却见他向车子的后座指了指。

卡拉穿着一身粗花呢旅行服，正坐在那里，身边堆着几只旅行箱。她戴着墨镜，看上去就像一个即将进行长途旅行的人。“她又变了，”柯克啜泣道，“她想现在就去日内瓦，别的事则不愿谈。你必须跟她聊聊！带她进屋——如果有必要，用武力也行！”

我看了他一眼，示意他安静，然后大步走到车边，敲了敲车窗。卡拉转向我。她摇下车窗，十分平静地说："我想你会觉得这很不寻常。但这件事至关重要，我正在执行一项外交任务，而你有责任支持我。如果你能让那个老混蛋立刻开车直接送我去日内瓦，你自然会得到奖赏。"

不得不说，我被吓了一跳。她的声音低沉、缓慢、清晰，一点儿也不像上次我在半夜里听到的那样。但我很快精神抖擞了起来。对我来说已经很明显了，这就是一例人格分裂的病例！这在我们这行极其罕见，但仍然是有可能被确诊甚至治疗的。

我满意地瞥了柯克一眼，对他的妻子说道："好啊，但这堆破烂永远也跑不到日内瓦那么远的地方。它的车龄至少有30年了。进来吧，我会给你安排一辆更好的车。我猜护照什么的你都已经准备好了吧？"我继续说着，同时打开车门，仔细观察着她。当然，这是一项实验。我想搞清楚她的逻辑功能尚能运转至何种程度，因为很显然，跨越两个社会结构不是一件容易的事。

"很好。"操着低音的卡拉说，她平静地跟在我身后，向着我们的三号楼走去。尽管30年来鲜有被使用，但它仍然保留着化学疗法出现前用来治疗精神病的全套设备，其中包括一整套我们称之为"限制"装置的医疗设备。

我带她去了那间小病房，她毫不怀疑地走了进去。它原本是为来自富裕或权贵家庭的精神病患者设计的，墙壁和地板均由橡胶铺成，窗前装了网罩，角落里还安装了专用的开放式淋浴，在那里，会用热水或冷水对病人进行镇静、清洗——当然，是在穿着约束衣的状态下——直到他们幻觉停止，或是不再嚷嚷他们的那些抗议威胁之辞。一只垫子被牢牢地固定在地板上，她泰然自若地坐在上面，问道："出租车什么时候到？我的工作可是极其重要的。"

“是，当然。”我边说边隔着门观察她。她的外表明显有些东西不对劲，整个人似乎是在震动。她的衣服剪裁得相当宽松，而她的动作像极了我们这里古老的巴洛克教堂里供奉的那位圣母，几乎就要飞了起来。

我向她礼貌地道了声“再见”，将她锁在屋里。随后我把值班的男护士从主楼叫了过来。他是一个经验丰富的人，聚精会神地听取了我的指示：他只用静候并且观察她，仅此而已。

回到办公室后，我把情况向柯克校长做了说明。“我上一次见到人格分裂病例还是15年前。是，这种病实属罕见，不过预后还不错。”

“好的，好的。”他说。他急于获得心安，急于确信科学会治好他年轻的妻子。他甚至想要给我塞红包。鉴于医生受雇于国家，这种行为是被严令禁止的。我很生气，假装没注意到他的企图，继续告诉他更多情况：

“上次的病例是一个中年男子，他将自己的人格分裂成了‘詹恩’和‘乔安’两个人。詹恩住在布拉格，而乔安住在维也纳。二人均有家室，妻子们也都很有魅力，金发碧眼，看上去颇为相像。他是一名癔症[1]患者。对他来说，他的情况具有一种实用功能，因为这是能使他逃脱重婚罪起诉的唯一办法。当然，这种局面是他无意促成的。类似的症状在我们的工作中很常见，否则我们的病人就都成了纯粹的骗子了。”

“是的，是的。”他根本没听我在说什么，随口附和道，“你会帮她吗？你能治好她吗？”柯克热情得几乎抱住了我，而我后退躲开了。“你真够朋友！我应该几年前就告诉你我结婚的事的。”他叹了

1. 一般指分离性障碍，又称歇斯底里症，是一类由精神因素作用于易感个体引起的精神障碍。

口气，而就在我回过神之前，他已经离开了。

显然，他相信凭着当前的理性主义和科学水平，治好他的妻子是件容易事。但我没有那样说过。我只说有可能。但没多久，就在我助手进来的时候，我开始变得不那么确定了。

“我已经见过你的新病人了。”他宣布，“她说她来自一颗遥远恒星的行星，是一名大使，正在前往日内瓦的路上。之后，她还要去太平洋上的某座岛屿。”

我狠狠地训了他一顿。“从什么时候开始你也相信起癔症患者的幻觉了？等到这个女人明白这些幻觉对她毫无用处时，她的症状就会停止了。”

“她很迷人。”他若有所思地说。

“她病得很厉害！”我纠正。

“但是，”他说，“或许真有这样的银河帝国，毕竟——”

“只在故事里有！”我厉声道。这一天已经够我受的了，而他还在火上浇油。

他很固执。“太空旅行曾被认为是一种幻想，”他指出，“生态危害也是，更不用说核武器了。至少我建议，她应该在更正常的条件下接受观察，而不是在一间拘束病房里。就算这是一例人格分裂症的病例，它真的有那么严重吗？不是每个人都这样吗，在接到一通既冗长又烦人的电话时，会在剪贴簿上信手涂鸦，难道他也在分裂自己的人格吗？”

我摇摇头。“如果一个人不曾用另外一种语言这么做过，或是不曾有过另外的生活经历，他是不可能无意识地写下东西的。你要是乐意，可以去观察她，但只能是在橡胶病房里，并且要有那名男护士在场。”

我略感不适地转过身，不再理他。他这代人是让我感到陌生的第一代。他浪漫、狂热，热衷于迷信和“永恒的爱情”——而这一切正是我们穷尽一生想要摒弃的。

再说了，我还没吃饭呢。

有一段时间，吃饭对我来说成了一种不太愉快的经历。恕我直言，我的牙坏了。有人可能要奇怪了，为什么像我这样一个从事科学工作的人会忽视这个问题，直到问题变成麻烦。其中的缘由并不完全理性，但兴许还能被理解：这么多年来我的枕边人是一位牙医。无论如何，我吃得很少，而且几乎不与旁人一起吃饭。我的护士长会为我做晚饭，并把它放在我房间的小冰箱里。这已经成了她的习惯。

这天晚上，她为我准备了一些烤鸡肉，配上沙拉和一个土豆。我之前没意识到自己有那么饿，我站着把所有的东西吃了个精光，并且觉得味道好极了。我就着罐子喝完了里头的番茄汁，就在我咽下最后一口的同时，电话铃响了。

晚上的电话总是意味着麻烦。这份侵扰败坏了我的好心情，因为我本来想利用这段时间写写我的书的。我没好气地接通了电话。

电话那头的声音没能使我的情绪好转。“我今天拿到了你的X光片，”妻子说，这是她从我们位于首都的公寓打来的长途电话，“情况甚至比我预想的还要糟。我觉得你应该请个假，然后马上回来做手术。我和我老板谈过了，他已经准备好了亲自主刀。全国再也没有比他更好的牙科医师了。”

我没有立刻回话。我们的婚姻已经岌岌可危。我每个月会看望她两次，听她说说我们在非洲工作的已婚女儿的消息，谈论一下我们的公寓哪些地方要维修了，哪些地方该改造了，这些事似乎总是少不了，费用也势必由双方共同承担。我们会一起喝上一瓶红酒，然后第二天早上再各奔东西。然而，就在我上一次去看她时，她准备了一只火鸡，并发现我咀嚼起来有些困难。她比我小 10 岁，正处于她牙科事业的中期，对自己工作的重要性深信不疑。每碰到一个人，她就想给别人补牙。为了避免争论，我同意了第二天早上去拍几张 X 光片。

但我已经不觉得疼了。“我的牙齿根本没问题。”我告诉她，“我刚顺顺利利地吞了大半只鸡呢。你听到了吗？”我在电话里磕着牙齿，就像解剖学演示时的骨骼标本下颌那样。

“那肯定是发生奇迹了。”我妻子说，“请不要再固执了，回家来，接受治疗吧。”

我立刻就明白了她的意思。她不是关心我的牙齿，而是想引诱我回到我们的公寓，好打扰我写书。她从未放弃过让我再次回去的希望。

“我一点也不觉得疼。”我重申道，“晚安。”

但即便挂了电话，我还是无法集中精神工作。有什么东西在我的脑海里时隐时现。人格分裂的卡拉不是许诺过我会得到“奖赏”吗？她指的到底是什么？

我望向窗外，邻居家的窗子还亮着灯。就在我苦苦思索时，我再次走到冰箱前，拿出一只大苹果。我没用小刀，而是用我那无可救药的门牙咬了一口。

还是没觉得疼。牙齿轻而易举地就将果肉咬成了薄片，如同兔子啃食生菜一样容易。苹果汁欢快地淌过我的嘴唇。

看来，我有必要去问上几个问题。于是我关灯下楼。

邻居家的房子是镇上最古老的房子之一，被人们称作“巫巢”——这自然是村民们愚蠢的老观念。柯克在来我们镇时之所以选中它，其中一个理由便是，他认为一个崇尚理性的人，住在一座流传着怪奇故事的房子里再合适不过了。没有人知道故事起源于何时，因为在整个村子里，与这座房子历史同样悠久的就只有按照14世纪哥特风格建造的教堂和政府大厅了，而那些传说似乎就和这座房子一样古老。当时，附近的一座银矿声名远播，尽管谣言模糊不清、不足为信，但似乎都与住在那里的一位女巫有关。据说她经历了酷刑，并因此屈从，承认了自己与魔鬼本尊的共谋。时至今日，镇上的人依然会向来客们炫耀教堂前那块据传是女巫被活活烧死的地方。当然了，如果那些故事是真的，这座房子的准确称呼应该是“女巫之巢”，然而作为一个要流传经年的称谓，它无疑太难发音了。

邻居很快便开了门。他看上去既紧张又担忧，立刻无所顾忌地说了起来。“当然，”他说，“我几年前就该把一切告诉你的。对于我可怜的妻子来说，这可能要比把她关在这座房子里好得多。你本可以帮到她的，我确信这一点。”他把我领进他过世的妻子曾居住过的那个大房间——在今晚之前，我从没有来过这里。

我说：“你觉得，你应该告诉我什么？”

“一切！”柯克大喊道，“因为她有过和卡拉一模一样的症状！如果我不是一个理性主义者，我会说这座房子被诅咒了。五年前，我的亡妻开始用如出一辙的命令口吻、同样深沉的女低音说话。发作的时间并不规律，起初是一年一次，后来有时会频繁到一个月一次。到她去世之前，她已经完全不再用她原本的声音说话了。”

“可我对此一无所知！”我惊叹道。

“你当然不会知道。我做不到让别的任何人知道，而且情况甚至比我说的还要糟很多。她坚持要我相信她所说的一切，并要我遵从她的指示——那是什么荒唐的指示啊！她要求我组建一支军队，向塔勒镇进军，去征服它——‘解放它。’她说。她还要我带她去教堂——就好像她自己不认识路一样——并把她介绍给信徒们。好吧，当然了，在我们举办那么多的心理健康推广活动之后，附近的信徒已经所剩无几了，而那些仍想参加礼拜的人，只消在星期天搭公车去塔勒镇就行。所以，为了让人们来教堂，她坚持要弹奏管风琴，特别大声——事实上，演奏得还相当好。可这一招并没有招来什么信徒。如今人人都沉迷于看电视，他们只是抱怨她妨碍了自己听见电视节目的声音。终于有一天，就在她弹了足足一个小时仍没有人来教堂后，她越过二楼琴台的栏杆纵身跳了下去，一头栽倒在地上，当场就咽了气。”

“太可怕了。”我仔细打量着他，开口说道。他把这个故事讲得如此引人入胜，几乎就像是经过了事先排练一样，又或是已经讲过很多遍了——但不可能是后者，因为他对所有人都隐瞒了这个秘密。

“是啊，太可怕了。”他点头称是，“一出惨痛的悲剧，而这都是我自己亲手酿成的。我不该装成一个醋意十足的寻常丈夫，我应该老老实实地来找你，请求你的帮助。但我太懦弱了。我羞于让别人知道我的妻子是一个疯婆子。”

“是啊，没错。”我低声说，同时环顾起了四周。姑且不论我邻居的妻子有没有疯，至少我邻居本人看上去相当怪异。这间屋子的每一面墙上都挂着同一幅画的复制品。这幅画名叫《圣母升天》，正是挂在我们那座废弃教堂祭坛正上方的那一幅。画上是一位圣母……忽然，我发现这幅古画中殉难的圣母与我邻居美丽的第一任妻子有着惊人的相似之处——就这一点而言，甚至与他的现任妻子卡拉也没有什么不同。我随口指出了这一点，校长听完点点头。

“是，我自己也这么想过。”他同意道，“我不清楚你是否熟知我们镇的历史，但当年休斯蒂就是以这位圣母的名义攻打塔勒镇的。当然，他们失败了……”

他犹豫了一下，随后下定决心。“稍等。”他说。他打开角落里的壁橱，拿出一张旧画给我看。

“你注意到什么没有？”他问。

这样的他令我感到十分不安。“当然，”我说，“这是另一幅圣母画像。”

“但它并不是，”他摇着头说，“这是女巫本人。我家的房子就是以她命名的。你看画里她的身后，正是我们教堂的内部，除了圣坛和十字架什么也没有，跟两百年前的情况一模一样……当时女巫就是被绑在那里的刑架上，遭受拉伸四肢和鞭打的酷刑。”

我说：“的确是很像。”

他沮丧地看着我。“像？是啊，当然了。谁也不会说这是同一个女人，那是不可能的。不过奇怪的是，这两个女人竟然长得如此相像，几乎就像是同一个女人，而她能……”

他的话戛然而止。“嗯？”我追问，“她能什么？”

然而他只是再次摇摇头。“据说女巫说话的声音很奇怪。”他若有所思地说，“她说捷克语，而巴洛克圣母说的是德语。她们率领的军队中，有新教徒、天主教徒、捷克人和撒克逊人，甚至还有瑞典人和西班牙人。他们都想争夺这座小镇和附近的贵金属矿藏。”

“而他们全都是由一个女巫指挥的？”我试探性地问道。

“女巫？”他直起身子，愤怒地看着我。“我们不该相信有什么女巫！甚至连圣母都不该信。不，不该。是癔症驱使了她们所有人，没错，就是癔症！”他得意扬扬地说着这一切，仿佛通过说出“癔症”二字，他就诊断了这种疾病，而我，作为一名医生，必定知道如何去治疗它——仿佛他说的是“扁桃体炎”一样。

我想测试一下他。“我的助手谈起过银河系的智慧种族。”我试探着说。

邻居苦笑。“我们永远都无法从迷信的余毒中解放出来，”他断言道，“即使它们现在换上了新的名字。噢，医生，我真是太感谢你了！眼下，就在今晚，我第一次感觉自己开始活得像一个理性的人了，而这全仰仗于你的医学帮助。”

最后，我总算找了个借口，心神不宁地离开了他家。听起来，我所在的休斯蒂镇似乎已经经历了相当多的人格分裂案例，且历时很久。我能肯定的是，医学文献中没有任何证据表明以前出现过这种情况，然而这件事本身并不是一件坏事，至少就我的个人利益而言。我很快就意识到，若能就此在精神病学领域取得新的发现，即便我已处于职业生涯的暮年，依旧会受益匪浅。而在专业期刊上发表这一发现，则将令我声名鹊起，甚至名扬整个西方。文章还可以配上柯克的画像复制品和旧画作为图示。一切都在我的脑海中变得清晰可见。

我一边思忖着这一无比诱人的前景，一边慌忙向那位病人赶去——她才是这个发现的中心。

她不在病房里。病房本身已经失去了功能：为了让她逃出去，门上的铁栅栏被扭开了。而病房内静静坐着的，是我可靠的男护士弗朗蒂塞克。

“发生了什么？”我嚷道，同时想象着种种可能。柯克太太个子不高，显然也没有足够的力气掰弯那些栅栏，尽管癔症病人有时确实会表现出远超于常人的力量。这个病例也是如此吗？这会是人格分裂的典型症状吗？一旦我进行过文献检索，核实了这种症状的独特性，我便可以在我的论文中加入另一个论述维度了。想到这里，我不禁窃喜起来。

但并不是柯克太太掰弯了铁栅栏。“是你的助手，”弗朗蒂塞克平静地解释道，“当时他正和病人隔着栅栏谈话，然后就决定放了她。他没钥匙，所以只好把栅栏掰弯了。你知道的，他是个举重运动员。”

“但他的力气大不如前！”

“他现在恢复了。”弗朗蒂塞克说，“我想他这会儿正在后院练习呢。”

我匆匆冲出大楼，来到小院子里，他果然就在那儿。他只穿了条内裤，肚子凸着，的确是又在作举重练习了。当然，他没找到像样的杠铃杆和杠铃片，但他从储藏室里拿了一些折叠钢丝床。此时他正左右手各举着两张床，脸上还带着极其愉悦的表情。

“柯克太太？”他稍停片刻，对我说道，“是呀，我当然要放了她。这很重要，她把一切都解释给我听了，她是来这儿阻止因争夺塔勒镇而产生的冲突的。他们已经决定要在太平洋上的某个小岛把事情谈清楚了——停止争斗，利益均分……”

“什么争斗？”我勃然大怒，“你在胡说什么？”

他严厉地说：“医生，您不应当发火。柯克太太正在做的事比我们在这里的工作重要得多。难道您没看出来她把我的脊椎治好了吗？我马上就可以重返举重台了。我已经把我们邻居留在这儿的那辆旧车搬回他家门口了，至少有 1 800 公斤呢！”他放下折叠床，开始环顾四周，想找些更重的东西来举。他转过头继续说：“医生，您必须相信卡拉·柯克，她将为我们带来一个全新的世界。这一点就连救护车司机都立刻意识到了。”

“救护车司机？他怎么了？”

“呃，”我的助手一边说，一边端详着几个装废油的大桶，“她说她需要去一趟日内瓦，于是他当然就答应了开车送她去。”

“去日内瓦！难以置信！”

我的助手耸耸肩，开始举那些大桶。“哦，起初他也有些怀疑，”

他边举边轻喘着气说，“然后他接到了他岳母的电话，说她已经决定离开他家，搬回她自己在城里的公寓去住了——这正是他几个月来一直祈盼的事！这是他最隐秘的愿望……所以他立刻发动了救护车，然后他们就开走了。”

我彻底生气了。“这种事竟然发生在精神病院里！”我大喊道，“你们都应该被收容在这里，而不是做这里的员工。至于你，你被解雇了。拿上你的东西，马上给我滚出去。”

当我走开时，我听到他在后面喊着什么，但我没去理会——听那些卡拉告诉他的事，只会让事情变得更加愚蠢。他说我错了，因为我没有相信我的整个脑子，我受了右脑的支配，而右脑并不公正。柯克太太已经使他摆脱了这种控制……真是些疯话。我不想去操心这些，我必须决定下一步该怎么办。

当然，眼下最合逻辑的做法是通知警方“有一名病人逃走了”，但我犹豫着要不要这样做。首先，让柯克的妻子像一名普通罪犯那样被追捕，会使他感到难堪。此外，通知警方可能会让我那篇基于她病例的精彩论文泡汤——在我有机会完成自己的研究前，过早曝光这件事，将意味着其他精神病学家会收到消息，并可能跑到这里来研究她……

幸运的是，我没必要给警察打电话了。我听到外面有警笛声，急忙跑了出去，结果看到我们那辆破旧的救护车正在两名身着皮衣、骑着摩托车的警察的护送下缓缓驶回来。是摩托车上的警笛在响。

卡拉已经到了边境，但当然了，她拿不出必需的出境文件。于是他们把她送了回来。“送到你这儿来，医生，”其中一位警察说，“她坚持如此，而不是把她送到她丈夫那儿去。那个女人真是习惯了发号施令……顺便问一句，”他看似尴尬地补充道，“她真的能使愿望成真吗？”

我惊讶地望着他。“你们警察也这么迷信吗？”我问道，“没有人能使愿望成真！”

他看上去既犹豫，又有点愤愤不平。“就是，她给了我一点儿周日足球赛的内部消息。在我下注前，我想知道是否值得这么做。”他犹豫了片刻，随后恢复到警察应有的姿态。“总之，”他最后说道，“我把她留给你看管了。自然啦，我们会向有关当局提交关于这一事件的完整报告。”

“那是自然。”我说，并答应为他的报告提供一份简短的医学病例描述。接着，我转向卡拉·柯克。

就在警察骑上摩托车离开时——这次它们的警笛没有响——她悄无声息地走进了大楼。我跟在后头，有些担心，但她只是回到了那间拘束病房，再一次坐到坐垫上，腿交叉着，露出了她漂亮的膝盖。她直勾勾地望着我的双眼。

“我明白了，你是这儿的老大。”她说，用的依旧是那种低沉的女低音，声音里充满了自信与权威，“所以你必须安排我尽快离开这里，去日内瓦，那儿有一个办事处可以把我送到夏威夷；或者事情能更简单点儿，你让我直接飞去夏威夷。这件事办得越快越好，对你们来说大有裨益，你们的那些矿一直就是麻烦的根源，从来都是。”

“我明白了。”我并不诚实地说道，同时认真观察着她，“我们那些银子的重要之处，你能跟我说说吗？”

“银子！”她轻蔑地说，“银子不过是垃圾，你们的矿山里蕴藏着大量的铀——在居里夫妇着手研究它之前，你们这些人曾用它来染绿玻璃。”

“没错，是这样。你想要的是铀。我明白了。”

“不，不是！铀就跟泥土一样常见，只是恰巧，它存在一种罕见的形态，这种形态即便放眼整个银河系都极为稀有，而你们的矿里却藏着为数可观的这种铀。许多种族都想要占有它，恐怕这已经给你们这儿的人带来了相当的不便——战争、革命，甚至还有你们所谓的宗教或巫术。一旦我出席了夏威夷的会议，我就可以提出这个问题，要求按章程决议。这样，你们就能在这儿太平无事地生活了。你明白我的任务有多重要了吗？”

“我明白。”我重复道，试图让自己保持冷静。那个女人一动不动地坐在她的枕头上，但她的姿势，她的神情，看上去就像一只想要飞走的笨重母鸡。我走到窗前，拉下网罩，接着坐到窗台上。

“柯克太太，”我保持着一种职业自信的氛围，说道，“我想我们应该详细地讨论一下你的病情。人格分裂症并不罕见，我们可以治好它，所需做的仅仅是查明病症的根源。通常来说，和你有着同样病情的病人是在对严重的童年创伤做出反应。他们躲进白日梦里，是因为他们的现实生活痛苦不堪。他们的父母有时会对他们进行身体剥削，打他们，让他们挨饿，用种种方式虐待他们。这种对父母的怨恨，导致了他们日后的人格分裂。”

她蹙起眉头，说：“但我们并不认识我们的父母啊，我们是从公共卵群里孵化出来的。”

“够了，柯克太太！”我告诫道，“我手头有你的资料，你父母的名字很容易就能查到。为了你自己的心理健康，请你合作。”

“但我是在合作啊。”她惊讶地说，“你不是已经得到一个奖赏了吗？另一个也快了。”

显然，此时的她正耽于妄想，我根本无法深入到她心智的核心。我草草向她道了句晚安，没做任何承诺就离开了。

弗朗蒂塞克站在大楼的正门口。我命令他锁好门，整晚守在门外盯好它，以防柯克太太再次逃跑。

“好吧，”他说，“有个客人在等您。”

客人？我猜只能是某位高级警官，准备就这件令人费解的怪事问一大堆烦人的问题，好让我睡不成觉。但在这一点上，我错了。当我走到院子里时，我看到我妻子的小型跑车停在那儿，而她已经擅自上楼，闯进了我的小房间。我进去时发现她正坐在床上等我。

“晚上好，芭芭拉。”我客气地说道。

她一脸关切地看着我。我的妻子很俊俏，任何时候都是，此时，她穿着一身迷人的旅行服，看上去竟比平时还要明艳动人。我不止一次地希望自己没有年长她那么多，若是如此，我们的婚姻本可以是另外一副模样。

她说：“你在电话里听起来怪怪的，我就想我应该马上过来一趟。”随后，她有些诧异地问道：“你是染头发了吗？”

“当然没有。”我惊讶地说。接着我瞥了一眼冰箱旁的小镜子。事实是，我又有了一头乌黑的头发，甚至连鬓角都变黑了。

“你肯定干了点什么，”她断言道，“说不定你还把牙补了。”她的声音有些颤抖，我起初不明白她为什么会这样，直到她突然开口道：“你做这些，是为了另一个人吗？”

过了一会儿，我才明白她话里的意思：我妻子怀疑我有了外遇！

这个想法太离奇了，以至于我一时找不到合适的词句来作答。她几乎没给我申辩的机会。她将我拉到床上，拉到她的身边，摆出一副要哭出来的样子，说道：“噢，亲爱的！这就是你离开我的原因！这就是你再次让自己看起来年轻的原因！但她不可能占有你。我最亲爱的，为了你我要和她一较高下……”

她说干就干，用她再熟悉不过的方式。在经历了多年的婚姻生活之后，她清楚地知道怎样的爱抚，怎样的身体小动作，怎样的面部表情最能起效。

我没有做到完全地坦诚，所以我现在必须得说，我隐居到休斯蒂并不仅仅是为了专心完成我的巨作。实际原因要比这私人得多——或许从某种意义上讲，要比这高尚得多吧。我的年事渐高，这一点对于我们夫妻二人都变得日益明显，于是我决定给我年轻的妻子以自由。我并不讨厌她，恰恰相反，我对我们每月两次的相聚充满了期待，分手时则心存遗憾。无论是对她还是对我，这种团聚并不总能令人满意，而我不能接受这种因年岁增长而带来的羞辱。

当然，如果我给自己看病，我可能会给出截然不同的意见。成熟和谐的性生活就像面包一样，是我们天生渴求、不可或缺的，在演讲中我也正是这样教导听众的。但当我的牙齿开始使咀嚼成为一件苦差事时，面包对我来说就不再甜美了。我太骄傲了，以至于我无法让他人见证我生命中令人悲哀的时刻，见证那名为“老去”的时刻。休斯蒂成了我解决问题的方法。

但问题似乎不再那么严峻了。看起来，奇迹般恢复健康的不仅仅是我的牙齿。过了一会儿，当我们一丝不挂地躺在单人毛毯下时，妻子用一只手肘支起身体，看着我。“我以为你不再爱我了。”她喃喃低语道。

我无法回答，至少无法用言语来回答。但我找到了一种更好的方式。事后，她重新躺下，宣告道：“我的愿望已经实现了。”

我深情地亲吻着她，几乎没听见她说什么……忽然，我僵住了。

愿望实现了！不仅仅是芭芭拉的愿望：我的牙齿，我助手的脊椎，救护车司机的岳母，警察对赌赢球赛的渴望……

我从床上跳了起来。“你要去哪儿？”芭芭拉吓了一跳，大声叫道。但我无法告诉她。

“去看一个病人，”我说——毕竟这只算半句谎话，“我会尽快回来的。”我光着身子套上一件外套，赤着脚摇摇晃晃地走下楼梯，来到邻居柯克的家。

他衣冠楚楚地开了门，像是正在等我似的。他紧绷着脸，显得很疲惫，当我说话的时候，他几近绝望地点点头。“奇迹？”他缓慢而忧郁地说，“是，是有过奇迹，如果你硬要把它们称作奇迹的话。我还能看出来，这些奇迹也发生在了你身上。”

“你什么意思？”我问道。

“你的脸，你的头发，”他说，“你看上去年轻了，不是吗？而我20年来不也一直和现在一样吗？——没有变老，没有病痛，甚至没有掉头发。但有理性的人是不会相信奇迹的，你明白吗？所以我不得不——”

他陷入了沉默，忽然显得很害怕。

“她不是从管风琴台上摔下来的。”我震惊不已地猜测道。

他喃喃低语道：“没有人能证明这一点！可你又能让我怎么办呢？我，一个毕生致力于理性和科学的人，我又能怎么办呢？理性和科学是我们整个社会的基础，我绝不能让它们被一人所毁。”他盯着我，眼神炽热，“我已经无能为力了！现在必须要有另一个人担负起这个责任！”

“你什么意思？”我低语道，而他没有回答。

但我已经明白了。

回到房间，妻子提了一堆我无法回答的问题。“有点事我必须去处理一下。”我心情沉重地说道，同时飞快地穿好衣服，并从冰箱里拿出一支注射器和一个装有吗啡的安瓿瓶。我离开了她。我可以听到她在我的身后喊我——求我留下别走，求我和她一起回首都，再一次以夫妻的身份一起生活。“是钱的问题吗？”她喊道，“但是，我们可以靠我的薪水生活啊。难道你不明白吗？我爱你！”

是的，她爱我……但她的爱是因我而生吗，还是受到另一个“奇迹”驱使，才爱我的呢？

我的自尊心不允许我去验证这个问题的答案。

卡拉已经不在那间铺满软垫的房间了。大楼的大门洞开着，周围一个人也没有。“弗朗蒂塞克！”我大喊道。见他没回答，我决定自己去找他。我很清楚他会在哪儿。

弗朗蒂塞克是个尽职尽责的男护士，尽管如此，可还是有几项规矩不去遵守。其中之一便是和一些病人赌博。当然了，他们不赌钱；他们赌火柴棍。但所有参与其中的人，无论是护士，还是病人，都玩得非常起劲、非常认真，仿佛下的是几百万的赌注。我一早就察觉了这件事，但没去管它，因为病人对待赌博的态度可能有助于诊断，而且对于病人的某些症状也不失为一种不错的疗法。虽然弗朗蒂塞克一心扑在赌博上，他却很少能赢。

他确实就在我料想的那个地方——住院部的公共休息室里，而且也的确有两名病人和他一起围坐在桌边。与以往不同的是，今晚的弗朗蒂塞克脸上挂着灿烂的笑容，他的面前堆了一大堆火柴棍。我进去时，他几乎没有抬头。“哦，柯克太太？”他一边洗牌一边说，“她说她必须去趟教堂。我想她现在已经到那里了。”

没时间好好教训他了。坦白说，我也没有这么做的欲望。发生的事太多了，而我要做的事远比处理这单纯的冒犯重要。我立刻赶到教堂，推开吱吱作响的大门，向里面望去。

古老的建筑里漆黑一片，但即便如此我还是循着她的哭声找到了她。但挂在管风琴台栏杆上的是另一个卡拉，夹在两幅巨大的巴洛克圣母肖像画中间，脚下是大理石制的羊毛般的云团。“求你了，让我离开这儿！”她用她人类的声音哀求道，嗓音因哭泣而变得沙哑，“我很害怕！我是飞到这儿来的——可现在只有我一个人了，我不敢自己下来。”

我用尽量冷静的语调说：“好的，卡拉，我会带你离开这里。”我一边慢慢爬上管风琴台，一边说着安慰她的话。“你需要休息，”我说，“需要睡上一觉，我这儿有些东西可以帮到你……”

然后，我拉起了她的袖子。

静脉注射吗啡是最人道的杀人方式，早在呼吸停止之前病人就会失去意识。再也不会有痛苦，再也不会有巫术，也再也不会有恐惧……

当我走出教堂时，天已经快亮了，而弗朗蒂塞克正在准备下班。他高兴地吹着口哨，手里抓着一大把火柴棍。“天气真好，医生！”他叫道，“您现在要去哪儿？”

“去我的新家。”我答道。我走进那间铺满软垫的病房，并关上了身后那扇铁栏七扭八歪的门。弗朗蒂塞克跟在我身后，他脸上的笑容消失了。

“医生，您这是要干什么？”他问，“再过一会儿您就该晨间查房了，您应该去做准备。”

我说：“我已经不再是一名医生了。这里没有什么医生，只是又多了一名病人。我会自己写自己的病历的，但仅此而已。找个人来给我看病，弗朗蒂塞克。我疯了。”

既然我已经完成了我的报告，我也就没什么别的要说的了。

噢，当然，在那之后又发生了一些奇怪的事。就在我进入病房后不到一个小时，我见到了卡拉本人。她看上去没受什么伤，正轻快地登上一架政府直升机，护送她的两名外交官毕恭毕敬地向她鞠着躬……又或者，是因为我发了疯，才会觉得自己看到了这些事发生。我甚至觉得几分钟后，我的前任助手来到了我的病房。

“您身体不舒服，我感到很难过。”他颇为谦恭地说道，“政府很快就会派几位专家过来帮您了。是卡拉让他们许下的承诺。”

“卡拉已经死了。”我对他说。

“死了？她当然没有死！噢，您是指您给她打的那一针吗？您得理解，这种东西对她这种具有神力的人是不起作用的！不起作用，她的意见已经上达了。她现在在去夏威夷参加会议的路上，宇宙的智慧种族将会解决他们之间的分歧。休斯蒂也不会再因为他们争夺我们的矿而受到滋扰了！所以，医生，您可以从那间病房里出来了，回到您妻子的身边，生活在一个正常的世界里。”

一个正常的世界！

我不想回应他。我躺在铺了软垫的地板上，闭上眼睛，把头扭向了一边。我的幻觉是多么地真实啊！我忧愁地想，这要不是我自己的病历，我会有多乐意把它写下来啊。

“我得去赶火车了，”助手看了看他的表，喊道，“我很抱歉我得把您就这样丢下。您还不明白吗？您没有疯。那些女巫、圣母、所谓的‘奇迹’，还有藏在所有这一切背后的银河系的智慧种族，它们都是真的，医生！”

我执拗地保持了沉默，直到我听到他发出一声长叹。他的脚步声慢慢离我而去。

我的幻觉是真的？

我想到了，我要把一切仔仔细细地检查一遍，就像检查我在科学研究中的数据那样。有没有可能它们确实是真实的，而不是功能障碍的大脑产生的臆想？有没有可能我真的返老还童了？我的妻子一如20年前那样爱我？那个我以为我谋杀了的女人复活了？

我在那儿躺了很久很久，从方方面面分析了整件事。随后我起身，继续写起了我的病历，快速概述了最新的进展。最后我写道：

“如果我疯了，我就必须留在这间病房里，直到我得到治疗。但依据我的专业意见，预后并不会很好。但假如我没疯，我还是必须留在这儿。因为这意味着这个世界疯了，为了这个世界着想，我这个唯一神志清醒的人必须被关押起来。”

之后，我就坐在那儿，手里依然握着笔，呆呆地凝视远方。不是我疯了，就是这个世界疯了。

而我又如何能分辨是哪一个呢？

（非淆　译）

罗马尼亚的特例

就科幻小说而言，尤其是就本卷收录的科幻小说而言，用特例而非惯例来加以界定，往往更行之有效。科内尔·罗布将罗马尼亚科幻小说的发展整整齐齐地划分成三个世代，但是这样的划分方式却容不下米尔恰·伊利亚德，更容不下奥维德·S. 克罗赫马尼恰努。仅就出生年月来说，克罗赫马尼恰努与罗布所划分的体系中的老一辈科幻作家属于同一代人，而且作为布加勒斯特大学的罗马尼亚文学教授，他还记录了战后罗马尼亚科幻的发展。但他还出人意料地写出了两卷被罗布称为“大师级”的短篇科幻小说集，第一部是《不寻常的故事》(1980)，其中收录了《诺伊霍夫协议》(“The Neuhof Treaty”)，另一部是《其他不寻常的故事》(1986)。

《诺伊霍夫协议》体现了东欧科幻作家面对类似理念时不同于美国科幻作家的处理方法，两种方法之间的比较很有益处。比如，西奥多·斯特金的《微宇宙的上帝》(“Microcosmic God”，1941 年发表在《惊异》杂志上）和菲利普·K. 迪克的《记忆公司》(“We Can Remember It for You Wholesale”，1966 年发表在《奇幻与科幻杂志》

上）都涉及了这一题材，前者考虑了科学家（和人类）对微观智能生命的反应，后者考虑了让一个惹麻烦的人保住性命的必要性，以及他的秘密如何遭到揭露。虽然这三个故事几乎在每个细节上都有不同，但它们却相互评论了彼此的假设、发展和关注重点。

（万年看客　译）

诺伊霍夫协议

［罗马尼亚］奥维德·S. 克罗赫马尼恰努 著

［罗马尼亚］伊万娜·罗布 英译

《诺伊霍夫协议》和历史上所有已知的外交协议都不一样。它那奇怪至极的性质在几个方面完全不同寻常，所以立即引起了注意。例如，它不是在两个或者多个国家之间缔结的：签约的一方是整个人类。此种实体以前在此类事务中从未出现过。真正惊人的事情由此而来：整个世界参与签订一项协议是一件史无前例的事情，但毕竟也是可以想象的；可是协议的另一方实际上完全是未知的，因为没人能准确地说出大家一致采纳的“诺伊霍夫们”这一词语指的到底是谁。非常微小、具有理性的非人类生物？有智能的细菌？拥有只属于高级生命形式的特性的病毒？酶、纯能量、超心理波？——地球上没一个人知道。

有一个事实是确定无疑的：无论它们是谁或者是什么，它们都居住在诺伊霍夫之中。

但是在这方面，我们也面临一个前所未有的情况。

诺伊霍夫不像有人可能会以为的那样，是一个地方，就像乌得勒支、哈德良堡[1]、巴黎、南京、布列斯特-立陶夫斯克[2]、里加、蒂尔

1. 土耳其城市埃迪尔内的旧称。——编注
2. 白俄罗斯城市布列斯特的旧称。——编注

西特[1]、洛桑或者凡尔赛一样，几个世纪以来，各种协议就在这些地方签署。它还有可能是个省（例如威斯特伐利亚），或者某些著名的地方（如特里亚农宫）的大厅——你可能会列举这些地方。哎，你错了！

诺伊霍夫是一个人的名字。一个和我们大家一样的人，但是严格来说仅限于此，因为很快你就会发现，即使这种说法也是大有争议的。

18 世纪也有个叫这名字的人。他是一个著名的冒险家，就像特伦克、夏尔·德·博蒙或卡里奥斯特罗一样：1694 年生于科隆的诺伊霍夫男爵。他自称科西嘉之王，甚至还以西奥多一世的名义有效地统治了两年之久，他死于 1756 年。

不过，我们的主人公和诺伊霍夫男爵毫无共同之处，唯一可能的相似点就是他的名字所引起的骚动，虽然很长时间以来他一直是个相当乏味的人。他出生在奥地利格拉茨一个受人尊敬的家庭里，父亲是化学家，母亲是家庭主妇。他的一个哥哥继承了父业，这个职业已经连续传承了七代之久。马丁·诺伊霍夫毕业于商学院，成绩并不突出，在林茨保险公司找了份工作，在那儿认真工作了很长时间。虽然他已经 34 岁了，但依旧孑然一身，不过他不是打定主意要做独身主义者，只是理想的妻子要花上很长时间才能进入他的生活罢了。马丁·诺伊霍夫身高 1.76 米，略有点发胖的倾向（爱吃甜食！）。他有一双棕色的眼睛，一头蓬乱的金发，留着适度的胡须，鼻子笔挺，颧骨上有淡淡的雀斑，喉结突出。他衣着整洁，偏爱深色。他给人信心。他即使在冬天也光着脑袋出门，身体非常健康，从未想过去看医生。直到有一天……

---

1. 俄罗斯城市苏维埃茨克的旧称。——编注

从现在起我们就要开始讲述历史了，因为《诺伊霍夫协议》的故事就是从这儿开始的，所以应该提一下这个时刻。

一切都是从一个事故开始的。马丁·诺伊霍夫静悄悄地穿过街道去咖啡馆吃早餐的时候被一辆车撞了。这全是那个疯子的过错，他超速驾车，不尊重行人过斑马线的优先权，没有估算距离，刹车刹得太晚。不过，他头脑还算清醒，把受害者送进了最近的医院。诺伊霍夫还算走运，受伤的地方仅限于下肢。

诺伊霍夫左腿上有三处骨折，右腿股骨上有一处骨裂。医院决定第二天就给他做骨整形术，把断骨接好。但是第二天早上，放射科医生（一位女性）被主刀医生狠狠地骂了一顿，因为主刀医生刚刚发现，一系列刚拍好的 X 光片显示，手术毫无必要。骨头重新回到了正确的位置上，而且——不可思议的是——骨折也消失了。

“年轻的女士，”主刀医生对拍出这些 X 光片的医生（她本来是个极有魅力的女人）咆哮道，“你白日做梦做糊涂了吧，你把病例表搞混了。你从哪儿拿来的这张该死的胫骨和腓骨骨折的片子？这个男人根本就没有骨折！你把他送上手术台，就为了给我们找更多的麻烦吗？要是我没有触诊他的腿的话，现在就已经开始开刀了。你就没有责任心吗？就因为这儿的每个人都围着你转，你就以为我也是个大傻瓜，会对这种过失视而不见？放清醒点，听明白了吗？否则就打包滚蛋！”

女医生哭得死去活来，脸都花了，不停地说这完全不是她的错。那张有问题的 X 光片上印着马丁·诺伊霍夫住院表上的日期和时间：2189 年 6 月 27 日，13 点 45 分。断骨看上去很像没断的骨头。这几个月来他们还没有过类似的病例，而且旧的 X 光片保存在另一个地方。她还让两位护士做证。她们花了很大力气才把病人抬进 X 光室，因为他的左腿显然是断了好几处。

主刀医生一个字也听不进去。“女士，”他继续怒吼，“我是一个科学家，不会相信一面之词的。这两张相隔一天的照片说明了什么？你看到了吗？睁开你的眼睛仔细看看！你把眼睛哭出来就能说服我，这两张照片是同一个人的？如果是这样，不是我疯了，就是病人在一夜之间自愈了。惊慌失措地眨巴你那长睫毛也没有用。我可不会被你迷住。”

过于频繁地提到女医生的魅力，泄露了主刀医生心中某些压抑着的情欲冲动，甚至是某次企图赢得年轻女士欢心的不成功的尝试，这番声色俱厉的斥责正是由此而来。

不过他是对的。这两张 X 光片为他做证，它们指向了一种不可能的情况，因此人们必须接受唯一可能的说法：这两张片子不是同一个人的。

马丁·诺伊霍夫很快就出院了，连拐杖都不需要。

不过，几个月之后，他身上又发生了别的事。他哥哥银婚纪念日的时候，他前往格拉茨祝贺。一大帮家族成员（37 人）庆祝的喜事差点以悲剧告终。化学家心不在焉（她女儿坚持说他老了），把妻子订购来制作一种特制蛋糕的粉末和另一些有毒的粉末混在了一起。吃完精致大餐几个小时后，客人们开始出现剧烈的胃痉挛。幸运的是，主人及时发现了自己的错误，立即给他们服用了对症的解毒剂，此外还给他们洗了胃，大家都平安无事。

马丁也吃了倒霉的蛋糕，甚至还吃了第二块（爱吃甜食的老毛病）。一开始他也感到了胃痉挛，但奇怪的是，他刚一察觉到此事，疼痛马上就消失得无影无踪，不用解毒剂，也不用接受其他任何治疗。“你肯定是遗传了一种天生的免疫力。我们的曾祖父就像万能解毒药一样。这对我们的职业来说太了不起了！你应该代替我成为化学家。”马丁的哥哥富有哲理地总结道，一边羡慕地拍拍他的肩膀。

次年年中，诺伊霍夫——终于——遇到了他生命中的那个女人。这段感情很快变得热烈起来，婚礼定在8月15日圣玛丽日那天，这一天也是新娘的命名日。因为时间紧促，两人不得不匆匆忙忙地做些必要的准备工作。

马丁去拿婚姻健康证明之前，一切都很顺利。看到马丁的血检结果时，医生瞠目结舌，眼睛死盯着那张小纸片。他笨拙地掩饰着明显的困窘，想知道诺伊霍夫最近做没做过体检。医生在后者做出了否定的回答，并且得知了检查的目的之后，建议马丁去找另一个医生，还给了他地址。

我们的主人公走出房间的时候十分担心自己的健康，脑子里充满了悲观的念头。他一回到家就查了一本医学百科全书，这是他父亲留下的纪念物。他的白细胞计数为每立方厘米456 000个，而在500 000个的水平上，他读到了"白血病"这个可怕的字眼。他一整晚都没有睡着，第二天早上，第一件事就是去找推荐的医生。这位医生看了检查报告，摇着头，开了张单子，让诺伊霍夫去医院的化验室做进一步的检查。他告诉诺伊霍夫，第二天无论如何都要再来一趟。"你必须接受治疗，可能要输点血。"——他说着这些模棱两可的暗示，陪诺伊霍夫走到门口。

诺伊霍夫又度过了一个不眠之夜。他甚至没有勇气给未婚妻打电话，现在结婚计划对他来说就像一个不切实际的幻想。

第二天，他进入诊疗室的时候，发现医生目瞪口呆。"我能问一下吗，第一个愚蠢的检查是谁做的?"他一打开门就听到这句话。诺伊霍夫急忙做了各种必要的解释。"难以置信，"医生嘟囔道，"那里还是有认真负责的人的！现在数值只有200 000了，鬼知道这到底是怎么回事？明早过来再做一次检查。我要亲自监督，请不要吃任何东西。"

这次，诺伊霍夫走的时候有了一点勇气。下一次检查显示，白细胞计数为 50 000。医生迷惑不解，问他是不是有感染，现在正在使用抗生素治疗。“噢，没有，绝无此事！”诺伊霍夫否定道。

然后他被要求留下住院。“就一晚，”医生坚持道，“这样我们就能再做一次检查了。”

检查结果是白细胞数值为 7 000。“完全正常。”医生惊叫道，这让诺伊霍夫大喜过望，但他的化验员就没这么高兴了，化验员手里摆弄着化验单，简直不敢相信自己的眼睛。“这可以说是一个奇迹！我一点也不明白。帮帮忙，”他请求道，“在这里多住几天，这样我们就可以做一个全面的检查。这可能会给我们带来启发。”

诺伊霍夫太高兴了，没法拒绝。检查非常全面，使用了最现代化的技术设备，结果没有发现任何特别的东西。医生们看到的是一个非常健康的机体，没有任何异常之处，只是无关紧要的松果体明显肥大。

圣玛丽日那天，诺伊霍夫如期举行了婚礼。他的妻子果然非常友善、愉快、忠诚，但是花钱有点大手大脚。她想要的东西越来越昂贵，可怜的诺伊霍夫亲身体验到这句话是千真万确的：“得到的越多，想要的也就越多。”他不得不从保险公司辞职，打算自己赚钱。

他在金融界有几个熟人，在他们的帮助下，他参与了一些小规模的股市投机。因此他把大量的时间都花在了银行营业所里。结果，他在林茨房地产银行的大厅里碰到了一桩血腥的抢劫案。出纳员用脚踩响了警报，劫匪们惊慌失措，狼狈逃窜，胡乱开枪。他们很快就被抓获了，但他们也让银行血流成河。警方统计发现有 8 人死亡，11 人受伤。

不同寻常的事情再次发生在了诺伊霍夫身上。他躺在那儿没了呼吸的时候，大家都以为他已经离开这个世界了，但是当警察来到他身边的时候，他却自己站了起来。他的衣服前后两面都有明显的枪眼；至少有两颗子弹肯定穿过了他的身体，一颗穿过胸部，另一颗穿过腹部。诺伊霍夫称自己感到猛烈的一击，然后就失去了知觉。大约一刻钟之后，救护车到来的时候，他身上就什么伤都没有了。医生脱下他的衣服，洗掉他身上的血迹（显然当时他血流如注），给他做了全面的检查，他毫发无伤。虽然人人都发誓说有几颗子弹直接击中了他，但他身上连一处擦伤都没有。一个完全无法解释的事实是，他那千疮百孔的外套和衬衫上有他自己的血迹（化验证明了这一点）。

警探们在重现抢劫案的确切情形时遇到了很多麻烦，因为作案者得到了一名银行职员的帮助。结果，有关“无伤的受害者”——报纸上是这样说的——的情况说明没有引起人们的注意，最后，探长由于对太多的神秘事件感到厌烦，索性让它从脑海中消失了。

要不是上面某些部门对这个人物非常感兴趣，使他成为秘密且非常全面的调查的对象的话，诺伊霍夫档案中的这些细节至今还不为人知呢。第一项调查是由维也纳市保险公司最精明的侦探约瑟夫·金茨尔所做的，当时诺伊霍夫所做的一笔交易在他看来十分可疑。诺伊霍夫把他的人寿保险单以50%的价格卖给了维也纳市保险公司。这是笔好买卖，但是谁会愿意预支这么多的现金给一个相对年轻健康的男子，来换取很可能十分遥远的回报呢？

在精心挑选的中间人的帮助下，金茨尔狡猾地打探到了买主的想法。这个人确信诺伊霍夫最多只能活一年了，这一期望是他的急性肝炎所带来的。诊断是由买主的哥哥——一位经验丰富的内科医生亲自确认的，为了确保万无一失，他还找了两位同事来给病人做检查。

金茨尔秘密监视着诺伊霍夫，吃惊地发现他看上去容光焕发

（他不顾死刑判决书，放开肚子大吃大喝，好像没有任何不适）。侦探通过计谋，成功地取得了这个不久就要一命呜呼的人的复查结果。不出所料，诺伊霍夫根本没病，他的肝脏好得就连一匹马都会嫉妒。

此外，他还发现，这个假装要死的人还买了另外八份人寿保险，以同样的方式半价出售。他曾被诊断患有各种各样的致命疾病，死亡不可避免，死期指日可待：淋巴肉瘤、心源性休克、心肌梗死、主动脉夹层动脉瘤、急性传染性肾炎等等。

结果诺伊霍夫身体好得要命。他过着令人陶醉的生活，成功地满足了愿望多多的妻子的某些梦想。夫妻俩在因斯布鲁克附近买下了一座可爱的别墅，把大众汽车换成了最新款的蓝旗亚跑车，还出去度假，一次在科西嘉，另一次在圣特罗佩。

毫无疑问是诈骗——金茨尔确信这一点。但是，尽管他对此类案件经验丰富，却无法解释诺伊霍夫是怎样做到的。他开始收集越来越多有关诺伊霍夫的资料，希望用这种方法能够发现诺伊霍夫的诡计。

很快，无论他情不情愿，都不得不承认，给诺伊霍夫做检查的医生们是有能力而且恪尽职守的，更糟的是，他们的诊断准确无误。他请了一位专家，他们一起核对了所有的化验单、X 光片、CT 扫描图和心电图。他询问了做检查的医护人员。他没有发现错误：所有人工作起来都极其认真负责，有着廉洁正直的道德楷模的名声。

查找诺伊霍夫的档案时，金茨尔偶然看到了有关林茨房地产银行袭击事件的故事。他聚精会神地把分类档案重读了一遍。他把自己的手指伸进“无伤的受害者”的外套和衬衫上的枪眼里面（这两件溅有干涸血迹的衣物和记录保存在了一起）。他与负责此案的警探有过一次长谈。大约一个小时之后，后者看出了金茨尔的来意，说道：“老兄，这件事也困扰过我。最后我得出结论，最好还是放下它。要不然我就要相信奇迹了。如果你喜欢这样，就继续吧，但我可是亲眼看到这个诺伊霍夫一丝不挂地从浴室出来，身上连一处擦伤都没有——我向你保证，我对这一点连一丝怀疑也没有。他的外套和衬衫上的这些枪眼是怎么来的？天晓得——我才不在这些大人物身上花时间呢！”

金茨尔凭着经验丰富的警察的嗅觉，还追踪了白血病奇迹般地痊愈一案。这里医生的回答十分肯定：“第一个分析结果是错的。谁都可能会碰上，你知道的！”

金茨尔在他的报告中提到，医生无法解释，为什么其他的检查一开始也给出了糟糕的结果，然后也逐渐好转，就像白细胞计数减至正常一样。诺伊霍夫的病症有没有可能是假装的？

金茨尔建立的档案中还包含了四位著名病理学家的信件——他询问了他们的意见，他们的回答排除了上述假设。

“有些手段可以人为引发心力衰竭。如果干扰计算机的运转，那么某些检查——如超声波检查的结果也可能是假的。但是淋巴肉瘤是无法假装的。”海德堡肿瘤研究中心主任赫尔曼·沃尔夫·麦丁格尔教授兼博士声明说。

“在很长的一段时间里反复检查，消除了误诊的风险。在这种情况下，装病成功的概率几乎为零。”达拉斯无氧代谢中心的托马斯·劳伦斯教授兼博士指出。

“无论疾病是怎样产生的，如果操作准确的医学检查证实了其存在，像心肌梗死或白血病之类的疾病就已经扎下根了。就像我们已经发现的，机体有时可能会拥有不可预测的防御机制。但是那样的话，问题就完全不同了。”这是2185年诺贝尔奖获得者、曼海姆的免疫学家塞缪尔·格卢克斯曼教授兼博士的观点。

“像传染性肾炎或急性肝炎一类的疾病是可以确诊的。如果病人接受了各项检查，而且检查是根据已经确立的标准来操作的，那就不存在疑问。”居里研究所放射科主任杰罗姆·列维-布莱斯教授兼博士坚持说。

因此，金茨尔在他的第一份报告中声明，诺伊霍夫疾病的真实性是不容置疑的。

“然而，由此产生了两个问题，”这位老侦探指出，“第一个问题是，诺伊霍夫是怎样引发这些严重疾病的？这些显然都是他干的，都是为了同一个目的：靠出售人寿保险来赚钱。在短短一段时间内一个接一个地患上大量的疾病，只能引出这个结论。”

在这方面，以慎重著称的金茨尔一再仔细检查他的假设是否站得住脚。档案中还包含另一组专家的声明，他们都证实，故意引发疾病的可能性是存在的。病毒或者微生物性的疾病只需通过污染或者传染就能轻而易举地染上。另一些疾病，如急性肝炎，可以通过摄入某些有毒的物质引发。过度的体力劳动也有可能给心脏带来致命的危险。

因此，存在某些方法，使诺伊霍夫可以自己给自己造成疾病，这样他就能轻而易举地售出自己的人寿保险了，金茨尔断定。

他只对白血病和银行抢劫案导致枪伤的案例有所保留。前者对诺伊霍夫没有任何好处；相反还妨碍了他结婚——他显然十分渴望结婚。后者是意外发生的，还有可能带来麻烦，因为它有泄露某些可疑的金融事务的危险。

金茨尔无法回答的第二个问题是：引发各种致命疾病之后，诺伊霍夫又是怎样如此迅速地成功治愈它们的呢？

侦探在报告中承认，他没有给这个至关重要的问题找到一个满意的答案。他只是大胆地提出了一个假设：

“很有可能，诺伊霍夫对于某些在很短时间内就能要了别人命的疾病拥有一种天然的免疫力。我所收集的资料显示，该人一开始并未意识到自己的这一特点，但是在有了某些经历之后，他终于发现了。他确实得了白血病，这才有机会发现，他的身体以自己的方式奇迹般地战胜了疾病。

“我认为，他在林茨房地产银行抢劫案之后才认识到了这种防御能力的功效和用处，因为我敢肯定，当时有一枚子弹穿过了他的肺部，还有一枚穿过了他的腹部。由于必须紧急干预来避免死亡，因此免疫系统闪电般发动，止住并且吸收了大出血，然后修复了组织。

“随后，诺伊霍夫认识到了他的自愈能力，或许还秘密试验了一段时间，并且计划用自己的人寿保险来行骗。他产生这个想法不足为奇。这都是他在这一领域的经历所致。

“行动的总方案如下：

“诺伊霍夫投了一大笔钱来买人寿保险，他的年龄和健康状况使他很容易就能做到这一点。然后他在自己身上引发一种无可救药的疾病，不久就会产生致命的后果，并不忘获得诊断书。然后他转让自己的人寿保险，一旦售出就迅速治愈自己。我想他找到了一种方法，可以主动激活自己的免疫系统，但是一旦过了某个危险的时间点，免疫系统还是会自动开启。所有的犯罪行为都要赶在疾病对身体造成不可逆的损伤之前的短短一段时间中进行。

“我没能成功地发现他是如何做到的，事实上，这个问题超出了我的能力。

“我想用以下几条笔记来作为总结，以实际排列为序：

“诺伊霍夫的交易无疑是欺诈，但并未伤及本公司，也未伤及同行。唯一的受骗者是保险单的买主，毕竟是他们的投诉促使我进行调查的。

“不管怎样，诺伊霍夫的外貌应该通报给所有的保险公司，以防止该人继续进行诈骗。

“考虑到这一案件不可思议的性质（这已经成为我的调查对象）”——金茨尔的报告总结道——“我建议将其通报上级其他部门。诺伊霍夫可能会产生某些想法，或许会对公共安全甚至国际和平有所影响。

“其次，找到迅速根治如此之多给人类带来严重灾难的疾病的方法，对人类来说是头等重要的。

“因此，我认为密切监视马丁·诺伊霍夫符合公众需要。”

此后，这一包含陈述、专家报告、秘密记录和其他文件在内的档案被列为最高机密。

诺伊霍夫事件进入了奥地利国家安全警察的调查范围，很快就成为该国最高的政治、行政和军事部门的头等大事。事主的名字与重大的间谍活动联系在了一起。有人成功地偷取了一块不透钢，并把它卖给了一个尚未拥有它的国家，此事导致了《萨格 16》协议的修改，该协议在经过了大量错综复杂的谈判之后，才被一个新协议（《萨格 17》）所取代。

怀疑落到了诺伊霍夫头上，理由如下：用这种稀有钢铁做实验的基地四周围着一圈宽阔而且极其强烈的辐射带。因为小偷没有使用控制辐射的方法（有迹象表明他穿过了一个致命区域），只有免疫力超强的人才能做到此事而又不受伤害。此外，有某些证据显示，窃案发生当天，诺伊霍夫就在附近的某个地方。更不用说的是，收到的秘密报告显示，嫌犯的收入就在差不多同一时期开始猛增了。该人在瑞士、英国和美国的银行里有几笔大额存款，还持有若干国际保险公司的大量股份（鉴于诺伊霍夫以前的职业，这一事实已经引起了关注）……

很快，他也引起了据信得到了被窃钢铁样品的一方的怀疑。一位著名的数学家马上就要给他们提供一种新的、轰动性的概率计算方法——该方法能够把预测的准确性提高到近乎精确的程度（98.7%），可是他却突然在离奇的情况下死亡了，而且没人（至少当时没有）能继续他的工作了。一种能抵抗所有抗生素的致命的病毒性流感在几天内就要了他的命。他是从一位同居的舞女那里感染上的。她的病情相当轻，但同样非常难治。这位舞女喜欢猫，她的一只猫不久之前也得了同样的病。情报人员发现，这只动物与邻居的一个孩子大约同时患病。他们的病都很容易就好了。小男孩过去经常和猫一起玩。前一天，他曾在附近的场地上踢足球，还因为一些娴熟的进球而得到喝彩。喝彩者是一个成年人，他给了小男孩一瓶清凉饮料（瓶子是他带来的，只喝了四分之一）。据描述，这个球迷就是诺伊霍夫本人。

专家们断言，这一疾病由一种未知的病毒传播，该病毒有一个特点：随着其所通过的生物体数量的增加，其毒性和对抗生素的耐药性会以惊人的比率倍增。

数学家之死激怒了某些国家集团，却令另一些敌对的国家集团十分满意。再次陷入危机的世界均势得以维持。对一方造成的损害对另一方有利，这实现了某种平衡。诺伊霍夫小心翼翼地将双方的得失平均分配，确保自己拥有相对的政治免疫力。

四名一流的特工人员在企图绑架他的时候死亡——原来是敌对势力在严密地保卫着他，并迅速采取了行动。轮到后者给诺伊霍夫设圈套的时候，第一次想抓获他的那一方的代表警告他有危险，倒成了保护者。

最后，诺伊霍夫成了被反复行刺的对象，同时也成了受到小心谨慎而又卓有成效的保护的人类，他受到的保护是世界上最严密的。

他也因为他那神秘的天然免疫力而从更多次的行刺中得救。他在六次爆炸中毫发无伤，有人发誓说他们把他炸成碎片了。他抵抗住了 53 次下毒。他从一场持续了将近两天的毒气行刺中死里逃生。每次失败的行刺企图都引来了措辞非常激烈的外交照会。涉嫌制订行刺计划的各方轮流相互威胁，甚至到了这个程度：他们发出郑重警告，诺伊霍夫最终被消灭可能意味着宣战。

还有一件事：由于事主的免疫力是不容置疑的，揭开他的秘密可以给全人类带来相同的机会，这一想法正在普及开来。消灭诺伊霍夫就会消灭这一虚无缥缈的希望。

如果这个人仍然活着，把他交给科学家做一次彻底的研究，又没有错综复杂的外交问题，这是最理想的。

这是《诺伊霍夫协议》的漫漫征途上的第一站。

调查、监督、数不清的会议，然后是两次首脑会议，最后是一个协议。一个由感兴趣的各方代表组成的混合委员会负责对诺伊霍夫进行有条不紊的详尽检查，调查结果由各方分享，一视同仁。

“由此建立的机构”——协议规定——“将安排必要的手段来履行其使命。它将支配所有收集到的需要验证和确认的有关诺伊霍夫的资料。最资深的专家们将有可能对该问题进行活体研究。由调查过程或者进一步的发展需要所引出的所有决定，只有经过一致同意方可做出。”

马丁·诺伊霍夫于 2198 年 8 月 16 日被抓捕，并被带到了“哥特兰岛上的某个地方”，住进了一所安装了各种设备，可以进行各种检查，同时又能保守秘密的住宅里面。对囚犯所做的 X 光和超声波检查显示，除了已知的松果体肥大之外，他没有任何异常之处。其他各项分析也没有什么结果。从全套的生物样品检查中也没有得到更多的蛛丝马迹。

两周之后，调查还在原地踏步。他们什么也没做出来，只是证实，诺伊霍夫的机体确实能够以惊人的效率抵御任何病理改变。以什么方式做到的？专家们——著名的科学家们都不明白。疗愈是通过身体自身的资源实现的，不用任何额外的药物。抗体、吞噬细胞和抗毒素大量出现。这是怎么发生的？没人能找到一个讲得通的解释。

奇怪的是，在同样的情况下，补救反应有着不同的速度。同样的微生物注入体内，一次几秒钟就被摧毁，另一次则要过上一天才行。专家们说，或许诺伊霍夫有能力在一定的限度内控制有益反应的速度。

一次试验让调查者们大惑不解。他们在诺伊霍夫的组织中植入了一个外来物体。由于物体最初放置在不影响任何重要功能的地方，X 光片显示，它只是被完全隔离了。接着，选择了一个危险的位置（在肾脏中）之后，机体在体内完成了一个真正的外科手术，把外来物体清除了出去，就像那是块结石一样。但是切口很难察觉。物体排出时所通过的伤口在几秒钟之内就愈合并消失了，不留一丝痕迹。

委员会举行了一连串没完没了的磋商，会议给了与会者们一个捕风捉影的公平机会。在某个时刻，有人提出了一个建议，这可真是个神来之笔，因为它就像个明摆着的白痴问题一样简单："既然咱们找不到诺伊霍夫的秘密，因此使用他的能力来造福人类的希望就是一场空，那咱们就除掉他吧。他给咱们带来的麻烦已经够多的了。实验中有发生事故的风险是在预计之内的。"

讨论这个显而易见的提议又花了 14 天的时间（进行一些额外的实验并获得各国政府的同意需要时间）。

9 月 15 日，委员会一致决定处决诺伊霍夫。

但是第二天早上发生了一件轰动全城的事情。诺伊霍夫被麻醉之后，主刀医生想双倍确保协助他的团队知道他们必须要做什么。"好，先生们，"他用略显严肃的口吻说道，"我们将控制病人的心脏，不让它跳动，直到引起临床死亡为止。当然，这只是另一个实验，评估他对‘心搏停止’的抵抗能力。”

突然，诺伊霍夫赤裸的身子上出现了皮疹。这是一些红色的斑点，但是很快就呈现出一种完美的对称，形成了一个奇怪的图案，几秒钟之后，图案变了，但是仍然保持着惊人的规则性。更多其他的图案接连出现在医生和护士们那僵住了的面孔下面。诺伊霍夫的身体就像霓虹灯招牌一样一闪一闪的。“这是一个……一个信号。”有人设法发出了声音，他的声音因为激动而哽咽了起来。

这一点毫无疑问，因此大家决定停止处决诺伊霍夫。委员会得到消息之后赶到现场——皮疹图案继续在他们的眼皮底下表演着，令人神魂颠倒。

现场举行的快速讨论撤销了之前的决定（也是一致通过），虽然把诺伊霍夫杀了才是亚历山大大帝式快刀斩乱麻的解决方法。（看来与简单的方法相比，人类注定更喜欢复杂的解决方案，因此历史进程是不可预知的。）

一整支由语言学家、符号学家和逻辑学家组成的大军被紧急召至哥特兰。在他们抵达之前，图案的变化已经被小心翼翼地拍摄了下来。事实证明这是明智之举，因为麻醉的效力开始消失，诺伊霍夫恢复知觉之后，信号就停止了。

语言学家、符号学家和逻辑学家们在最完美的计算机帮助下，工作了大约一个半月。12 月 3 日，他们宣布成功地解码了图案的语言，翻译出了以这种极不寻常的方式传送的信息。

信息只有几句话，不断重复，但是委员会知道了它的内容之后，惊讶得瞠目结舌。

信息（专家们解释说，由于对方所使用的表意语言在性质上绝对不同寻常，他们难免要使用有点像电报体那样的近似翻译）如下：

“停止杀害诺伊霍夫，否则我们制造毁灭性的病毒。你们都像戈里诺[1]一样死掉。如果你们放过我们，我们不会伤害你们。”

信息没有署名。发送信息者不想为人所知——这一点很清楚。

收到信息之后，委员会中的讨论变得激烈了起来，专家们无法就主要问题的答案达成一致：发出威胁的是谁？

调查不再保密：事实公开了。“情况太严重了，”——政府做出决定——“人们不能置之不理。”人们提出了许多假设，据此出现了大量的文献。为了避免读者陷入细节之中（虽然在很长一段时间内，这件事吸引了公众的全部注意力），我们只提最重要的推测。

应该指出的是，在进行不必要的讨论期间，在诺伊霍夫身上做的实验完全停止了。他留在哥特兰，待遇像个国王一样，岛周围竖起了一道屏障，以防止外界与这个危险地点有任何接触。

第一个也是最流行的假设，来自著名的天体物理学家鲁道夫·米尔斯。他在一次采访中将其透露给公众，世界上几乎所有的大报都转载了这篇采访，可以说，他在众目睽睽之下坚持这种观点。信息来自居住在诺伊霍夫体内的外星智能生物，它们竭尽所能保护诺伊霍夫的身体，因为诺伊霍夫的身体是它们至关重要的生存环境。

“这样，对于‘无伤的枪击受害者’那不可思议的机体免疫力，我们就有了解释。”科学家说道，“诺伊霍夫们——让我们暂且用这个名字来称呼它们，直到我们对它们有了更多的了解为止（这一称呼是合乎道理的）——掌握一种非常先进的技术，在很多方面都超过了人类，例如，它们在极短的时间内完成的生物物理合成和超高难度的手术都证明了这一点。它们确实是从人体内部完成手术的，这是一个相当有利的工作条件。”米尔斯的另一个结论涉及“诺伊霍

1. 死于病毒性流感的数学家的名字。——原注

夫们”的大小：“它们当然一定是超微生物，可能比病毒还小；这就是为什么它们能够毫无困难地到达选作住处的机体内的任何一点。正因为它们如此之小，X光检查才看不见它们，它们甚至还避免进入从诺伊霍夫身上抽出的任何一滴血液，逃脱了化学分析。”

“但是，它们是怎么到那儿的呢？”——这是采访者提出的其中一个问题。“还有，它们为什么选择诺伊霍夫？”

米尔斯对此有自己的答案。外星人来自一个平行世界，是通过一个“空间纽结”渗透进我们的宇宙的。“你知道曲线的逆转点是什么，不是吗？现在想象空间中有这么一个东西，”科学家补充道，“当然，我说得非常简单，这样大家都能明白。或许在某时某地，这样一个点状的门出现在了诺伊霍夫的体内。”

“那为什么诺伊霍夫的身体有死亡危险的时候，入侵者们不离开它，去占领别人的身体？”记者刨根问底。

在这里，米尔斯不那么肯定了，但他仍然能够找到一个解释。“或许，”他回答道，使用了由于科学上的怀疑而不得不有所保留的说法，“诺伊霍夫们只能居住在一个生物体内，一旦离开就会死亡。只要考虑一下它们的大小，”科学家温和地笑着，请采访者想想，“穿越两个人体之间的距离，对它们来说是一个艰巨的任务，就像我们去另一个星球那样。”

米尔斯还提供了另一种可能的解释：“我们不能排除这样一种可能，即诺伊霍夫具有某些形态功能方面的特征，使他成为唯一适合居住在其体内的生物生活的地方。”他举了松果体肥大作为例子。或许在它们找到合适的环境之前，类似的远征失败了无数次。“关于这一点，”科学家谦虚地补充道，“病理形态学家可以告诉你更多的东西。”

米尔斯的论点遭到了年迈的遗传学家阿拉姆·基穆尔吉恩的强

烈反对。他在一次通过卫星对全世界转播的电视新闻发布会上提出了反对意见。

“我杰出的同事鲁道夫·米尔斯把自己推到了一个危险的假设上面，把智能——还是高等智能——归于超微生物，”遗传学家开始说道，“脑物质或者其他任何能够承担其功能的物质，”他止住一阵令人窒息的咳嗽之后，继续说道，“都意味着要发展到相当的尺寸。地球生物的整个进化史就是证据。但即便如此，如果诺伊霍夫们是智能生物，已经达到了如此之高的技术水平，它们一定也建立了相应的文明。那么，它们的工厂、实验室、机器和车辆在哪里？我们的设备没有一样能探测到它们。它们藏在诺伊霍夫身上哪个看不见的洞里面？”

基穆尔吉恩又咳了起来，咳了很长时间，然后他继续自己那被打断了的论证：

“而且，我杰出的同事的假设没有解释微小生物与其宿主之间的关系。如果它们只是把他的身体当作住所，我们就不会看到它们帮他实现愿望（在一定程度上）的事实了。诺伊霍夫是怎样让小客人们听到他的想法的？而且，如果它们拥有这样的力量，为什么不让诺伊霍夫听它们的呢？”

轮到基穆尔吉恩提出解释了。据他说，诺伊霍夫们只是某些特殊的细菌或者病毒，是基因事故的结果。其天然栖息地就是机体，它们在机体中生长，还能进一步增殖。别处缺乏它们生长增殖所必需的条件。这些微生物的独特之处是能够接收和传送特定的信息。因此，具有这一特征的细菌或病毒可能受到了一个中心的指挥，该中心可以以这种方式知道体内正在发生什么事，诺伊霍夫也就有可能立即对全身进行干预。

“承担领导角色的可能是肥大的松果体。谁知道它可能具有哪些不可思议的特性？不管怎么说”——基穆尔吉恩试图让大家听得更明白点——“它运转起来就像一个装备齐全的车间一样，立即派遣一支携带了超精良工具的服务队前往发生故障的地方。

“我认为，它利用诺伊霍夫的大脑接收外界信息；这就是为什么它在一定的条件下会通过自我保存的本能力量来执行他的命令。

“不管怎样，一切都来自同一个具有特殊的解剖结构的个体。信息只能来自诺伊霍夫，他自己发现了这一逃脱死亡的独特方法。一个确实很严重的事实是，他不是在开玩笑，他有能力把威胁付诸实施，他的身体能够制造出无懈可击的病毒来。”

另一位闻名遐迩的科学家哈里·麦克劳德在许多方面都同意基穆尔吉恩的观点。信息是如何接收和传送的，是这位来自费城的超心理学家争论的要点。“指挥中心与受其指挥的载体之间的通讯一定容许超心理波的存在。如果我们说到这个的话，特殊的细菌或者病毒就不再是绝对必需的了。诺伊霍夫可能只是拥有第六感，可能是由于松果体肥大造成的，其基础是一种非常高频的超心理波。换句话说，‘事主’可以清晰详尽地看到体内发生的一切。这还不是全部。超心理波还让他能够干预这个享有特权的空间中的任何地方，能够非常迅速地消除疾病的根源。他是怎样做到的？非常简单！当然是通过调动天生的防御资源，但是这些反应通过灵力集中的方式得以大大加强和加速了。

“还有一种可能性，”麦克劳德补充道，轮到他证明自己拥有健全的科学谨慎性了，“即诺伊霍夫本人左右了对他所做的初步观察。也就是说，他似乎患上了重病，但实际上根本没有，检查者受到了催眠术的影响。即使用了复杂的设备，最后的分析结果不也是由人来做出的吗？而且，”他继续说，“诺伊霍夫让他们看到他自己向他们暗示的东西，这难道不是可能的吗？即使是著名的信息——我们怎么能如此肯定它不是集体幻觉呢？”

这些相互对立的理论的支持者们被邀请出席一个电视“圆桌会议”。节目引起了观众巨大的兴趣，甚至给全世界提供了目睹几桩令人难堪的事件的机会。因此，米尔斯对他杰出的遗传学家同事完全不知道微粒晶体管的存在表达了惊讶（这与诺伊霍夫们的大小有关）。在他看来，松果体的强制行为——如果可以原谅他的用词的话——相当“荒唐”。说诺伊霍夫本人以完全相同的方式胁迫了智能微生物，难道不是更容易想象吗？至于超心理波，他拒绝任何心灵致动能力、招魂术、神秘主义和其他诸如此类的“臆想”。

最后一句话被麦克劳德当作“即使是著名的科学家，也会因片面而导致无知”的证据。此外，他明确表示，“膨胀的宇宙”“类星体”“黑洞”和天体物理学家们想象出来的其他东西看起来并不比超心理波更加合理。

米尔斯问他，诺伊霍夫是不是也催眠了照相机。基穆尔吉恩想知道，能够即刻重建受到严重伤害的有机生命的智能生物为什么不能没有伤亡地跨越两个人之间的距离。或者，是什么阻止了它们使用这种方式来旅行呢——“怎么说呢，”他结结巴巴地说，又咳嗽了起来，“诺伊霍夫和妻子自然的身体接触？”

尽管他们互相嘲讽，但是“圆桌会议”的与会者们在一点上达成了一致：不管诺伊霍夫们可能是什么，它们都给宿主带来了一种如此强大的免疫力，全世界最好把它是不是不想死这件事纳入考虑。在公众被报纸、广播、电视，以及各种会议和示威搅得焦躁不安的时候，一次高级别的秘密外交活动正在热烈进行之中。各国政府之间举行了无数次的磋商，研究了各种有关预防可能的危险的建议和提案。哥特兰委员会严格按照上级的命令，播出了即将和诺伊霍夫们展开谈判的命令。

主要的困难似乎在于和它们建立联系，但是问题解决起来却比任何人想的都要简单：马丁·诺伊霍夫大致知道它们想从他身上得到些什么，但不是很明确。一听到“谈判”一词，我们的英雄突然陷入一种半睡眠状态，就像轻微的麻醉一样。他的脸上出现了图案。他被人脱了个精光，躺在床上，遍布全身的信号都被小心地拍摄了下来，并被传送给计算机进行翻译。

这只是一个邀请，措辞生硬——说清楚：你们想要什么？你们有什么提议？（由此可见，诺伊霍夫们并没有把自己的利益和宿主绑在一起，因为在谈判期间，它们让他在事实上失去了知觉。它们还——似乎如此——有可能利用了他的大脑，因为它们能直接接收人类的语言。）

谈判花了两年多的时间，艰苦而又富有戏剧性。谈判过程中时有间断，因为需要中断谈判进行磋商（许多国际条约中必须引入一条新的特殊条款，名叫《马·诺》）。对话不止一次变成威胁，采用诅咒的方式，在虚情假意之中表达新的背信弃义。但有一件事是肯定的：听指挥的细菌、超心理波或者智能微生物们除了维持生存和宣布其领土——宿主的身体之外，并无其他基本诉求。它们还同意，在不久的将来，诺伊霍夫不应再做任何不道德或是危及世界政治和军事平衡的事。作为交换，它们要求得到非常确实的证据，以保证永远不会有人试图征服代表其家园的生命，或者侵犯他的安全和独立。

《诺伊霍夫协议》于第二年春天签订。哥特兰岛解除了隔离，接待了得到全世界的授权来签订这一重要法案的杰出客人们。

当然，那个使诺伊霍夫们得名的人也出席了，他兴高采烈，身着节日盛装。报纸和电视自然不能错过这一次机会。根据协议的规定，诺伊霍夫代表他那些看不见的保护者们签署了协议。这份历史性文件生效时用过的自来水笔仍然珍藏在斯德哥尔摩的斯堪森博物馆里。

以下就是协议的文本，用全世界通用的主要语言写成：

“兹证明，人类与诺伊霍夫们庄严承诺，保持和平的关系，不给对方造成任何性质的任何伤害。

“为了实现这一目标，双方将严格遵守以下十项条款：

“1. 马丁·诺伊霍夫将受到世界各国政府的保护。世界各国政府要采取适当的措施，保护其免遭任何人所施加的人身或道德上的伤害。

“2. 他可以自由地居住在自己所选择的任何地点，可以随意旅行，不受干扰，还可以从事他所喜欢的工作。

“3. 任何人不能试图通过中间人（妻子、孩子、父母、兄弟姐妹）来约束他。

“4. 该人的所有行为都要严格遵守现行法律及人类的道德原则，注意不要在某些特殊的帮助下钻空子。

“5. 马丁·诺伊霍夫将得到 200 万美元的免税终身年金，可以随意使用。

“6. 严禁以任何借口刺探该人的机体，违者将受到最严厉的惩罚。

“7. 诺伊霍夫们将约束自己，不越过领土边界，该边界由所附的人体测量和射线照相来确定。

“8. 它们承诺不传播任何种类的微生物（细菌、病毒、弧菌等）或人类未知的化学品，以免危及人类生命。

“9. 本双边协议每隔七年须重新修订，如果科学发展需要，也可以提前修订，加入相应的变化。

“10.《协议》于今日，即 2200 年 3 月 3 日 11 时 30 分生效。”

马丁·诺伊霍夫今天仍然健在。他看上去跟《协议》签订的时候完全一样，一点也没老。正如诺伊霍夫们所证明的，他严格遵守了十项条款。不管诺伊霍夫们是什么，它们都享有了真正的自治，也有能力实现自己的愿望。

所有关于它们的推测都停下来了，以免受到各种苛刻法律的惩罚。

协议经多次续订，没有任何困难。目前它已经有200多岁了，这个年纪是值得尊敬的。

一切顺利。然而世界陷入了与日俱增的恐惧之中。这是一位悲观主义哲学家的一个老念头所带来的：如果有一天，马丁·诺伊霍夫厌倦了如此漫长的人生而实施自杀，会怎么样呢？

（舒文　译）

俄罗斯篇

俄罗斯科幻小说的发展历程在某种程度上和欧洲科幻小说的一般情况类似，但是又有几个因素使之更为复杂。首先，俄罗斯一直以来都遭到封锁，某些时候的封锁程度比其他时候更强，因此并未充分受到席卷西方的智识与文学思潮的影响。其次，工业革命到达俄罗斯的时间很晚，以至于俄罗斯在共产主义革命之前一直是一个以农业为主的国家。再次，很长一段时间内在俄罗斯文学也要为国家服务。

像其他欧洲国家一样，俄罗斯早在 18 世纪就有了几部乌托邦小说，如米哈伊尔·谢尔巴托夫（Михаил Щербатов）公爵的《奥菲尔之旅》（*Путешествие в землю Офирскую*，在 1785 年左右开始为人传阅，但直到 1896 年才出版）。在一个将农奴制和强大的君主专制保持到 20 世纪的国家，大多数乌托邦作品都主张改革。从尼古拉·果戈里到费奥多尔·陀思妥耶夫斯基都曾抨击过社会制度。亚历山大·库普林和亚历山大·博格丹诺夫在 20 世纪初都预见到俄罗斯将会迎来革命，并且主张社会主义，其中博格丹诺夫的火星乌托邦题材小说《红星》[*Красная звезда*，1908；1984 年与其续作[1]合为《红星：第一部布尔什维克乌托邦》（*Red Star: The First Bolshevik Utopia*）出版英文版]被认为是最早的正宗俄罗斯科幻作品。

俄罗斯的硬科幻可能始于 18 世纪，最早的作品是瓦西里·廖夫申（Василий Лёвшин）的星际小说《最新的航行》（*Новейшее путешествие*，1784）。但是要说起俄罗斯硬科幻的最大动力，还是要归功于自学成才的物理学家兼数学家、苏联太空飞行之父康斯坦丁·齐奥尔科夫斯基（Константин Циолковский）。此人在科研之余出版了 3 部长篇科幻小说和 4 部短篇小说集，其中充满了奇妙的发明，可惜情节与文学价值稍逊一筹。苏共政权下很早就产生了有特色的科幻，尤其是阿列克谢·托尔斯泰（Алексей Толстой）的《阿埃莉塔》（*Аэлита*，1922），这部脱胎于巴勒斯火星系列的小说将约翰·卡特这一角色改成了俄罗斯工程师，还将主人公与火星最高委员会主席的女儿以及火星上的马克思主义革命牵扯到了一起。此外托尔斯泰还写了《工程师加林的双曲面体》（*Гиперболоид инженера Гарина*，1925—1926），这部作品被归类为"红色侦探故事"（красный детектив），是一种苏联特有的类型文学分类。

苏联科幻小说必须克服一道难关：苏联官方设想了一个不可能发生任何变化的理想社会，在这样一个社会当中，唯一可以接受的发展是将这一社会形态向其他国家乃至其他星球扩散。弗拉基米尔·马雅可夫斯基不能认同这一理念，他的剧本《臭虫》（Клоп，1928）讽刺了极端神圣化的未来；叶甫盖尼·扎米亚京也不能认同这一理念，他的《我们》（*Мы*，1920）灵感来自 H. G. 威尔斯的《未来日子里的故事》（*A Story of the Days to Come*），反过来又启发了日

1.《工程师门尼》（*Инженер Мэнни*，1912）。

后赫胥黎的《美丽新世界》与奥威尔的《1984》。《我们》在苏联被列为禁书，直到20世纪80年代末才解禁。

俄罗斯杂志也为科幻发展起到了一定作用。首先是1924年创刊的冒险杂志《世界之战》（*Борьба миров*），第二年又出现了《世界先锋》（*Всемирный следопыт*）和《青年科技》（*Техника-молодежи*）。在第一次世界大战之前，最著名的俄罗斯科幻作家是阿历山大·别利亚耶夫（Александр Беляев），他是一位多产的作家，不仅很会讲故事，而且身段灵活，总能让作品适应政治潮流，例如20世纪30年代的苏联对于意识形态正确性的要求。他的作品情节都发生在苏联境内，强调集体努力而非个人奋斗，并遵循所谓的“近期目标”规则，只预测近未来的情况。

也许，最配得上现代俄罗斯科幻之父称号的作家当属伊万·叶夫列莫夫（Иван Ефремов）。1957年他在《青年科技》杂志上发表了《仙女座星云》（*Туманность Андромеды*）——汉密尔顿短篇小说也正是在这一年得到了翻译。按照弗拉基米尔·加科夫等人在《科幻小说百科全书》中的说法，这部作品开启了苏联科幻的黄金时代。叶夫列莫夫还写了《蛇之心》（“Cor serpentis”，1959）、《剃刀之刃》（“Лезвие бритвы”，1963）和《公牛的时辰》（“Час быка”，1968）。叶夫列莫夫最早开始创作时，恰逢苏联发射了人类第一颗人造卫星。帕特里克·麦奎尔（Patrick McGuire）在《惊异剖析》一书中指出，卫星上天对于苏联科幻起到的提振作用就像原子弹和V-2火箭在美国起到的作用一样。科幻从此在苏联蓬勃发展起来，不仅涌现了大量本土作家，阿西莫夫、布拉德利、克拉克、莱姆、谢克雷等人的作品也纷纷得到了译介。

苏联科幻黄金时代的最杰出代表人物是阿尔卡季·斯特鲁加茨基（Аркадий Стругацкий）和鲍里斯·斯特鲁加茨基（Борис

Стругацкий)。加科夫认为，这对兄弟的作品堪称“苏联最有趣、最可读的科幻作品”，而且其中大部分都被翻译成了英文。斯特鲁加茨基兄弟就像波兰的莱姆一样在世界范围内享有盛誉，与他们同时代的苏联科幻作家还包括根里赫·阿利托夫[1]（Генрих Альтов）、德米特里·比连金、基尔·布雷乔夫（真名是伊戈里·莫热伊科）、米哈伊尔·叶姆采夫和他的合作者叶列梅·帕尔诺夫、谢韦尔·甘索夫斯基、维克多·科鲁帕耶夫、弗拉基米尔·萨夫琴科、瓦季姆·谢夫涅尔、叶夫根尼·沃伊斯昆斯基和他的合作者伊赛·卢科季亚诺夫等等。这个时代还产生了叶夫根尼·布兰迪斯、弗拉基米尔·德米特里耶夫斯基和尤利乌斯·卡格尔利茨基等科幻学者和批评家。

苏联黄金时代的许多科幻作家的本职工作都是科学家，他们的作品也都是硬科幻。但近年来，俄罗斯科幻已经“软化”了，逐渐远离政治和社会问题，转向了人物、哲学、美学和宗教问题。俄罗斯导演——其中最著名的是安德烈·塔可夫斯基——拍摄了许多科幻影片，最著名的是《仙女座星云》（*The Andromeda Nebula*，1968）、《索拉里斯星》（*Solaris*，1971）、《潜行者》［*Stalker*，1979，改编自斯特鲁加茨基兄弟的《路边野餐》（*Roadside Picnic*）］等等。

新的俄罗斯科幻作家不断涌现，但苏联解体对俄罗斯科幻的影响还有待评估。俄罗斯科幻作家们是否会把创作重心从变革的文学转向朝着新兴民主体制的过渡、适应资本主义的斗争或者政治冲突呢？科幻小说有赖于变革的意识，但是俄罗斯的变革似乎消耗了太多的日常精力，以至于科幻创作与阅读都可能遭受挫折。俄罗斯科幻可能会在一段时间内失去方向。批判知识分子在苏联时期遭受的

1. 俄罗斯作家、工程师、发明家根里赫·阿利特舒列尔（Генрих Альтшуллер）发表科幻小说所用的笔名。

压迫很容易，可这个靶子至少眼下已经不复存在了。通过地下出版物或者狡猾的反话正说来摆脱体制禁锢的需要已经消失了，征服阅读市场的欲望能否取而代之呢？

只有未来才能给出答案。

（万年看客　译）

斯特鲁加茨基兄弟

阿尔卡季和鲍里斯·斯特鲁加茨基兄弟在俄罗斯科幻界的地位就相当于斯坦尼斯瓦夫·莱姆在东欧。一部分原因是他们的作品在国内得到了交口称赞，另一部分原因在于他们的作品在国外也得到了认可，还有一部分原因在于他们的作品超越了科幻门类的界限。在科幻小说并非由廉价杂志演化而来，因而与主流文学之间的区分并不那么显著的地区，优秀文学作品的标准往往要等同于甚至超越门类标准。

离西方越远，人物经历及对其写作的影响就越成问题。阿尔卡季·斯特鲁加茨基于 1925 年出生于格鲁吉亚的巴统，曾在苏联军队服役 12 年并且参加了第二次世界大战，1949 年在外国语学院获得日语和英语学位。鲍里斯·斯特鲁加茨基比他哥哥小 8 岁，1933 年出生于列宁格勒，在列宁格勒大学获得天文学学位。1959 年至 1964 年，阿尔卡季在莫斯科担任编辑，后来成了专职作家和翻译。鲍里斯从 1956 年至 1964 年在普尔科沃天文台担任天文学家、天体物理学家和计算机数学家，后来也成了专职作家。这兄弟二人的生平当中有一项显著事实：他们起初投身写作的理由和莱斯特·德尔雷伊（Lester del Rey）一样，是为了应对“批评容易但创作困难”这项挑战。

到 1964 年，兄弟俩把所有的精力都转向了写作，此时他们已经出版了六部长篇小说。他们的译者之一帕特里克·麦奎尔在《惊异剖析》一书中写道：“几乎从 20 世纪 50 年代末兄弟二人创作第一个故事开始，这个二人团队的写作技艺就远比其他苏联科幻作家更加熟练。到了 20 世纪 60 年代初，他们已经找到了值得他们发挥技艺的题材——在此期间，他们从相当硬的硬科幻转向了强调社会和道德问题的软科幻。”

达科·苏文在《科幻小说百科全书》中将斯特鲁加茨基兄弟的创作生涯分为四个阶段。第一阶段是“乐观主义的未来历史”，这一时期的代表作是《绯红云之国》（*Страна багровых туч*，1959）、《二十二世纪的正午》［*Полдень, XXII век*（*Возвращение*），1962］、《太空学徒》（*Стажёры*，1962）。上述作品“信奉探索的浪漫以及人类对于自然伟力发起的乌托邦式猛攻，并由可信的、具有本国特色的主角来表现”。

第二阶段的代表作是《远方的彩虹》（*Далёкая Радуга*，1963）和《为神不易》（*Трудно быть богом*，1964）。这些作品揭示了人类的痛苦，乌托邦的前景变得黯淡。接下来到了第三阶段，“兄弟俩倾向于通过伏尔泰式的虚构来表达他们的黑暗愿景。在这一阶段，兄弟二人高超地掌握了表现主义的情节形式，狡猾地暴露了他们的祖国俄罗斯的社会困惑与日益严重的官僚主义僵化”。人们普遍认为这一时期的小说最具兄弟二人的独有特色：《来自火星的第二次入侵》（*Второе нашествие марсиан*，1968），《星期六始于星期一》（*Понедельник начинается в субботу*，1965），《三套车的故事》(*Сказка о Тройке*, 1968),《路边野餐》[1](*Пикник на обочине*, 1972),《斜坡上的蜗牛》(*Улитка на склоне*, 1966 和 1968[2])。

根据苏文的说法，斯特鲁加茨基兄弟的第四个创作阶段始于1969年的“马克西姆三部曲”——《可居住的岛屿》(*Обитаемый остров*, 1969—1971)、《蚁穴里的甲壳虫》(*Жук в муравейнике*, 1979)和《浪遏风》[3](*Волны гасят ветер*, 1986)。“在这些作品当中，原本还能时而抚慰人心的寓言光辉被无情剥去，暴露出了突如其来的暴力故事。时而与环境不协调的少年主人公们面临着越发疏离与绝望的场景。”斯特鲁加茨基兄弟的《丑陋的天鹅》[*Гадкие лебеди*, 1966—1967(杂志版);1972年出版德译本;1979年出版英译本(*The Ugly Swans*)]在出版成书前的最后一刻被叫停，后来的译本也被兄弟二人否定[4]。《世界末日前一百万年》(*За миллиард лет до конца света*, 1976)也属于这一阶段的作品。

到了戈尔巴乔夫公开性改革时期，斯特鲁加茨基兄弟出版了《蹩脚的命运》(*Хромая судьба*, 1989[5])、《注定毁灭的城市》(*Град обреченный*, 1989[6])和《被邪恶所累，或四十年后》(*Отягощённые злом, или Сорок лет спустя*, 1989[7])。尽管他们的作品出版了200个版本，翻译成了20多个国家的语言，给苏联的授权机构带来了可观的收入，但是兄弟二人似乎在长达10年的时间里都处境尴尬。但到1989年，他们所有的作品又有了合集。然而此时他们已经很少发表新作品了。阿尔卡季于1991年去世。没有人知道鲍里斯是否

1.《路边野餐》从情节上是《星期六始于星期一》的续集，英译本将两者结集出版。
2. 该书分为两个部分，第一部分发表于1966年，第二部分发表于1968年。
3.“正午世界”系列的最后一部。
4. 德文译本的出版未经作者许可。该书单行本于1987年才在苏联出版。
5. 写于1971年至1982年间，1986年出版过节略本。
6. 实际完稿于1972年。
7. 写于1986年至1988年间。

会继续写作。

斯特鲁加茨基兄弟就像莱姆一样都是世界级的作家。尽管他们的许多作品可能反映了苏联生活的独特体验，而且译本的质量也并不总是很高，但是他们的作品代表了一大批立意严肃且写作技巧高超，因此质量得到提升的科幻小说。苏文和吉娜·麦克唐纳在《圣詹姆斯科幻小说作家指南》中总结道："斯特鲁加茨基兄弟能够将乌托邦式的愿景与现代科学哲学结合在一起，捕捉到一切政府体制中固有的黑色幽默。因此他们能够超越俄罗斯国界，赢得一批国际追随者，并且在世界科幻小说与文学领域占据应有的地位……但二者最终走向的显然都是远离科幻这一形式……"

《外来者》（"The Strangers"）是他们创作早期一个鲜为人知的短篇科幻小说，作于兄弟二人 1959 年发表第一部长篇科幻小说之后，在《知识就是力量》（*Знание — сила*）杂志上发表，后来被扩展为长篇小说。这部作品预示了兄弟二人随后将要取得的成功。

（万年看客　译）

外来者

[俄罗斯]阿尔卡季·斯特鲁加茨基、鲍里斯·斯特鲁加茨基 著

[美国]威妮弗雷德·格林伍德 英译

讲述人：康·尼·谢尔盖耶夫

“阿皮达”考古队成员

不久前，一本通俗科学杂志上刊登了一篇文章，讲述了去年7月至8月在杜尚别[1]附近发生的异常事件。文章刊出后得以广泛传播，但遗憾的是，作者显然使用了二手甚至三手的信息，其信源远称不上可靠，因而文章所陈述的情况以及核心问题自然也就谬以千里。文章关于“远程破坏者”以及“硅怪兽”的推论经不起检验，至少并不比所谓的“目击者”所提供的关于燃烧的山脉和卡车，以及被整头吞噬的牛之类自相矛盾的证据更经得起检验。相比于这些纯粹的虚构，事实本身更为简单，同时也更为复杂。

随着时间的推移，杜尚别委员会明显不打算在未来相当长的一段时间里公布关于事件的官方报告，于是尼基京教授邀请我，作为极少数的真正目击者之一，发布有关“外来者”的真相。

“写下所有你亲眼所见的东西，”他说，“写下你的印象，正如同

1. 塔吉克斯坦首都。

你为委员会做的那样。你也可以使用我们的材料。不过，如果你只写你自己的印象，那会更好。还有，别忘了洛佐夫斯基的日记。你有权使用它。”

在我的故事开始之前，我想要提醒大家，在我的叙述中，我将尽全力遵从教授的指示——尽可能试着只给出我自己的印象——而且我将从我们自己的角度来叙述事件，“我们自己”，指的就是在彭吉肯特[1]东南方 50 公里处挖掘所谓的“阿皮达城堡”的考古队。

考古队共有六个人。其中三位是考古学家——队长鲍里斯·扬诺维奇·洛佐夫斯基，我们称之为“头儿”；我的塔吉克老朋友杰米尔·卡里莫夫，以及我本人。另外还有两个来自当地的工人以及我们的司机科利亚。

“阿皮达城堡”是一座高约 30 米的土丘，位于群山环绕的狭窄溪谷之中。一条清冷的小溪从谷地流过，河床底部满是光滑的卵石。小溪的岸边即是通往彭吉肯特绿洲的公路。

当时我们正在土丘顶部挖掘古代塔吉克人的居所。我们的营地位于土丘的底部，共有两顶黑色的帐篷，以及一面绘有一枚古代粟特钱币（圆形方孔钱）的血红色旗帜。公元 3 世纪的塔吉克城堡与拥有石墙和吊桥的欧洲中世纪城堡毫无相同之处。在挖掘基本完成后，能看到的只有两三个方形平台，边缘有高 5 厘米的墙。事实上，所谓的“城堡”遗留下来的就只有地基而已。在这里，你可以找到烧焦的木头、陶土器皿的碎片、与现代蝎子一模一样的蝎子，如果运气好的话，可能还会有一枚泛满铜绿的古老钱币。

考古队拥有一辆可随时使用的嘎斯 51 卡车，我们利用它在险恶的山路上长途旅行，以进行考古调查。在“外来者”出现的前一天，

1. 塔吉克斯坦边境城镇，位于中亚著名古城撒马尔罕附近。

洛佐夫斯基开着这辆卡车前往彭吉肯特采购食品，他原本应该在 8 月 14 日这天早上回来。然而卡车并没按时出现，而它的神秘失踪正是一连串令人惊异而又难以理解的事件的开端。

我坐在帐篷里吸着烟，等着溪水把我之前放在盆里并投入水中的陶片冲洗干净。尽管时间已经到了午后 3 点，但太阳似乎仍然高悬在头顶上。杰米尔正在土丘顶部工作——你可以看到那里有黄色的尘土正在空中旋转，还有工人们的白色毡帽。便携式煤油炉发出咝咝声——有一锅燕麦粥正在炉子上面煮着。天气又热、又闷、又有扬尘。我一边吸着烟，一边琢磨着洛佐夫斯基为什么会滞留在彭吉肯特：他已经迟到了至少六个小时。我们的煤油快用完了，食物只剩下两个罐头和半包茶叶。要是今天洛佐夫斯基还不出现的话，那就糟了。我又想到了一个更加不可能的原因——洛佐夫斯基决定给莫斯科打电话——我站了起来，伸了个懒腰，然后第一次见到了一个“外来者”。

他站在帐篷入口处，一动不动，黑沉沉的，大约有一只大狗那么高，看起来像一只巨大的蜘蛛。他的身体又圆又扁，像是闪星牌手表，腿上有关节。我没法更详细地描述了，因为我当时太过于震惊以及迷惑。一小会儿之后，他突然摇摇晃晃地朝我走来。我目瞪口呆地注视着他一步一步地前进，在泥土上留下一个个像洞一样的痕迹——在阳光照射下，黄色的黏土碎裂了，形成一个充满恶意的形状。

要知道，当时我还根本不知道这是一个“外来者”。在当时的我看来，它是一种不知名的动物，以一种古怪的方式扭动它的腿，没有眼睛，也没有声音。我向后退去。就在这时，一声轻柔的咔嗒声响起，随之而来的是一道耀眼的闪光，我不由自主地闭上了眼睛，等我再睁开双眼的时候，透过模糊的红色斑点，我看到他又向前走了一步，已经进入帐篷的阴影中了。“上帝啊！”我喃喃自语道。他站在我们的食品箱旁边，似乎正用两只前腿在里面翻找着什么。一罐罐头在阳光下闪闪发光，然后瞬间消失，不知道到什么地方去了。然后那只“蜘蛛”向侧面移开，离开了我的视野。煤油炉的嗞嗞声突然停了下来，并发出金属的咯嘣声。

我不知道一个理智的人处在我这个境地会怎么做。我已经失去理性思考的能力了。我记得自己大喊大叫，或许是为了吓唬蜘蛛，又或许是为了给自己壮胆。我跳出帐篷，向外跑了几步，然后停了下来，气喘吁吁。外面没发生任何变化。四周的山峦在烈日下打着瞌睡，溪水微波粼粼就像是液态的银，土丘顶上的云彩仿佛是它白色的毡帽。然后我再一次看到了那个“外来者”。他在山坡上快速地行走着，绕过土丘，动作轻捷无声，仿佛是在空气中滑行。他的腿几乎让人注意不到，但我清楚地看到一个奇怪的尖锐影子在他身边坚硬的灰色草地上奔跑。随后，他不见了。

一只马蝇咬了我一口，我用恰巧在我手中的一条湿毛巾把它拍了下去。土丘顶部传来叫喊声——杰米尔和工人们正从那里走下来，他们在叫我把煮粥的锅从煤油炉上拿下来，再把烧水壶放上去。他们丝毫没有感到一点异样，因此当我开口的时候，他们全都震惊了：“一只蜘蛛搬走了煤油炉和一个罐头。”我告诉他们。杰米尔说后来的情况很吓人——我坐在帐篷旁边，往煮粥的锅里弹着烟灰。我的双眼发白，而且不断地左顾右盼，那模样活像是被什么东西吓坏了。我看得出我的老朋友已经把我当成了疯子，连忙断断续续地给他讲发生了什么事，而这只是进一步证实了他对我的看法。工人们从发生的一切中只得出了一个结论：没有茶，也不会有茶。失望之余，他们默默地吃着几乎没有暖意的粥，然后开始玩塔吉克人最喜欢的纸牌游戏——比什图库塔。杰米尔也吃了些东西，我们点燃香烟，他耐心地听着我重新讲述事情的经过。

他思索了一会儿，然后得出结论：这一切都是我想象出来的，是轻度中暑的结果。我立即表示反对：首先，我只要出帐篷就会戴上遮阳帽；其次，煤油炉和罐头到哪里去了？杰米尔说，这些丢失的物品可能在我神志不清的时候都被我扔到河里了。我对这个说法感到十分气愤，但我们还是站了起来，走到齐膝深的清澈河水里，开始摸索河床底部。我找到了一周前杰米尔遗失的手表。在我们放弃搜寻之后，杰米尔再次开始思索。你有没有闻到什么奇怪的气味，他突然问道。没有，我回答道，我没闻到什么气味。你有没有看到蜘蛛是否有翅膀？没有，我没看到什么翅膀。你还记不记得今天是几号、星期几？我发了脾气，我说今天很可能是 14 号，我不记得是星期几了，但这没有任何意义，因为毫无疑问，杰米尔自己也不会记得今天是星期几。杰米尔承认自己也只记得年份和月份，这没什么好奇怪的，因为我们被困在这个没有日历也没有报纸的穷乡僻壤。

然后我们又到处看了看。除了帐篷入口处地面上那些已被抹去一半的洞之外，我们没发现什么别的痕迹。另一方面，我们确实发现，除了煤油炉和罐头之外，那只“蜘蛛”还带走了我的日记本、一盒铅笔以及装有我们最有价值的考古发现的袋子。

“这该死的猪！”杰米尔沮丧地说。

夜幕降临了。层层叠叠的雾气爬满山谷。天蝎座的恒星在山脊上方明亮地燃烧着，像一只有三个趾头的爪子。我们能嗅到凉爽的夜风。工人们很快就睡着了，但我们躺在营地的床上，一边左思右想，一边用廉价香烟的臭味填满帐篷。在漫长的沉默之后，杰米尔怯怯地再次向我确认我真的没有在捉弄他，紧接着，他发表了自己的看法：他认为“蜘蛛”的出现与洛佐夫斯基的久久未归有一些联系。我也在考虑这个问题，但是我没有回答。他又重新检查了一遍丢失的东西，提出了一个可怕的假设：那只“蜘蛛”是一个狡猾伪装的小偷。我迷迷糊糊地睡着了。

我被一种奇怪的声音吵醒了，就像是某种强力的飞机引擎的声音。我躺在那里听了一会儿。不知为何，我感到惊慌。也许是因为我们在这里工作的一个月时间里从来都没见过一架飞机。我站起来向帐篷外看去。时间是午夜，我的手表显示是 1 点 30 分。天空中布满了锐利而又冰冷的星星，群峰上只剩下深深的阴影。然后，在我们帐篷对面的一座山的山坡上，出现了一个明亮的光点，它向下滑动了一下，离开山坡，然后又在右侧较远的地方出现。噪声更响亮了。

“那是什么？”杰米尔从我身边挤了过去，惊恐地问道。

噪声是从相当近的地方传来的，突然间，一道耀眼的蓝白色光束照亮了我们那座土丘的顶端。它看起来像一座闪闪发光的冰峰。这持续了几秒钟，然后光束消失，咆哮声也停止了。黑暗与寂静再次降临到我们的营地。工人们住的帐篷里传出被吓坏了的惊呼声。在黑暗中我无法看到杰米尔，但他用塔吉克语喊了几句什么，随后我听到粗糙砾石上匆忙的脚步声。强烈的咆哮声再一次响起，越过山谷，迅速减弱，最终消失在远方。我似乎看到一个黑色的细长的身躯在东南方向的星星之间滑行。

杰米尔和工人们都过来了。我们围成一圈坐了下来，陷入漫长的沉默，吸着烟，仔细聆听着周围的动静。老实说，所有的这些都让我感到恐慌——“蜘蛛”、无月之夜难以穿透的黑暗，还有那神秘的沙沙声，似乎是透过潺潺的溪水声传来的。而且我想其他人也有同样的感觉。杰米尔小声地说，我们无疑是被什么东西困住了。我并不反对。最后，我们都感觉自己快被冻僵了，于是返回各自的帐篷。

“现在怎么说？中暑？伪装小偷？”我问道。

杰米尔什么都没有说，过了一会儿之后，他问：

“要是他们回来怎么办？”

“我不知道。”我回答道。

但他们没有。

第二天，我们去了我们的挖掘场，发现前一天挖出来的碎片一个也不剩：所有的陶器都不见了。挖出来的那些平坦光滑的地基上覆盖着孔状的痕迹。我们之前挖出来的那堆土已经被推平了，就像有一台压路机从上面碾过似的。墙上有两处被砸了。杰米尔咬着嘴唇，非常认真地看着我。工人们低声互相交谈，向我们靠得更近了。他们吓坏了，我们也是。

洛佐夫斯基和卡车还是没有回来。我们早餐吃了些轻微发霉的面包，喝的是冷水。面包吃完了之后，工人们表达了一种“让这工作见鬼去”的渴望，捡起他们的锄头，朝土丘上面走去。在与杰米尔商量了一番之后，我坚定地戴上帽子，果断地沿着通往彭吉肯特的道路出发，指望能遇到路过的车辆搭个便车。

我平安无事地走过了最初的几公里，甚至还两次停下来歇口气、吸支烟。峡谷两侧的群山一会儿互相靠拢，一会儿又分开，轮流交替；风吹起蜿蜒道路上的尘土，小溪在道路旁哗哗流淌。我看到过几次羊群或是牛群在吃草，但附近没有人。当黑色直升机出现在空中时，我距离最近的居民点还有10公里。直升机飞得很低，沿路前进。它低沉地咆哮着，飞过我的头顶，消失在峡谷的转弯处，后面留下一股热气。我们的军用直升机是绿色的，而民用直升机则是银色的。它的颜色不是这两种之中的任何一种，而是一种哑光的黑色，在阳光下泛出暗沉的光泽，就像一支步枪的枪管。它的颜色、不寻常的外形以及强烈而又模糊的振动声都令我立刻就想起了前一天晚上发生的一切，想起了“蜘蛛”，而这让我感到惊慌。

我加快脚步，然后跑了起来。跑过转弯处之后，我看到一辆吉普车，车旁边站着三个人，他们正仰头望着空无一物的天空。我害怕他们可能会马上把车开走，所以我大喊一声，全力向他们跑去。他们转过身，然后其中一个人立刻扑倒在地，爬到车底下。另外两个人，都是膀大腰圆、留着胡须的小伙子，一看就是搞地质勘探的。他们一言不发地盯着我。

“你们能载我去彭吉肯特吗？”我喊道。

他们继续默默地盯着我看，我觉得他们根本就没有听懂我的问题。

“早上好，”我继续向他们靠近，“平安归于你[1]……”

高个子那位转过身，默默地上了吉普车。矮一点的那位闷闷不乐地打了个招呼，然后继续抬头望着天空。我也朝天上看了一眼。什么都没有，除了一个一动不动的大风筝之外。

我轻咳一声，询问道：“你们不去彭吉肯特吗？”

“你是谁？”矮个子问。

高个子站了起来，弯腰趴在座位上，我看到他的宽腰带上有个枪套，里面插着一把手枪。

“我是个考古学家。我们正在挖掘‘阿皮达城堡’。”

“你刚才说你们在挖掘什么？”矮个子以礼貌得多的语气问道。

“‘阿皮达城堡’。”

“那在哪里？”

我告诉了他。

“你为什么要去彭吉肯特？”

我告诉了他洛佐夫斯基的事，以及营地现在的情况。我没有透

1. 原文为阿拉伯语中的常用问候语。——编注

露“蜘蛛”的事以及昨晚发生的事件。

“我认识洛佐夫斯基。”高个子突然说道。他坐在吉普车边上，两腿岔开，吸着一支烟斗。“我认识洛佐夫斯基。是叫鲍里斯·扬诺维奇吗？”我点点头。

“他是个好人。我们当然可以带你去，但你自己也能看得出来，我们被困在这儿了……”

“格奥尔基·帕利奇，”吉普车底下传来一个责备的声音，“麻烦大了。”

“你真是个无能的混蛋，彼得连科，”高个子懒洋洋地说，“我要解雇你。我要解雇你，而且不会付给你一分钱的报酬……”

“格奥尔基·帕利奇……”

“看啊，那东西又来了！”矮个子说。

那架黑色直升机从山坡后面冲了出来，沿着公路直直地飞向我们。

“真他妈该死！那是个什么东西？”矮个子喃喃自语着。直升机飞向天空，高悬在我们头上。我一点儿也不喜欢它，而且我已经张开嘴准备这么说了，但是那高个子突然用紧张的声音说：“它下来了！”并且下了车。

那架直升机正在降落，一个阴森森的圆洞在它的机腹打开。它冲着我们的方向，越来越低了。

“彼得连科，赶快滚出来！”高个子大声喊道，抓着我的袖子冲向旁边。

我跑了起来，矮个子地质勘探员也一样。他在喊着什么，他的嘴巴张得很大，但是发动机的咆哮声突然间抹去了其他所有的声音。我发现自己躺在公路旁的排水沟里，眼睛里全是灰尘。我只来得及看到彼得连科手脚并用地向我们爬来，而黑色直升机已经着陆了。强大的旋翼桨叶掀起的飓风扯掉了我的帽子，并且把所有的东西都笼罩在黄色的尘埃里。接着，同样的白光闪过，我眼睛里的疼痛让我尖叫起来。当尘埃落定，我们看到了一条空旷的道路。吉普车不见了。黑色直升机正朝峡谷上方升起。

我再也没见到过“外来者”或是他们的飞行器。这一天，杰米尔和工人们见到了一架直升机，在 8 月 16 日又见到了两架。它们都飞得很低，并且同样是沿着公路飞。

我后续的冒险与“外来者”只有间接的联系。地质勘探员们和我以搭便车的方式回到了彭吉肯特。高个子的那位一路上盯着天空，而矮个子的那位一直在骂骂咧咧地念叨着，假如“这是那些飞行俱乐部的小子们搞的把戏”，他就要好好地收拾他们。司机彼得连科则完全陷入了困惑。有好几次他突然开始解释吉普车损坏的原因，但是没有人在听他说什么。

在彭吉肯特，人们告诉我说洛佐夫斯基是在 14 日早上离开的，但是考古队的司机科利亚在当天晚上返回，而洛佐夫斯基则不见了。他被民兵拘捕了，因为很显然他造成了车祸并导致了洛佐夫斯基的死亡，但却不肯透露车祸的地点和具体情况，而无耻地编造了一场可怕的空袭作为借口。

我冲向当地的民兵组织。科利亚坐在一张木板凳上，在值班人员的眼皮底下，深深地体会着人类的不公。据他的描述，在离彭吉肯特约 40 公里的地方，“头儿”下车检验一座路旁的土丘，那下面掩盖着一座古代定居点的遗址。20 分钟之后，一架直升机飞过，将卡车抓走了。科利亚追着直升机跑了将近 1 公里，但追不上，于是又回过头去找洛佐夫斯基。但是洛佐夫斯基也莫名其妙地失踪了。然后科利亚返回彭吉肯特，如实地做了供述，情况就是这样……

“谎话连篇！”办公桌后的人生气地说，但就在此时，那两位地质勘探员和彼得连科也冲进了民兵驻地。他们带来了一份关于他们的吉普车失踪事件的声明，然后冰冷地询问该向谁控告这种空中的流氓行为。半小时后，科利亚获释。

不得不说，科利亚的霉运并没有就此结束。彭吉肯特检察院就“鲍·扬·洛佐夫斯基失踪并确信死亡”一案对科利亚提起了公诉，杰米尔、工人们和我都成了目击证人。对这一“案件”的刑事诉讼程序是在以尼基京教授为首的委员会到来后才终止的。我不想谈论此事，因为我写的这份材料是关于“外来者”的，而且在那个时候每一天都有各种各样的新信息涌来。但我们的“头儿”鲍里斯·扬诺维奇·洛佐夫斯基本人留下的信息却是最为有趣的。

很长一段时间以来，我们都沉浸在猜测中，试图去理解“外来者”来自哪里，他们又是什么样的生物。各种各样的看法互相矛盾，直到9月中旬，人们终于发现“外来者”的着陆点和鲍里斯·扬诺维奇的日记时，一切才开始明朗起来。根据众多目击者对黑色直升机路径的描述，边防卫兵终于找到了它。着陆点在一座群山环绕的谷地里，位于“阿皮达城堡”西边15公里处。这里的地面平滑得像是被压路机压过一样，四周以大块烧焦的石头为界，直径约有200码[1]。许多地方的土壤似乎都被烧焦了，至于植被——杂草、荆棘和两棵桑树——也被烧毁了。人们在这里发现了其中一辆被偷走的车，擦洗得很干净，但是里面没有任何燃油。此外，还发现了一些材料不明、用途也不明的物品，这些都被送往一间实验室进行检查。这其中最重要的是“阿皮达”考古队的工作日志，鲍里斯·扬诺维奇·洛佐夫斯基亲手在上面写下了他至关重要的笔记。

1. 1码约为0.9144米，200码约182.88米。

日志放在那辆车的后座上面，没有受到潮气或是阳光的损坏，只是蒙上了一层灰尘。在这个棕色纸板封面的普通练习本上，三分之二的页数已经写满了关于“阿皮达城堡”的挖掘过程、对周边乡村的调查记录等内容，但在最后的 12 页上有一个短小的故事，我确信这个故事远胜任何小说，甚至胜过许多科学与哲学论文。洛佐夫斯基是用铅笔写下这个故事的，他写得很匆忙（从笔迹能看出来），内容常常不连贯。其中有些地方是难以理解的，但大部分内容揭示了这一系列事件中尚未弄清楚的细节，而且所有的部分都非常有趣，尤其是洛佐夫斯基对于“外来者”所做的结论。在洛佐夫斯基“失踪”一案因“犯罪事实不存在”而撤案之后，我成了“阿皮达”考古队的临时代理队长，因此彭吉肯特地方检察院将这个练习本交给了我。以下我将抄录洛佐夫斯基笔记的全部内容，并在内容无法完全理解的地方加上一些注释。

鲍·扬·洛佐夫斯基日记，8 月 14 日

【这里有一幅画，看起来像是一个蘑菇的伞盖，或者一个扁圆锥体。它旁边画着一辆汽车和一个人，意在表示这个物体的大小。在它下面写着“太空船?”，旁边写着“入口”的箭头指向圆锥体上的几个点。在圆锥体的顶点上写着“装载舱口”，旁边写着“高度 14 米，底部直径 40 米”。】

一架直升机带来了另一辆汽车，是一辆嘎斯 69 吉普车，车牌号 ZhD-19-19。好几个“外来者”【是洛佐夫斯基第一个使用了这个词。】爬到它的上方，检查它的引擎，然后把它装载到飞船上。舱门很狭窄，但车还是装进去了。目前，我们的车还在下面没动，我把所有的食品从车上拿了下来，他们对此并无什么表示。实际上，他们根本对我丝毫不加注意，这简直是侮辱。看起来就算我直接走开

也没关系，但目前我还不想那么做……【此处后面有一张画得很糟的画，似乎想要描绘“外来者”的外形特点。】

我画不出来。直径约 1 米的黑色碟子形状的身体。八条腿，其中有些有十条。这些腿就像蜘蛛的腿那样又细又长，且有三个关节。这些关节可以向任意方向扭转。我看不出这些生物的眼睛和耳朵在哪里，但他们显然有着极佳的视力和听力。他们可以飞快地行进，就像一道黑色的闪电。他们像苍蝇一样在垂直的山崖上跑上跑下。值得注意的是，他们的身体是不分前后的。我曾看到其中一个正在奔跑——没有任何的停顿或是转折，他便突然冲向侧面，然后是后面。当他们经过我身边时，我能闻到一点清新的味道，就像臭氧。他们会像蝉那样吱吱地叫。这些智慧生物……【未写完的句子。】

一架直升机带来了一头奶牛。一头愚笨、肥胖、满身花斑的牲畜。当它被放到地面时，立刻就开始啃食烧焦了的荆棘。六个“外来者”聚集在它身边，不停地发出吱吱声和闪光。他们强壮得令人震惊——其中一个用他的腿抓住了那头牲畜，轻松地把它翻了个身。他们把奶牛装进了舱内。可怜的牲畜！他们是在储藏食物吗？

我试着和他们说话。我走到他们面前。他们根本不看我。

一架直升机带来了一个干草堆，把它装进了飞船……

至少有九个“外来者”和三架直升机……

他们确实看见我了。我试着走到石头后面。一个“外来者”追上了我，发出吱吱声，然后回去了……

毫无疑问，这是一艘太空飞船。我正坐在悬崖的阴影里，突然间，所有的“外来者”都从飞船旁边四散跑开。然后飞船突然间升起了几英尺，悬浮在空中，随后再一次降落，就像羽毛一样轻。没有噪声，没有火焰，没有任何表明发动机在运转的迹象。只是岩石裂开了……

其中一个“外来者”原来是有眼睛的——在它身体边缘五个闪亮的按钮状物。它们的颜色各有不同，从左至右依次是：蓝绿色、深蓝色、紫色和两个黑色。不过，它们也可能不是眼睛，因为大多数时候，它们并没有对着其主人正在移动的方向。在昏暗的光线里，这些眼睛闪闪发光……

8月15日

我几乎一夜没睡。直升机反复飞来飞去，“外来者”到处奔跑，发出吱吱声。这一切都处于完全的黑暗中。偶尔会有明亮的闪光……

第四辆车被抓来了，又是一辆嘎斯69，车牌号ZhF-73-98。而且又是没有司机。为什么？他们是否特意选择了司机不在车上的时机？……

一个“外来者”抓来了几只蜥蜴——非常灵活。他利用三条腿奔跑，用他的另外几条腿同时抓住两三只蜥蜴……

是的，如果我愿意的话，我可以离开。我刚从悬崖边返回。那里离通往彭吉肯特的公路相当近，步行不超过三个小时的路程。但我还不能离开。我必须要看看这一切最终将如何结束……

他们将整整一群的羊——共有10只——装进了飞船，同时装船的还有大量的干草。他们已经知道羊吃什么东西了。聪明的家伙！很明显他们打算把活的牛羊带走，或者他们可能是在储存新鲜食物。令人无法理解的是，他们为何如此明显而又固执地无视人类呢？难道他们对人的兴趣还不及奶牛吗？？他们还带走了我们的车……

……他们能理解吗？如果我和他们一起飞走会怎样呢？我要试着和他们达成某种协议，或者秘密登上飞船。他们会阻止我吗？

……两个旋翼，有时是四个。我数不清有多少桨叶。机身长度大约8米，全部都是用某种黑色的哑光材料制成，看不出有接合点。

我认为它的材质不是金属，有点像是塑料。我不知道该怎么进去。从外表上看并没有舱门……【这一段很可能是对直升机的描述。】

显然我是曾到过此处的唯一一个人类。这让我十分恐慌。但除此之外，我又能做什么呢？我必须起飞，这是绝对必要的……

“刺猬”又出现在飞船的顶部。【无法理解的内容，洛佐夫斯基从未在其他地方提起过“刺猬”。】它们转着圈，发出闪光，然后消失了。浓烈的臭氧气味……

一架直升机返回时，两侧有拳头大小的凹痕。它着陆后折叠了起来，立即就有两架我们的喷气式战斗机从山脉上方飞到了另一边。发生了什么事？

“外来者”继续跑来跑去，好像什么事也没发生似的。一旦发生冲突……【未写完的句子。】

理论上……【无法辨认的字迹。】我应当解释一下。他们显然不明白，或者他们认为这有损他们的尊严……

太神奇了！我仍旧惊讶不已。他们实际上是机器？？？就在1分钟之前，在离我两步远的地方，两个“外来者”将另一个拆散了。我简直不敢相信自己的眼睛。极其复杂的结构。我甚至不知道该怎么去描述它。遗憾的是我不是一位工程师。不过即使我是，很可能也不会有什么帮助。他们移除了背部的装甲板，那下面是一个星形的……【未写完的句子。】腹部下方是一个储物槽，相当巨大，但各种各样的物品是如何放进去的仍然让人无法理解。机器！……

他们把它重新组装起来，只留下了四条腿，但却加上了一个类似巨大爪子的肢体。改装工作完成之后，“新生”的“外来者”就跳了起来，跑进飞船里……

身体的很大一部分由一个白色的星形物体所占据，其材质类似于浮石或者海绵……

这些机器的主人又是什么人？也许这些“外来者”是由飞船里的某物控制的？

会思考的机器？简直是胡话！控制论或是远程操控？应该是某种奇迹。另一方面，谁又能阻止这些主人公开露面呢？……

它们能够理解人与动物之间的不同。因此它们没有捕捉过人类。它们有人性。它们捕捉我可能是一个错误……我妻子将永远不会原谅……

……我绝对不应该看到——那太恐怖了。但我是一个人！……

继续活下去的希望十分渺茫。饥饿、寒冷、宇宙射线，以及其他的无数种危险因素。这艘飞船显然没有适合搭乘“偷渡者”的设备。

总的来说，百分之一的机会。但我没有权利错过这个机会。我们必须与他们联络！

现在是晚上 12 点。我利用手电筒的光线写字。当我打开电源时，一个“外来者”跑了过来，发出闪光，然后又跑掉了。整个晚上，“外来者”们都在建造一座类似高塔的建筑。首先，宽阔的舷梯从三个舱门处伸展出来。我以为是控制着这些机器的人终于准备出来了，但从舷梯上送下来的是大量的零件和金属（？）。六个“外来者”开始工作，带有巨大爪子的那一个不在其中。我长久地注视着它们。它们所有的动作都是极为精准和可靠的。它们在四个小时之内建成了那座塔。它们的工作是多么和谐啊！现在什么都看不见了，因为天色已经很黑，但我能听到“外来者”们在周围跑来跑去。它们可以在无光的情况下工作，它们的工作从不会停止哪怕一分钟。直升机一直在空中……

假设我打算……【未写完的句子。】

8 月 16 日，上午 10 点

致找到这本笔记的人。请将它送到以下地址：列宁格勒[1]，冬宫博物馆，中亚分部。

8 月 14 日，本人，鲍里斯 · 扬诺维奇 · 洛佐夫斯基，被一架黑色直升机抓走并带到此处，也即“外来者”的营地。我尽我所能记录下了到今天为止我的所有观察结果……【几行无法辨认的字迹】……以及四辆汽车。基本结论：（1）这些“外来者”是来自外太空——火星、金星或是其他行星的访客。（2）“外来者”是一种非常复杂精妙的机器，且它们的太空飞船是自动控制的。

“外来者”对我做了检查，脱掉了我的衣服，并且我认为它们对我拍了照。它们没有伤害我，在以上事情完成之后，对我也没有特别地加以注意。我有完全的人身自由……

从各种迹象来看，这艘飞船已经做好了离开的准备，因为在今天早上，我看到三架黑色直升机和五个“外来者”被拆除。我的食物也都上了飞船。这里仅剩下那座塔的一部分，以及一辆嘎斯 69。两个“外来者”仍旧在飞船下面跑来跑去，还有两个则在附近不远处游荡。有时我能看到他们在山坡上……

本人鲍里斯 · 扬诺维奇 · 洛佐夫斯基，已经决定登上“外来者”的飞船并随他们一同起飞。我已经考虑过所有的可能性。飞船上至少有足够我吃一个月的食物。我不知道在那之后会发生什么，但我必须起飞。我寄希望于上飞船之后能找到那些奶牛和羊，并与它们待在一起。首先，那会使得旅途更加欢乐；其次，它们将成为事情不顺时的食物储备。我不知道飞船上是否有水。另一方面，我有一把小刀，如果有必要的话我会喝血……【划去。】如果我活着——我

1. 今圣彼得堡。

几乎肯定自己能够活下去——我会尽一切努力与地球联系，并带着“外来者”的主人一起回来。我想我应该可以同他们达成协议。

写给玛丽亚·伊万诺夫娜·洛佐夫斯卡娅。最亲爱的玛申卡，我真的希望当你收到这些留言时一切都好。但如果最糟糕的事情发生了，请尽量不要责备我。我没办法不这样做。请记得我一直爱着你，并且原谅我。替我亲吻格里沙。当他长大后，告诉他我的事。毕竟，我不是一个坏人，至少没有坏到我儿子不能以他的父亲为荣的程度。你觉得呢？就这些。其中一个在山崖上奔跑的“外来者”刚刚返回了飞船。我要走了。吻你。永远只属于你的鲍里斯……

就在我写下这些的同时，“外来者”已经收回了两架舷梯。他们留下了一架。我必须……【整段内容都无法辨认。看起来似乎洛佐夫斯基在写下这些的时候并没有看着本子。】是时候动身了。如果他们不让我上飞船，那我可就尴尬了。我必须上去！另一个“外来者”已经从山崖上返回并爬上舷梯。还有两个仍然坐在飞船下面。好吧，洛佐夫斯基，前进！是有点可怕。但那不重要。它们只是机器，而我是一个人……

笔记至此便结束了。洛佐夫斯基再也没有回到那辆车上。他没有回来，因为飞船飞走了。怀疑论者谈论灾难，但那就是他们之所以是怀疑论者的原因。从一开始，我就深深地、发自内心地相信，我们这位出色的“头儿”还活着，并见到了我们在梦中都未曾见过的事物。

他会回来的，而我会一直羡慕他。就算他没能回来，我也仍然会一直羡慕他。他是我所知的最勇敢的人。

绝非每个人都能像他那样跨出这一步。我曾询问过许多人。有些诚实地回答道：“不会。我会感到害怕。”大多数人回答：“我不知道。你瞧，一切都得看当时的实际情况。”我绝不可能那么做的。我见过一个“蜘蛛”，而且即使是现在，我知道它只是一台机器，我也绝不会对它产生一丝一毫的信任感。还有那些阴森可怕的黑色直升机……想象一下你自己身处于外星太空飞船之中，被无生命的机器所环绕，想象你自己在冰冷的虚空中飞行，没有任何希望，没有任何确定性，就这样飞行几天、几个月，也许是几年——想象这一切，你就会懂我的意思。

就是这些了。再稍微谈谈后来发生的事情吧。9月中旬，尼基京教授的委员会从莫斯科赶来，而我们所有人——我本人、杰米尔、司机科利亚以及两个工人——都被迫填写了几十张纸的表格，回答了成千上万个问题。

我们为这事儿花了一周左右的时间，然后返回了列宁格勒。

怀疑论者可能是对的。我们也许永远都无法发现外太空来客的真实面目，无法得知他们的星际飞船、他们送到地球上的神奇机器是如何设计出来的，以及最重要的——他们突然来访的原因。但不管怀疑论者怎么说，我认为“外来者”一定会回来。鲍里斯·扬诺维奇·洛佐夫斯基将是第一位翻译。他必须掌握我们这些远邻的语言。只有他才能够向他们解释，为什么在1 600年前的陶水壶碎片旁边能够找到完全现代的、非常适合山区崎岖道路的车辆。

“飞翔的荷兰人号”

讲述人：鲍·扬·洛佐夫斯基

“阿皮达”考古队前队长

我为什么要上船呢？这是个难以回答的问题。我发现自己现在很难回忆起当时的动机和感受。我似乎只是觉得我必须跟着他们起飞，我忍不住要这样做，就是如此。好像我是联结地球人类与“外来者”主人的唯一纽带。那些主人十分轻易地信任他们的机器，而我却不得不纠正他们的错误。差不多是这样吧。当然，我也的确十分好奇。

我清楚地意识到自己只有千分之一的机会，也许只有百万分之一的机会。我知道自己很可能会永远失去我的妻子、我的儿子、我心爱的工作，我会失去我的整个世界。想到妻子让我尤为心痛。但这一目标的无限感……我不知道你能否理解我的意思。这个极其微小的机会支配着我的想象力，它开启了令人难以置信的广阔前景。如果当来自另一个世界的太空飞船起飞之时，我只能张开嘴凝视着它，那我将永远不能原谅自己。那是背叛。背叛地球，背叛科学，背叛我毕生信仰并为之奋斗的一切。但尽管如此——要下定决心是多么困难！

如你所知，我在 8 月 16 日写下了最后一篇笔记。很明显，“外来者”不打算带走最后一辆车，很可能是因为他们已经带上了一辆一模一样的。我把日记放在车后座上，扔下铅笔，环顾四周。周围已空无一物，只有两个“外来者”还在太空飞船巨大的暗灰色圆锥形船体下方活动。四周耸立着黄色或是红色的岩石，天空在我的头顶闪耀，是我一生中从未见过的明亮与蔚蓝。我必须做好准备。不远处，一股纯净的冷水从岩石的裂缝中奔流而出。我把水瓶装满，塞进衬衫里。我有一瓶水、两个鱼罐头、一个手电筒和一节备用电池。不太多……但我寄希望于能马上找到太空飞船中分配给奶牛和羊的那个船舱，然后一直待在那里。因为“外来者”没有给牛带上很多食物，所以我猜测我们最多一个星期就会到达另一个星球。我错得多么离谱啊！但我们稍后再谈这个。

当我走上舷梯时，那些在飞船底下忙碌着的“外来者”全都愣住了，并且盯着我看——至少在我看来就是这样的。他们就是这样的——当你靠近他们时，他们会停止工作，僵持在最为尴尬的位置。即使退一步说，这也不是一个非常常见的情况。我几乎没法让自己对此感到习惯。我也停下脚步盯着他们。我觉得他们似乎猜到了我的意图，并且不喜欢它。我不想承认，但我当时确实感到了一种解脱。早晨的阳光太温暖、太奢侈，而这些长着细长腿的黑色东西又实在太令人感到陌生，难以置信地陌生；还有那坑坑洼洼、烧焦了的土地；还有那宽阔而又坚硬的舷梯，完完全全地通往另一个世界……

尽管如此，“外来者”只是看了我一眼，似乎便已心满意足。它们继续忙碌着什么，没再理会我。道路再次开放，光荣撤退的机会不复存在。

我记得那时候我试图说服自己，我得回去找到那件半小时前太阳刚刚开始释放热量的时候被我丢下的西装外套。我一只脚踏在舷梯上，环顾四周，希望能找到它。我越是仔细地观察现场的每一条车辙，就越是清楚地意识到，西装外套是必不可少的一件衣服——穿着脏兮兮、松松垮垮的法兰绒裤和一件颜色如泥泞春雪一般的衬衫去见“外来者”的主人，那将会相当失礼。只有老天才知道一个男人的脑子在这种时候能想到些什么。我漫无目的地扫视四周，陷入了沉思。四周一片寂静，除了“外来者”发出的吱吱声。随后，一只马蝇飞到我面前，嗡嗡作响，我这才清醒过来，开始飞快地朝着舷梯上方走去。

舷梯陡峭而又富有弹性，所以仅仅走了几步之后，我就有了一种无法抑制的想要用四肢爬行的冲动，但出于某种原因，我感到羞愧。也许是因为我十分清楚，即便不四肢爬行，我的外表也已经够可笑的了：松垮的裤子、鼓鼓囊囊的衬衫（我已经把罐头和其他零散的物件都塞了进去），以及一个冻僵在我三天没有刮胡子的脸上的微笑。当然，除了那些“外来者”之外并没有人在看着我向上爬，而且他们显然对此毫不在意。我佝偻着身子，用颤抖的双腿蹲伏着，终于征服了最后几英尺的舷梯，随着我携带物品的叮当作响，我跌进了舱门。

我发现自己身处于一条相当狭窄的走廊里，略微向下倾斜，指向飞船深处的黑暗之所。漫射的阳光从舱门照进来，微微照亮灰色的墙壁。那墙壁摸起来很粗糙。我坐在地板上，它十分冰冷，并且似乎在轻微地搏动。这里阴暗、凉爽而又十分安静。

我调整了一下衬衫下面塞着的物品，系紧裤带，伸长脖子往外看了一眼。外面没有任何变化。太阳照耀着那仅剩的一辆汽车，从这里望去，它像是小孩的玩具一样小。我认为舱门的实际高度比在下面估计的要高出很多。

突然，我看到了一个“外来者”。它慢慢地走到舷梯边，并且停了下来，就好像正准备瞄准然后突然一枪把我打死那样。我靠在走廊的墙上，把脚缩了回来。想到他马上就会从离我很近的地方经过，甚至有可能会碰到我，就让我感到害怕。但什么都没有发生。从舱门处射进来的光线短暂地消失了，我沐浴在温暖的空气中，嗅到如同臭氧般清新的味道，而那个“外来者”飞快地从我身边经过，丝毫没有停顿。我听到它在黑暗中远去的声音，那种柔和的吱吱声和腿落在地上的敲打声。然后我跟着它走，不停地告诉自己这时候转身回去将会铸成大错。我害怕自己不能坚持下去等到起飞。那将是一种不可容忍的耻辱，我很清楚这一点，也正是它约束住了我。一开始我弯着腰走路，但后来我觉得这很愚蠢，于是直起了腰，但我的肩膀和后颈撞到了看不到的天花板，它与墙壁和地板一样又冷又粗糙。然后我冒险转过身。在我的上方是一片天空，我就像是躺在一口井的底部。我拿出手电筒，想看看前方的情况。我的调查结果令人吃惊。走廊已经到了尽头。我面前是一堵墙，灰色、粗糙，摸起来有些温暖，并且上面空无一物。

我感觉到某种类似失望的情绪，其中明显夹杂着一种责任履行完毕的愉快感觉。我多么希望耸耸肩，转过身，脸上带着一种高贵的痛苦表情走向出口，正如一个备受尊敬的人经过意志卓绝的努力之后，下定决心去诊所治疗疼痛的牙齿，却发现牙医今天无法接待他那样。但我想不通刚才从我身边跑过的那个“外来者”到哪里去了。我又把手电筒照在墙上，立刻发现墙的下部有一个巨大的圆形开口。我可以发誓一分钟之前它不在那里，但现在它的确在。我爬了进去，用我的手电筒照着路。

如果说走廊里就像地窖那样又冷又黑，那么这里就和坟墓一样黑，但要暖和得多。我站了起来，并且突然间感觉到自己可以挺直身子了。天花板不见了。手电筒的光渐渐消失在头顶的黑暗中，左右两边都显示出某种奇怪的凸起。前方什么都没有。我走了几步，开始环顾四周。一开始，我无法理解这里的任何东西——我似乎身处于堆积如山的大量汽车轮胎之间。这里看起来像是个仓库。我慢慢地沿着堆积物之间的狭窄通道前进，不停地将手电筒转向左边或是右边。几分钟后，我才下定决心，用手触摸离得最近的一堆东西。他们是“外来者”！准确地说，并不是像蜘蛛一样的机器，而是他们扁平而又圆滑的身体。他们一个挨一个地叠着，一动不动，丝毫不能让我联想起那些曾以其机动性和灵活性让我大为惊讶的黑色机器。我看不到他们的腿，它们一定是被拆下来或是缩回身体内部去了。那真是一个巨大、黑暗而又安静的储藏室。这些堆积物至少有三四米高。在它们上面，形状奇特而又锋利的杆子从黑暗中一束束地垂下来。

当我站在那里观察周围、四处打着手电筒的时候，身后响起一种金属的砰砰声。我转过身，看到了一个“外来者”，很可能是之前留在外面的最后一个。它正沿着通道向我走来。在离我几步远的地方，它停了下来，在光线的照射下一动不动，然后它灵巧地向上攀登，笔直地爬上堆积物，再也看不见了。我的头顶上响起沙沙声和咔嗒声，一分钟后，全然的寂静降临了。我纯粹出于本能地感觉到，在所有这一切之中，在可能是非常巨大的空间里，除了我自己之外，再没有任何一个有生命的物体存在。

奇怪的是，就在这个时候，我感到自己孤独得可怕。

我跑了起来，字面意义上地跑了起来，然后撞到了墙上。我发狂似的把手电筒照在墙上，试图找到我之前爬进来的那个一人大小的洞。这次它真的不在那里了。我大喊起来。我的声音在温暖的空气中颤抖，消散在黑暗里。就在那一刻，我脚下的地板开始摇晃并向上移动。我的身体被一种无法抵抗的沉重感淹没了，我跌坐在地，然后又平躺在又热又硬的地板上。

一切都结束了。事情已经发生了。飞船正在起飞，把我带到未知的地方去。据我所知，我是第一个突破大气层的限制而离开地球的人类。我记得我想到了这一点，并产生了一种奇怪的解脱感：当前我未来的命运并不取决于我自己的意愿。然而，我的思想很快就混乱起来。我的体重增加了一倍（顺便说一句，我的体重在通常情况下为 90 公斤），我感到自己又热又重，非常难受。

这种情况持续了至少一刻钟。我像一只被压扁的青蛙那样四肢摊开，用手捂着脸，开始数数。我数到了 100、1 000，然后忘了自己数到多少，因此又重新开始。塞在我衬衫里的罐头压得我很痛，就像要把我的肉挖出来似的，但我没有力气把它们推到旁边去或者摆出更舒服的姿势。

突然间，我飞向空中。我似乎是在坠落，以不可思议的速度飞到黑暗和空虚之中的某处。显然，飞船的加速已经停止，失重也随之发生。当我搞明白这一点之后，我开始感到十分轻松自如，我想我甚至笑出了声。我真的成为一个星际“偷渡者”了，不是吗？就像小说里写的那样，失重还有其他所有的一切？但这种快活的感觉很快就消退了。

我飘浮在离地板 7 英尺的地方。一堆堆被拆解的形状不明的黑色机器无声地围绕在我身旁。燥热的黑暗在我身边摇曳，而就在我身边，离我不到一臂之远的地方，我的手电筒也同样飘浮在空中。我就是抓不到它，尽管我能以令杂技演员嫉妒的方式扭动身体。手电筒的光直射我的脸，让我头晕眼花，简直要把我逼疯了。但是我什么都做不了。与此同时，我产生了一种类似晕船的感觉。也许失重与重量增加一倍一样，都让我的身体无法适应。

我感到头晕、恶心，最后我开始咒骂，直到我意识到自己正坐在地上、手电筒躺在两步远之外为止。“我们到了。”我想道。手电筒仍然与之前同样明亮，因此从我们起飞时开始计算，时间最多也就是刚过了不到一小时。尽管我对天文学所知甚少，我仍然无法想象居然只用了这么短的时间。

但没有时间思考或是惊奇了。我周围的黑暗开始移动。有些东西在我头上噼啪作响，我抓起手电筒，借助它的光亮看到了“外来者”自行装配的一幅奇妙景象。在我眼前，那些黑色的机器长出了连成一排的腿，头朝下跳了下去，发出金属与金属之间的碰撞声。他们一个接一个地从我面前经过，使得空气中充满了臭氧和暖风，然后消失在黑暗里。他们的数量并不是很多，最多不超过 12 个。其余的身体仍然堆放在原处，一动不动地躺着。一股刺鼻的臭味从某处传来。这时我突然想到，外星的大气或许是无法呼吸的。但对此我毫无办法，所以是时候考虑我与另一个世界的智慧生命即将进行的会面一事了。如果说我作为一个星际旅行者的经历显然不算成功的话，我仍然希望自己身为一个地球文明的代表不会失败。

我站起来，提了提裤子，尽量让自己看起来更为体面，然后坐下来等候“外来者”的主人。我毫不怀疑他们一定会来。我兴高采烈，几乎算得上欢欣鼓舞了。毕竟我成了地球人类的代表，这可绝非小事！但时间一分一秒地过去，没人出现。和以前一样，我被死寂和令人窒息的黑暗包围着，鼻子里满是刺鼻的难闻气味。后来，我觉得十分烦躁，于是决定找到那扇门离开这里。

我不停地走着，用手电筒照着前方或是脚下，但始终没有找到门。突然间，我发现自己已经不在“外来者”的储藏室里，而是身处于一条宽阔的拱形走廊之中。令我吃惊的是，我根本没注意到那一排排的堆积物是什么时候没有了的。显然我走错了路，尽管在我看来那些“外来者”是从这个方向离开的，因此通向飞船外的舱门也一定就在这附近。这时再走回头路也没有意义了。“早晚能找到的，”我想道，“我肯定还是会和‘外来者’的主人面对面的。”另一方面，据我计算，我已经在飞船的另外一边了。当我沿着隧道又走了几十步之后，我终于发现了舱门，并沿着一道倾斜的粗糙装甲板走了下来。

我期望着见到天空中全新的星座、广阔如沙漠的火箭发射场、迎接自动星际飞船的生物。完全没有这样的东西。前方是手电光束无法穿透的黑暗，脚下地面的触感温暖而又粗糙。此外别无一物。我开始思考，比较着事实——如果在这混乱之中的任何东西可以被称为事实的话——最后得出了结论：我很可能是在一个巨大的星际飞船机库之中。可以肯定的是，这一结论几乎没有解释任何问题，但毕竟我不可能对未知星球上居民的风俗习惯了如指掌。而鉴于穆罕默德显然不会走向山，那么山自己去找穆罕默德也是一样。

我开始行动，使用我空着的右手帮助自己（我的左手紧紧地抓着手电筒）向下爬去。无论有多么奇怪，此时的我不再感觉到任何的恐惧或是兴奋，甚至连此前强烈的好奇心也没有了——只剩下一种不耐烦的、恼火的情绪，渴望尽可能快地见到任意一个活着的人。人真是一种奇特的生物！我好像忘记了自己经历过的苦难和眼下的奇妙处境，反而表现得像一个迟到的旅客，在一条没有灯光的走廊里迷失在其他人的外衣之中。我记得自己甚至开始低声咕哝，又或者朝星际飞船那不友善的主人大声喊叫。

就在此时，我一脚踏空，摔倒了。我清楚地记得飞船的侧舷是倾斜的，从上面掉下来是件不可想象的事。尽管如此，我还是从一个相当高的高度掉下来了，我的脚后跟摔得很痛，两个罐头一阵叮当乱响，摔到了我的身边。我本能地将珍贵的手电筒举得高高的。光束穿过一个平滑的网格，照亮了星际飞船那平坦而又粗糙的底部。

"噢，好吧，事情本来可能会更糟糕的。"我站了起来，庆幸地想道。突然间，我看到一点光芒——它十分微弱，几乎看不见，但我的心兴奋地跳了起来。我关掉手电筒，将目光探入黑暗之中，生怕看不见这暗淡的绿色光点。然后，我小心但却快速地朝它走去，不时打开手电筒，以免掉到什么洞里去。所幸"机库"的地面与飞船里的一样平整坚硬，我一次也没有被绊倒过。很快，我发现自己正沿着一堵有些倾斜的高墙行走，墙上每隔 10 码或 15 码就有一个圆形或是方形的舱门。我本想透过一个舱门看看里面的情况，但从那里面伸出了一条"外来者"的腿，这让我觉得最好不要在这里耽搁，于是尽可能快地往前走去。现在，那道光变得越来越明亮，突然间，它似乎就在我的脚下。光芒是从一条劈开墙壁、高而狭窄的通道中泼洒出来的。我挤进那条通道，顿时在惊奇中停下了脚步。

正在我面前的是一条宽阔的隧道，相当明亮，但照明的方式却不同寻常。最初的一分钟，它看起来就像是不同颜色的商店橱窗一点不差地沿着墙壁伸展开来，就像夜间的涅瓦大街，黄的、蓝的、绿的、红的……隧道的远端笼罩着一层朦胧的磷光烟雾。墙壁像是玻璃一样透明，不过那肯定不是玻璃，而是某种未知的金属或塑料。墙后是面积大约 15 平方米的隔间，隔间之间用同样的未知透明材料隔开，而在隔间里面……

那是个博物馆。或者更确切地说，是个巨大的动物园。我从第一个隔间旁躲开了，就像一个小孩躲开了一个怪物。在那个隔间里，一个梦魇般的生物在绿粉色的黏液中载浮载沉，那模样就像蟾蜍和乌龟的杂交种，个头儿却有一头牛那么大。它那沉重的扁平头部朝我转过来，大张着嘴，它的下颚下面有一个湿乎乎的包囊抽搐般地摇晃着。这恶心的场景让我窒息。可以肯定的是，后来我就习惯了，我能够完全出于好奇、毫无反感地注视着它。

对面的隔间里，有一个总的来说无法形容的东西。它塞满了整个隔间，是黑色的，巨大而又沉重。一个抖动着的胶质物体，覆盖着肉质的活动嫩枝，在浓厚得如同汤汁般的空气中游动，一会儿闪烁着发出不均匀的紫光，一会儿又像个坏掉的霓虹灯似的彻底熄灭。

在这条令人惊奇的动物园走廊的每一个隔间里，都聚集着、爬行着、反刍着、悸动着翻来覆去又或是目瞪口呆的某种生物。那里有如同大象一般大的披甲蟑螂，长到不可思议的红色蜈蚣，尺寸接近汽车、长着大眼睛的半鱼半鸟，一种有着难以置信的鲜明色彩的翅膀和大牙齿的生物，还有一些形状不明的绿色半透明水母散落在地板上。一些隔间里面是黑的。不时地，不同颜色的光在里面闪烁，有些东西会躁动起来。我不知道是什么东西坐在那些笼子里。想象这一切已经极为困难，但要描述它们则更加困难。另一方面，你可以很轻松地想象，鲍里斯・扬诺维奇・洛佐夫斯基，一位冬宫博物馆的工作人员，一位考古学家，一位已婚男人，在这条隧道中辗转徘徊，饱受震惊，双眼圆睁，穿着宽松的法兰绒裤子和塞得满满当当的衬衫，佝偻腰身，在他那毛发旺盛的面庞和左顾右盼的双眼上，都落下了一些不寻常的颜色。

这条通道似乎无穷无尽。我一开始数了数隔间的数目，不过数到 50 便放弃了。隧道似乎成了螺旋形。不时会有新的狭窄通道从左面或者右面的墙上开出来。当我看向它们时，我看到了同样连续的一排窗子，有些五颜六色，有些则漆黑一片。有时，一个“外来者”跑过去，在我面前停下，他的腿可笑地抬了起来，放出一道白色闪光，然后继续前进，发出吱吱声和嘀答声。

我突然间感到极为疲惫。我的双腿似乎无法再站直，我的头痛得像要裂开。很久之前我便已感到口渴，但由于我始终没找到那些牛羊，我决定尽量避免使用我那稀少的水源。现在，干渴已经令我无法忍受了。毫无疑问，我已经开始对炎热和难闻的气味感到有些习惯了，而过去几个小时的兴奋感也逐渐退去。

从起飞到现在，时间只过了最多不超过 12 个小时，但我感觉自己就像是好几个晚上都没睡过觉那么疲劳。而当我漫无目的地来到走廊中“无人居住”的区域时——这整个区域的隔间都没有生物在居住，干净、干燥、完全黑暗，而且透明的隔板已经移除了——我决定停下来。为了使我的意识更加清醒，我喊了起来。我仍然觉得主人们能够听到我的声音。但是没人回答。只有“外来者”在隧道中的某处突然开始敲打他们的腿。

我满心欢喜地在地面上躺了下来，从衬衫下面掏出我的宝物。当我把它们掏出来之后，用手电筒的光照着好好地看了它们一番——然后，我感到浑身冰冷。我把开罐器忘在西装外套口袋里了！这真是一场灾难。我从未想过一个饥饿的人有罐头却没有开罐器是多么可怜。首先，我试着用我的皮带扣打开罐头。失败之后，我开始在地板上和隔间拐角的墙壁上敲打它们。罐头的形状改变了，并且布满了裂缝。我设法使用皮带扣将这些裂缝加宽，以便能够从中吮吸出罐头里的东西。

我一边思考，一边吮吸着被裂缝割成薄片的罐头食物，出乎意料地注意到，开罐器的问题比“外来者”的主人以及动物园的神秘之处更令我困扰。我叹了口气，从我的水瓶中喝了几口水，睡着了。

第二天——或者第二天晚上，或者当天晚上，我不知道——我开始再一次寻找主人。此外，我希望我能找到“外来者”捕获的那些车辆放在哪里。我认为我从彭吉肯特带到营地的食物很可能仍在车上。我既没有找到车，也没有找到食物，但在“动物园”的其中一条走廊里，我找到了那些牛羊，这让我欢欣鼓舞。在一个装着巨大的蚂蚁形状生物的隔间对面，一堵厚厚的透明隔墙之后，那头褐底白斑的奶牛斜倚在隔板上，而羊群则挤在隔壁的一个隔间里。这一发现令我极为开心，而对于事实上我无法接触到这些“地球生物”一事则完全没放在心上。它们看起来都相当舒适，尽管羊群可能会有点拥挤，我必须承认这一点。另一方面，我很快就意识到这是因为什么了。在相距不远的一个笼子里，我见到了一只巨大的老虎，另一个笼子里则关着一些不停移动的黄色动物，模样非常像狗。显然，这些是草原上的土狼。这些掠食者所在的隔间里，地板上散落着一些看起来比较新鲜的碎骨和碎皮，毫无疑问，它们来自一只绵羊。从这一现象之中，我得出了三个相当明显的结论。首先，“外来者”大量捕捉绵羊是为了给这些掠食动物提供暂时的食物来源；其次，“外来者”的星际飞船不仅仅去过塔吉克斯坦，因为众所周知，当地并没有老虎或是土狼；第三，也是最后一点，在这个动物园里展示的是几个——也许是很多个不同行星上的动物群，这些行星很可能有许多并不在我们的太阳系之内。

我决定使用一定的方法论，因此我开始沿着这些隧道、通道和走廊前进，遇到岔路口，就向右转。这种方法对于地球上的迷宫非常有效，但在天体迷宫中却毫无用处。这个天体迷宫是移动的！在我本应见到熟悉的片段时，取而代之的是空白的墙壁。舱门出现、消失，就像被施了魔法一样。我看到一大片的隔间缓慢无声地挪开，打开了一条通道，一分钟之后，一个“外来者”从那条通道中跳了出来。

很快我有了一个令人惊奇的发现。在此之前，我认为我像是一个古代的哲学家，拿着提灯寻找人类，寻找另一个星球上的一座建筑，寻找停放星际飞船的机库，寻找一座博物馆。最终，我发现我对这个世界的这种理解是完全错误的。

事实证明，这个世界是不稳定的。我能感觉到它在空间中移动。有些时候，我会有超重的感觉，有些时候地板会从我的脚下移开，我会被抛起来撞到侧面的墙上。有时候又会出现失重。我笨拙地跨出一步，结果反弹到了空中，在那里左摇右晃，晕眩到筋疲力尽，直到失重状态结束。每当这种时候，“动物园”的隔间里就会出现可笑又可怕的景象。

想象一头奶牛，一头完全普通的动物，四脚张开倒立在空中。简直是个奇观。不过，奶牛和绵羊似乎能够平静对待这种状况。老虎可就不一样了！它扭动着身躯，在空中旋转着，试图用它那尖利的爪子抓住任何坚硬的东西。而一只飘浮在地板与天花板之间的巨大蟾蜍则更像是一个病态的梦，而非清醒的现实。总的来说，失重对于动物似乎并没有什么特别的影响。随着重力恢复正常，一切都回到其原有的轨道。

一些蛇被失重逼疯了。我刚巧见到一个巨大的蛇形动物的反抗。

它将自己的身子盘成一个紧绷的球，然后伸直身体，用它那覆着鳞片的尾巴大力地拍打着隔壁房间的墙壁。它有一种令人敬畏的美丽：在闪烁的蓝色雾气中，一条巨大的龙在扭动着。地板在它的撞击之下抖动。在我眼前，墙壁泛出了一条条裂缝，就像一个迷宫。我看到蓝色的烟雾从这些裂缝中渗出，进入旁边的那个隔间，那里有两个大型生物，模样像长了眼睛的蘑菇。“蘑菇”开始扭动，在笼子里狂乱而又无助地奔跑起来。突然间，反抗者的笼子里蓝光熄灭了，在随后的半黑暗中，一股股白色的蒸汽缓慢而又沉重地飘了下来。强力的打击立即停止了。反抗结束了。后来我碰巧又看到了这条蛇。它被移到另一个隔间里，安静地躺着，很有秩序的样子。但我再也没见过那些长了眼睛的蘑菇。它们的隔间空了出来，里面的灯光也熄灭了。我往里面看，看到了快速移动的影子。我想那些是“外来者”，它们在修墙。

我扯远了，简而言之，我很快就开始怀疑自己正置身于一个在太空中运动着的极其巨大的星际飞船上。一件事让我对这个想法更加确信了：有一次，我在一条有“舷窗”的走廊上被惯性甩出了20多米，我绝望地挥着手试图保持平衡，直到我被地上的某个东西绊了一下并且摔倒在地为止。此事让我联想到了一个发生在列宁格勒公交车上的类似案例，当时我正以同样的方式沿着座位之间的过道飞下去，把所有坐着的乘客戴的帽子都碰掉了。这个比喻简直不能更恰当了。把我绊倒的那个东西是地面上的一个“外来者”。它能够抓住地面，尽管我仍然不知道它是怎么做到的。

当我注视着那个“外来者”兴高采烈地沿着走廊飞奔而去，并且揉搓着自己的瘀伤的时候，我开始盘腿打坐，思考问题。一切都在以一种令人不安的方式展开。

如果这里是一座停靠星际飞船的机库（像我一开始想的那样），

又或者是一座动物博物馆（像我后来想的那样），我最终一定是能够走出去，到达外星球的天空之下的。但事实不是如此，这里是一艘运动中的星际飞船，其飞行模式一直在不停地发生变化，且它的内部结构也在以一种我不能理解的方式不断重新排列组合。它的外界或许只有虚空。

有两个问题依然存在：第一，这艘飞船上是否还有其他的智慧生物？第二，这个星际漫游者（我是指这艘飞船）打算在太空中盘旋多久？当然，这两个问题都没有答案。

我手头还有四分之一瓶水和最后一个罐头。这个罐头还得想办法打开，而水已经开始腐坏了。不管怎么说，它闻起来就像沼泽里长了蝌蚪的水。我盘着腿坐在走廊中间。右边，在一个半黑暗的隔间里，有一种异域的奇观闪烁着奇异的光芒；左边则是一头眼神愚蠢的奶牛，专注地舔舐着笼子透明的墙壁。

周围非常安静。走廊的尽头被黑暗笼罩，地板上有一些斑驳的亮点。我第一次注意到走廊的天花板也是透明的，有一个地方有一条明亮的光带穿过，我分辨出一个“外来者”投下的巨大影子正沿着这条光带滑动。我试着去想象这极为巨大的理性创造物——这艘由机械大脑控制的星际飞船，充满了最为复杂的机器，从我的位置开始，向上下左右各延伸出数百米。“这里真的没有活着的智慧生物吗？”我想道，“这不可能。成千上万吨的透明金属，数百只像蜘蛛一样的机器，但却没有一个人？”可以想象，但很难相信。大约10天之前，我原本是可以想象这样一艘巨大的星际飞船的，但没有什么可以让我相信它真的存在。而现在，我可以看到无尽的透明走廊，用手触摸粗糙而略带暖意的地板。我相信自己的手，但我无法想象这里除了我之外，可能一个人都没有。

奶牛吸引了我的注意力。它突然停止舔舐墙壁，而是走到隔间的后部，开始从一个透明的水槽里舔水喝。我敏锐地意识到自己干涸的喉咙和烧灼般的饥饿。就在此时，我的灵感一闪而过。我跳了起来，沿着走廊开始奔跑，用我最大的声音咒骂着自己，说自己是个傻瓜、白痴。我应该早就想到这个的，非常非常早。我需要一个“外来者”。任何一个都行。而且要尽快：我已经没有耐心等待了。

我很快就找到了。这只“蜘蛛”站在一个半暗的大厅墙边，用它的前腿挖掘着一个狭窄的黑色开口。它看起来很忙也很不友好，但不论如何，我还是喊了它几声，由于它没有回答，我就拍了拍它的背，手差点烫伤。“外来者”抬起两条腿，摆出它惯常的姿势，与此同时还在不停地挖着洞，洞里则不时闪现出蓝色的长长火花，随后又马上熄灭。很难分辨出哪边是它的前腿，哪边又是后腿，因此在犹豫了一小会儿之后，我下定了决心。我把手伸进自己的衬衫里，把剩余的那个罐头拿了出来放在地上。我说：

“看。拿上那个，伙计。把它放到仓库里去。”

我指望着那个“外来者”会把罐头拿走，把它和其他来自地球的物品放在一起，而就算那意味着得在飞船上到处追赶它，我也会找到那一间仓库，从而使事情变得更加简单。但是“外来者”一动不动地站了一会儿，然后拿起罐头，在手里翻转了一下，把它重新放回地上了。我感到很失望。

“拿起来呀，马上！”我说。

“外来者”保持沉默。

“它是什么？”我问。

“外来者”发出类似电铃般的声音，关上了一扇门又或者其他什么东西，然后离开了，没有回头看一眼——可以这么说。然后我拿起罐头，立刻就意识到它已经被打开了。更确切地说，它被从中间切成了两半，所以我拿起的只是上面的一半，而底下的那一半仍然在地面上。空气中弥漫着令人陶醉的三文鱼香味，我无法抗拒。我拿起一半的罐头，一口气把它吃完。然后我从水瓶里喝了一口微咸的水，感觉到自己是全宇宙最为满足的人。我可以再次开始搜索了。

首先我沿着墙行进，因为根据方才的分析，往哪个方向走对我来说其实都是一样的。很快我遇到一个“外来者”，就是刚才那个，我认为。至少这一个也在挖一堵不时冒着蓝色火花的墙。我走到它跟前说了声“谢谢”。我表达的谢意是真实的，尽管要是它能带我找到仓库，我会更为感激。然后我盘腿坐下，开始观察它。“外来者”咔嚓咔嚓地响了几下，又放出闪光，我试着猜测它在做什么，但却一点儿也没有头绪。它完成了工作，我们互相对视着。应该说是我在看着它。很难判断它究竟在看着什么。然后我开始对它说话，就像一个无聊的人跟一条狗说话那样。一开始我只是闲聊，你真是聪明啊，你真棒啊，这一类的话，然后我开始问你叫什么名字之类的。它没有走开，因此在一些灵感的刺激之下，我开始向它讲述关于地球、关于人类、关于我自己以及考古学的事。我讲了很长时间，它一直在那里听着，一动不动，像一座雕像。突然间，我注意到又有五个“外来者”不知什么时候围在我们身边。

这时我就明白过来了。他们在录音。我站了起来。我稍微集中了一下注意力，然后再一次开始讲话。这不是我第一次举行讲座，但我从没有举行过这样的讲座。几天来，我第一次感觉到自己在做一件有用的事情。是的，没错——因为，我正在通过这些“外来者”向这些机器的陌生主人讲话。我告诉它们关于地球和人类、关于战争和革命、关于艺术和考古学、关于在建工程和未来的伟大计划等等所有事情。我试图描述我们在实践科学方面的成就，但我担心在这一点上，我的讲座显得模糊不清，因为我没法允许自己谈论原子弹和毒气。不知为何，我感到羞愧……我充满热情地将其他所有事情都详细地告诉了它们。我想，如果主人们破译了这段录音，他们一定会感到满意，没有理由怀疑这一点。至少他们会知道，他们的机器遇到了一些与他们一样具有理性的生物。

我讲完了之后，说了一句“就这么多”。“外来者”们又呆站了一会儿，然后一起放出闪光。正在我揉眼睛的时候，它们全都不见了。

有一段时间，我兴奋地在走廊里走来走去。我对自己感到非常自豪，因此也不再小心翼翼地看着那些“外来者”。对于我来说，它们现在就像是接受了我的委托，是向另一种人类传递信息的信箱。当然，这并不意味着我不再欣赏这些非凡的机器。我突然间意识到，它们只是机器，非常聪明，但与所有的机器一样不可避免地受到限制。

尽管我完成了自己的使命，但我的处境却没有任何改善。我似乎已经走遍了整个地方，没有任何新的发现。我甚至没有办法爬到更高层去，而且我已经吃完了那罐三文鱼，很快就开始真正地挨饿。

我在地球生物的隔间附近徘徊，在它们面前站了很长时间，饥渴地注视着那些土狼撕碎一些白中带红的东西，用舌头舔舐着水。是的，飞船上有食物和水。绵羊只剩下了三只。很可能他们已经决定保留它们，而现在，掠食者们在吃其他的食物，也许是合成的。飞船上有食物和水。我非常明确地知道这一点。

有一次，我落到了一条宽阔而又低矮的走廊里，在这儿你只能弯着腰行走。我沿着它爬了很长一段路，突然听到前面传来熟悉的吱吱声和金属碰撞声。两个“外来者”正向我跑来。通常它们都是单独行动的，但这并不是让我如此激动的原因——它们正抬着某种东西，是颜色很浅的长方形物体，看起来就像刨花板。这块板子发出一种气味。我不知道该怎么形容这种气味，而且我甚至都记不起来那是一种什么气味了——但那是一种食物的气味。这两个“外来者”在搬运食物。当那散发着食物芳香的浅色物体从我面前经过时，我跳了过去。我把它拉向我，摸它揉它，把整个身体压在了它上面。“外来者”没有理会我，继续往前走，把我拖行了大约 10 米。然后我掉了下来。一大块白色芳香的东西留在我手里，像白干酪。

“外来者”继续跑走了，而我则留在原地，大吃了一餐。我认为它的味道非常不错。

后来我又干了几次这种盗窃行为。前两次，我感觉吃的东西还不错。第三次，我拿到了一种非常糟糕的东西。它很显然不是为“地球生物”准备的。它散发着氨和原油的味道。不管怎样，我已不再因饥饿而感到特别的痛苦。但干渴……

我一直节约着最后一口水，就像我的掌中珍宝。但那一刻仍然来了，我忍不住把它给喝干了。我将水瓶扔到黑暗里。我想它很可能还在那儿。根据我的计算，这大约是第十天或者第十一天。我只剩下手电筒了，里面装着的是用了一半的电池，还有一大块合成食品，是从“外来者”那里抢来的。

很快我便开始头晕眼花。我就快要因为干渴而死去了。另一方面，合成食品也不是很有营养。在当时的情况下，我并不想吃那个散发着臭油味的东西。简单地说，我的膝盖再也承受不住地弯了下去，我的头旋转着倒在走廊的正中央。

就在这个时候，一件奇怪的事情发生了。从一开始，就有这样一个问题一直在扰乱着我的心神：在把我从土丘上抓下来，好好检查了一番之后，“外来者”就不再对我加以任何注意了。在我手脚并用地爬坡的时候，直升机把我抓了起来。我没有时间去理解这一切。突然间引擎轰鸣，我的背部遭到重击，残忍的钳子夹住了我的身体，然后就是一片黑暗。我只能以窒息般的声音大叫，并且嗅到了臭氧的气味，等到再一次见到光明的时候，我已身处“外来者”的着陆点了。

但在这艘巨大、空旷、没有生机的飞船里，我认真思考了这个问题。显然，“外来者”只会收集那种——如果可以这样说的话——非理性的生物，任何一种会使用四足爬行、攀爬或是奔跑的生物。若非如此，我就无法解释这一事实：尽管“外来者”对于两足直立的我丝毫没有兴趣，但一旦我虚弱倒下，四肢着地，它们就会以惊人的效率活动起来。透过我耳边的嘈杂声，我能分辨出它们发出的嘀嗒声和吱吱声。在手电筒的光线之下，我看到一小群“外来者”聚集在一起，突然间，它们扑到我身上。它们抓住我的体侧，开始把我拖到某个地方。它们的手让我感到很烫，但臭氧的味道使得我舒服了许多。我挣扎着试图站起来。我成功了，立刻双脚站立，对它们说了些话（我不记得我究竟说了些什么，我认为是“够了，小伙子们！”），于是它们放开了我，在我身边围成一个圆形，充满活力地发出吱吱声。这个时候，我开始有点明白过来了。只要我能够两脚站稳，我就是它们的主人，一个直立智人，一个不受它们支配的人，所有生物的统治者。但如果我四脚着地，马上就变成了一只动物，必须被抓住、拖到笼子里进行研究，并给予……食物以及饮水。最后的这个想法令我陷入深思。

我没有那样做。我快渴死了，而且也很饿、很虚弱，但我还是没有那样做。坐在奶牛旁边，一边反刍一边长胖？尽管这个想法十分有诱惑力，但它还是让我充满了恐惧和厌恶。在那一刻，我从未如此强烈地感受到自己是一个人类。我挺直身子，挺起胸膛，朝着那些“外来者”吼叫。我命令它们马上离开。它们的确这样做了。它们注视着我，发出吱吱声，然后全都离开了。

口渴、神经衰弱、难闻的气味和致命的疲劳依旧在折磨着我。我想我开始变得神志不清了。我突然想到，自己正处于一艘巨大的

“飞翔的荷兰人号”[1]之上，那些“外来者”是它们早已死去的主人留下的机器残魂，那些主人曾经因其犯下的大罪而被诅咒，他们船长的灵魂在这艘飞船的深处潜伏着，一个火星版的范德戴肯[2]，因他可怕的罪行而注定要永远在太空深处游荡。这是我在这艘飞船上的最后几天。也正是在这最后几天之中，我有了最为了不起的发现。

在我徒劳地寻找智慧生物和水源的过程中，我走进了一个空的隔间。我记得那是在一条几乎没有生物居住的隧道里。那里又黑又热。手电筒的光滑过墙壁，我如遭雷击般呆立当场。我以为自己终于完全疯了。在墙壁上，我看到一幅简陋的画，一只鸟正展翅飞翔。画的下方有一行简短的铭文。铭文由七个标志组成，连成一行，写得歪歪扭扭。那只鸟被涂上了一层厚厚的干颜料。它在灰色的墙上非常显眼。那些字母是用一种尖锐的东西在墙上刻下的。你能想象我那时的感受吗？我冲了出去。我带着新的活力与希望在走廊上跑来跑去。我开始寻找这个和我一样的人。我不知道为什么，但我确信自己可以找到他，尽管那些铭文和图画可能是几千年前遗留下来的。很快，我变得虚弱，失去意识而倒地，而当我再次醒过来的时候，我无法再找到那个隔间了。我被它吸引了，但是……另一方面，还有一个更为古怪、也更为重要的发现在等着我。

我不记得我是如何进入了那条长而低矮的隧道的。它通往竖井，一个真正的无底洞。我躺在它的边缘，怀着沉闷的好奇心望向黑暗的深处，一股滚烫的臭气正从那里升起。我似乎看到那下面有光线在移动，亮白色的火花在闪烁。我挪动了一下身子，支起手肘，把下巴抵在拳头上以便于观察。我的手肘突然软了下来。我艰难地站起来，用手电筒照了一下。我的身边躺着一具尸体。更准确地说，是

1. 一艘传说中的幽灵船，它永远无法靠岸，注定要永远航行在海洋中。
2. “飞翔的荷兰人号”的船长，《渔人岛》中的反派。

一具干尸，一具干燥、发黑的人类遗骸。它躺在竖井的边缘处，蜷缩成一个球，膝盖顶着下巴。极小、脱水、烧焦……

我注视着它，想分辨出这是精神错乱的结果还是现实。然后我下定决心，伸出自己因虚弱而颤抖着的手，碰了碰尸体的手。它立刻化为灰尘，在黑色的灰尘之下，一样东西闪闪发光。那是一个奇怪的护身符，一个沉重的白金小雕像，一个长着三根手指的人。我将它捡起来，仔细拂去上面的灰尘，把它放进自己的衬衫里面。在那个时候，我对它并不怎么在意。我坐了下来，注视着那具黑色的干尸，仿佛看到了自己的宿命。我意识到再没有什么可指望的了。在我的脑海里，我见到了这个小家伙还活着时的样子，他充满了力量以及人类的好奇心，像我本人一样，他试图揭示外星星际飞船的秘密。也许这是在很久很久以前发生的。什么时候？他是什么人？他这双眼睛曾见到过什么？谁曾经徒劳地等待着他的归来？

我对于我在飞船上的最后几天或者几个小时只有模糊的记忆。很可能当时我已经太虚弱了。我现在要说的事情或许只是我因精神错乱而产生的错误记忆。

我好像坐在一个很大的大厅里，里面满是一些发着光的复杂机器。我有一种奇特的感觉。我听到说话的声音，响亮的不合韵律的音乐。我感觉到有人在盯着我的眼睛看。我不知道该怎么解释——我没有看到什么眼睛，但我就是感觉到有人在看着我。我不知道为什么我没有看到他们：也许他们身处数百万英里之外，也许他们根本就不存在。但是我能很清楚地感觉到那种热切、专注而又惊奇的凝视。我不知道这持续了多久。然后“外来者”出现了，小心地把我抱了起来。我没再挣扎。我虚弱得几乎站不起来了。它们把我带到了某个地方。接着是黑暗、引擎的轰鸣声，还有无比可爱的清新微风吹到我的脸上，是我非常熟悉的、地球上的那一种。

就在那时，我清醒了过来，纯粹本能地意识到发生了什么。我知道我正要被送回地球。根据主人的命令，“外来者”准备将这个两足的理性生物，这个没有权衡过自己的力量和能力就闯入飞船的不速之客送回地球。我深知我的一切计划和目标都被毁掉了。我开始挣扎。噢，我的挣扎是多么地猛烈啊。我叫喊着，我乞求着，让它们把我带回飞船，让我去见它们的主人……我记得的最后一件事是直升机的轰鸣声，一道耀眼的闪光，以及一种潮湿和寒冷的感觉。

后来发生的事大家就都知道了。我被一队恰巧在附近的士兵发现并送往医院。此后直到恢复意识、完全康复的时候我才知道这一点。我昏迷了六个月。我被诊断出了严重脱水、双肺炎症、脑膜炎和其他疾病。医生无法确定病原体。我怀疑自己是在飞船上感染的。但我还是康复了。故事讲完了。

我的冒险并非全无收获。他们说我帮了杜尚别委员会的大忙。与此同时，他们让我相信我的妻子爱我，我的朋友尊重我，而机器则不能理解我。我希望这些信息将来会有用，如果我有幸再次降落在一个圆锥形飞船中的“外来者”之间的话。另一方面，我现在无论走到哪里都带着开罐器。这东西非常有用。除了它的本职工作以外，它还可以非常方便地切割书页。

但它们只是机器，多么遗憾啊！

（梁宇晗　译）

冒险与科幻

科幻小说往往与儿童文学归为一类。在美国，科幻小说源起于19世纪“两角钱”小说中的“神奇机器”故事，经由世纪之交的少年杂志、廉价杂志、各类专门廉价杂志、漫画书一路演化，进入了当今的图书、漫画、各类杂志、电影以及电视当中。在中国，科幻小说被视作具有教育意义的儿童文学，并且因此挺过了周期性的消亡威胁；在不同时期的德国、东欧部分地区以及苏联，科幻小说也曾以同样的方式遭到贬低。苏联作协曾将科幻小说部门与“冒险小说”部门合并在一起。

不过话又说回来，科幻小说的确具有吸引青少年的力量，通常也的确具有教育意义与冒险精神。传统上，科幻小说的主要读者的确是青少年。在20世纪40年代，《惊奇科幻》杂志社对其读者进行过一次调查，发现大多数读者年龄在30岁以下，许多人不到20岁，其中80%是男性。在过去几十年里，所有这些人口统计数字都发生了变化，但读者仍然一般要么在青少年时期就喜欢上科幻小说，要么从来都不喜欢。“科幻小说的黄金时段是12岁”这句话（经常被归功于大卫·G. 哈特韦尔，因为他在他的《奇迹时代》一书中使用了这句话，但它其实是皮特·格雷厄姆所创）或许确有几分道理。罗伯特·A. 海因莱因曾为斯科里布纳公司写少年小说长达 15 年左右，这些作品培养出来的终身科幻读者数量远远超过了日后他全部的所谓“成人书籍”（有一次他曾经告诉杰克·威廉森，这些青少年小说中的任何一部每年为他赚取的版税，都要超过他别的任何一部小说所赚取的总版税——不过说这话的时候他还没创作《异乡异客》以及其他后期作品）。

这样说来，俄罗斯科幻小说的主要作家之一是一位儿童科幻小说作家也就不奇怪了。伊戈里·莫热伊科（Игорь Можейко）是俄罗斯历史学家兼作家，写小说时用的笔名是基尔·布雷乔夫（Кир Булычёв）。他通常笔触轻松幽默，创作了许多未来主义小说，其中的情节大都是一位名叫阿莉萨的少女如何卷入各种科幻困境。这一系列的早期作品收录在《来自地球的女孩》（*Девочка с Земли*，1974）中。他笔下的其他少年读物包括《百年之后》（*Сто лет тому вперёд*，1978）、《百万历险记》（*Миллион приключений*，1982）和《躁动》（*Непоседа*，1985）。最后一部已被改编成电影。

布雷乔夫也发表过“成人”作品，其中有许多故事被收入合集，还有一部分被翻译成了英文：《古斯利亚尔奇迹》（*Чудеса в Гусляре*，1972），《像样的人》（*Люди как люди*，1975），《夏日早晨》（*Летнее утро*，1979）和《关隘》（*Перевал*，1983）。一部英文小说集的名字是《半生》（*Half a Life*，1977）。

布雷乔夫的一部短篇小说曾发表在美国的领军科幻杂志《类比》上，文中涉及针对某个群体心理发展的推演，以及一个陌生人因无法“同甘共苦”而产生的无力感，但它也可能隐喻了作家的孤独生活，或者隐喻了科幻作家被归类为“冒险”作家而非更广泛的主流文学作家的生活体验，甚至还可以说隐喻了在苏联社会中的生活体验。但可以肯定的是，这篇作品陈述了人类需求，并且从两方面的角度辩证地重述了帕梅拉·萨金特笔下讨论类似心理发展的故事《采撷蓝玫瑰》（“Gather Blue Roses”）。

（万年看客　译）

同甘共苦

［俄罗斯］基尔·布雷乔夫

我无比渴望回去，但我知道那绝不可能。我知道我的余生将被嫉妒所咬噬……

当初，我压根没有怀疑过什么。电梯门咔嗒一声，嗡嗡作响，我走下陡峭的斜坡，来到色彩明快的太空港通道，停下脚步，努力想要确定等候的人群中哪位是来接我的——我的东道主事先就得知了我即将到来的消息。

一个男人向我走来，他身材很高，瘦削而又结实。他修长的手指因长期接触赫素[1]被染成了绿色，我因而立刻得知他是我的同僚。

“旅程怎么样？”当我们的车开出太空港大门时，他问道。

“很好，谢谢。”我回答道，“平安无事。”

实际上，我的言辞中包含着一个礼貌的谎言：这段旅程令人厌倦，中途还屡屡在臭气熏天的货运太空港停下来转乘；最要命的是，途中的加速过载尽管对银河系这一区域的居民来说完全无足挂齿，我却因此几乎昏厥，现在都还头痛欲裂。

1. 作者虚构的化学物质。

我的东道主没有答话，只是皱了皱眉，就好像他正苦于慢性牙痛，在等着下一波阵痛袭来。大约过了三分钟他才开口。

“我估计，我们飞船的过载很难忍受吧。你大概不习惯这种程度的过载。”

“是的，不习惯。”

“你是不是头痛？”

我看到他似乎又在忍受疼痛的袭击，因此没有回答。

“你是不是头痛？”他又问了一遍，然后以一种几乎像是在道歉的语气说，“不幸的是，很少有你们的飞船到这边来。”

太空港被甩在身后几公里外，我才感觉出自己身处异乡。在此之前，我只看得到太空港，而交通站场这种地方只要你见过一个，也就等于见过了全部。所有的站场——无论是火车的、飞机的还是星际飞碟的——它们全都一个样，毫无个性风味。

我们的车开得越远，我们周围的环境就越显出自己的特色。这座城市的中心为银河系的最新时尚所感染，但那之外的一切则是按自己独特的模式在发展。只有一些小细节能让我联想到我在其他地方看到过的东西。但，正如往常一样，足以吸引眼球的正是那些小细节。

令人心醉。我甚至忘记了自从着陆以来就伴随着我的头痛和晕眩感。我的心情变好了，从车窗中飘入的清新、芬芳的空气预示着我会面对一场热烈的欢迎。

在城市边缘，我的同伴放慢了车速，穿行于被花园围绕的低矮建筑之间。

“希望你感觉好点了。”他说。

“好多了，谢谢。我喜欢你们的星球。阅读文字和看照片始终不能代替身临其境。你必须体验色彩、气味和差异，才能感受新的环境。”

“的确如此。”他表情痛苦地宣布，“顺便说一句，你就住在我家。你会发现我家比宾馆更为舒适。”

“哦，不了。我不想给你添麻烦。”

“一点都不麻烦。”

汽车拐进一条绕过一个陡峭山坡的道路。几秒钟之后，我们停到了一栋深深埋藏在花园之中的二层小楼前。

“在这儿等我，”我的同伴说，“我马上就回来。”

我一边等，一边打量着花草树木。我感觉很不自在——我似乎是一个闯入者，对于此处来说我的存在是多余的。

二楼的一扇窗户猛然打开，一位苗条的年轻女子向窗外望过来。她聚精会神地扫了我一眼，向站在她身后的某个人点了点头。然后她就从窗前离开了。

突然间我感觉安心了。那个姑娘的表情、她打开窗子的方式、她的那惊鸿一瞥，其中的某种东西深深打进了我的心灵。旅行带来的不适、东道主多少有些冷漠的接待造成的失望，以及未来不得不在一个陌生的星球度过两三个月才能回家的烦恼，统统被一扫而空。

我深信，那姑娘会到楼下来迎接我，而这期待很快就成了现实。她从一株巨大的植物后面蓦然现身。

“你好！是不是等急了？”她微笑着询问道。

“一点儿也不，我完全不急。而且你们的花园棒极了。”

那女孩衣着单薄，举止有些大大咧咧。

“我叫莉娜。来吧，我带你去看你的房间。爸爸太忙了，因为奶奶病得很厉害。”

“请你务必要原谅我的贸然闯入。你父亲没提这事。听着，我会去找一家宾馆——”

“你不可以做那种事。”莉娜立即阻止。她的眼睛颜色很特别，像是古老的银器。“那里没有人照顾你，你会很痛苦的。别担心，你不会碍事。爸爸说他和奶奶在一起的时候由我来照顾你。”

我当时也许应该坚持去住宾馆的。但我无力拒绝：由于某种古怪的原因，我觉得我已经认识莉娜、这栋房子和这座花园很久很久了，我就像是这个家庭的一员。我身上的每一个细胞都在抗拒着不住在这里，而是去住冷漠的宾馆的想法。

“好吧，那就这么定了。”莉娜说，“来吧，我们进去。”

莉娜带我去了我将要居住的房间，并帮我收拾行李。然后她把我带到了一丛茂密的树冠遮掩下的游泳池，温热的池水中冒着气泡。

从那里出发，我们又去了屋顶，拜访她那喧闹的动物园。那里有他们引以为傲的带条纹的多嘴蚱蜢、长着六只翅膀的鸟、在花丛中打盹的蓝色小鱼，还有最为普通的家猫——在我看来普通，但在他们看来则格外稀有。那只猫不理我。莉娜大失所望。

“我还以为她见到你肯定会很高兴呢。真叫人失望！”

莉娜整个白天都和我待在一起。除了她，我几乎见不到其他人。她时不时会道个歉，然后跑开。“你一定非常忙，”我会这样说，“请不要在意我。”但每次我一个人留下的时候，孤独和身体上的不适就全都回来了。我会走到书架前，抽出一本书，又迅速放回去。然后我会去花园，再返回房子里，一直竖起耳朵聆听着她的脚步声。莉娜会跑着回来，轻轻碰碰我，然后问：

“无聊吗？”

“有一点。”我会这样回答。

有一次，我甚至鼓起勇气告诉她，只要她在我面前，我所有的病痛就都消失了。莉娜笑了。她说，她哥哥会在晚餐前带着缓解我飞行不适的药物回来。

“到了明天早上，你就会焕然一新。所有的症状都会消除。”

“那你呢？”

“我？我怎么了？”

“你会不会也消失呢？就像好心的仙子那样？”

“别担心，”莉娜坚定地说，“我明天还会在这里的。”

晚餐时间，家里除了奶奶之外的全部成员，都聚在了长餐桌周围。

我惊讶地得知，在这座看似无人居住的房子里竟住着十多个人。家主脸色苍白、疲惫不堪，他坐在我旁边，看着我把他学医的儿子带回来的所有药品都吃下去。药吃起来很是令人痛苦，毕竟药物本来就是这么一种东西，但我还是乖乖吃下了药。我也并没有告诉任何人，莉娜才是唯一能治愈我的良方。莉娜似乎对我的状况感同身受——当我服下一颗特别苦的药片时，她皱起了眉。

我的东道主说，他母亲好多了，已经睡着了。尽管他十分疲惫、脸色也很差，但他还是谈笑风生，与在太空港接站时的那种闷闷不乐形成了鲜明对比。那时他一定在为他母亲的病情不安。但现在……

“她醒了。”我的东道主忽然宣称。

我的耳朵差点竖了起来。我一点声音都没听到：在这一片寂静之中，没有一声咳嗽、一声叹息。

“你很累了，爸爸。”东道主的儿子说，“我上去看她。”

“别这么做！”他父亲反对道，“你明天还要上学。”

“那你呢？你明天不也要上班吗？”

“好吧，我们一起上去。”他父亲说，“请见谅。”

晚餐后，莉娜将我带回我的房间。

“希望你不会失眠。”她说。

“我相信不会，如果那些药片之中有一粒是安眠药的话就更不会了。”

“当然，确实有。”莉娜说，“晚安。好好睡吧。”

我果真是立刻就睡着了。

第二天早上醒来时，我已经完全恢复了。我急忙赶往花园，希望能在那儿找到莉娜。她在游泳池边等着我。我正打算告诉她我睡得有多么熟、我对这美丽的早晨有多么喜爱，还有我见到她有多么高兴，但我甚至都没有机会开口。

“我太开心了，”她说话的样子就好像她读出了我的所想，“奶奶也感觉好多了。爸爸现在会带你去研究所。今晚我等你。你的工作，你的见闻，我很想听，简直要等不及了。”

“哦，我相信你自己能搞清楚。”

“什么意思？”

“你可以读到人们的心思。”

“不是那样的！”

“我知道我说的没错。比如说，你都不用等我告诉你我的感受。昨天你父亲离开了餐桌，因为你祖母醒了。但屋子里一点声音都没有。他不可能是听到了声音才知道的。”

“没那回事。”莉娜坚持否认，“我为什么要去读别人的心思呢？你的也一样。”

“我想你是没理由要那么做。”莉娜似乎对我心中那些讨好她的念头不感兴趣，这让我有点失落。

“早上好。”莉娜的父亲一走进花园就冲我打了个招呼，“你今天状况很好。我很高兴。”

“瞧，我没说错吧。”在跟着莉娜的父亲上汽车之前，我低声对莉娜说。

“我为什么要去读你的心思呢？”她重复道，“你的脸就像一本翻开的书，全都在那上面写着呢。”

“全都？”

“太多了，我大概该说。”

几天过去了。我白天在研究所里工作，晚上则在城市里闲逛，在田野和树林中漫游，或是沿着盛产盔甲鱼的大盐湖岸边散步。有时是我自己一人，有时则和莉娜一起。我和我的东道主渐渐熟络，还遇见了另外两三名工程师。然而，尽管我每天的日子都平平无奇，我却一直有种感觉：我身边的这些人一点都不平常。我几乎可以肯定，他们具有心灵感应的能力。

我和莉娜在一起的时候，时不时就会感觉不自在，因为我会发现自己在想一些不想要和她分享的事。就好像她会听到那些无声的话语，并因此对我发出嘲笑。

有一天，我正沿着一条街道步行，这条街道与城市里其他街道一样，弯弯曲曲，绿树成荫。我前面有几个男孩在踢球。当我走在他们身后的时候，我突然产生了一种想赶上他们的冲动，最后决定试上一试。

我没注意到一条凸起的树根；我被绊到，摔倒了，膝盖被石头撞伤了。剧烈的疼痛骤然袭来，让我惨叫了一声。男孩们似乎被我的喊声吓住了，停在原地一动不动。球滚下了斜坡，但孩子们没去管它，而是转向了我。我挤出个笑脸，挥手让他们离开。“走吧，孩子们，去追你们的球。没事，一点都不疼。”我说。但他们还是站在那里看着我。

我从地上撑起身子，但没能站起来。很显然，我的一条韧带拉伤了。男孩们向我跑来。一个比其他孩子稍微大一点的开口说道：“疼得厉害吗，先生？”

“不怎么疼。”

“我去叫医生。”另一个男孩说。

“快去！”年长的男孩说道，“我们在这儿等你回来。”

“不用管我了，孩子们，”我说，“没那么严重。只是拉伤了韧带。几分钟之后我就会好的。”

“当然，你肯定会好的。”年长一点的男孩回答道。

疼痛立刻减弱了，而后消失了，就像是听命而行。男孩们安静地站在那里，以关切的眼神注视着我。但其中年纪最小的一个突然间哭了。年长的男孩叫他回家去，他也确实这样做了。

医生来了。原来他就住在旁边的一栋房子里。他检查了我的腿，给我打了一针，孩子们立刻就消失了。只有从远处传来的球在地上反弹的声音才让我想起他们曾经在这里。

医生帮助我回到了我的住所，尽管我一直坚持我能自己一个人回去。

“已经不疼了，医生。只有最初的一分钟左右才疼。孩子们可以做证。”

“你是最近来这里的吗？”医生问。

“是的。”

“嗯。那就能说得通了。”

但我还是不明白。

尽管天色尚早，但全家人已经聚在了一起。祖母病情恶化，不得不紧急送往医院，进行手术。

我走向莉娜。她的眼睛下面出现了黑眼圈，脸色苍白，显得十分紧张。

“不要担心，一切都会好起来的。”我说。

她似乎没听懂我的话，茫然地环顾四周。

“一切都会好起来的。”我重复道。

“谢谢。哦，你摔倒了吗？”

“不严重。已经不疼了。”

“奶奶疼得厉害。”

“为什么他们不给她打一针呢？对我很有效。”

“他们不能那么做。已经没有什么帮得上她了。”

“我希望能做点什么，帮上点忙。”

“那就先离开这里吧。”她柔声说道，尽力不让我感觉受到了冒犯。她的语气十分平淡，就好像她在让我帮她拿一杯水来。“你挡住我们了。”

我走出房子，到花园里去了。我要尽力体谅他们。毕竟，这对她、对整个家庭来说都是难以接受的事。

我注视着他们离开，独自一人上了楼，到动物园那儿。猫认出了我，啪嗒啪嗒跑到纱网旁，卷起尾巴在上面蹭来蹭去。在我来的那个地方，猫不是住在笼子里的，但在这儿，它们是一种少有的外来动物。我也和它一样，是一种少有的动物，既不能理解这里正在发生的一切，也不能指望自己能理解。然而，我觉得我和这里的人们之间已经产生了一种温暖的友谊。在这最不合时宜的时候，我性格中某种神秘的缺陷或者漏洞浮现出来。茫然无措间，我意识到我必须前往医院，找到答案。在那里，我会得知一些非常重要的事情。尽管我并未受到邀请，而且我的到场很可能不受欢迎，但我还是觉得我不能不去。

入口处没有人阻拦我。接待台的女孩问我是否需要她的帮助。我将奶奶的名字告诉她，然后被送上了电梯。

我沿着一条长长的走廊步行，这里感觉完全不像是医院。两侧的墙边都摆满了座椅。椅子上坐着人。完全健康的人。他们正安静地承受着巨大的痛苦。

我在靠近手术室的磨砂玻璃门附近找到了我的朋友们。莉娜、她的父亲，还有她的兄弟。在相邻的座椅上坐着的是共同的朋友、同事和邻居。莉娜瞥了我一眼。她充满痛苦的目光从我脸上掠过。

我悄悄坐进一张空椅子。看着众人对我的存在视而不见让我感到很不舒服。但现在，我已经明白了那个在一小时之前对我来说还是谜题的事实。

我没等太久。突然间，好像有一个看不见的巫师向他们挥了挥手，所有来看望奶奶的人全都喜形于色，恢复了活力。有人说："她现在处于麻醉中。"他们自己做了安排，一些人留下来守候，另一些人则暂时离开，等手术结束、麻醉失效后再返回。

莉娜向我走过来。我站起身。

"请原谅我，"她说，"我真的非常抱歉，但我相信你能理解……"

"我当然理解。我怎么能在这样的时候生气呢？我只是为自己是个外人感到难过。"

"请别这样。这完全不是你的错。"

"你知道吗，我昨天摔倒的时候，孩子们跑过来陪着我，直到医生赶来。"

"这并不奇怪。"

她父亲插了进来。

"谢谢你能来。"他说，"带上莉娜一起回去吧。我们这儿没有她也能行。医生保证手术肯定能成功。"

"我要留下，爸爸。"莉娜说。

"如果你愿意的话。"

"请试着理解下吧。"莉娜的父亲离开后，她说道，"一开始就向你说明这一切是很难的。这对于我们来说就像是吃饭、喝水和睡觉一样地自然。孩子们一来到世间就会学到的。"

"一直都是这样吗？"

"不是。我们是几代人之前学到的。但潜能一直都在。你很可能也有，只是被埋藏在你的大脑深处了。我相信任何智慧生灵都会希望有这样的能力。你不这么想吗？"

"是的，我想你是对的。"我说，"如果你身边有人在遭受痛苦，特别是如果那是一个你爱的人，你会想要分担那份痛苦。"

"不仅分担痛苦，"莉娜回答，"也共享欢乐。还记得你刚来的第一天吗？你感觉糟透了。爸爸帮不上你什么忙。作为奶奶的儿子，她的痛苦主要由他来承担。即使是在太空港迎接你的时候，他仍然必须帮助奶奶。你和你想要帮助的人之间距离越远，帮助就越困难。你认为爸爸很粗鲁，不是吗？"

"呃，不完全是，但——"

"奶奶的痛苦还不算，他还得承担你的痛苦。毕竟，你是我们的客人，而你在忍受头痛。"

"而且是剧烈的头痛。"

"有时候我简直奇怪爸爸是怎么顺利回来的。他到家之后，立刻就接替我守在奶奶床边。我在窗子那里看到了你，而且我喜欢你，所以我整个白天都和你待在一起。然后因为你，我的头整个白天都痛得厉害。"

"对不起，"我说，"我不知道。"

"这样更好。想想看，要是你知道的话该有多么难过啊。"

"如果我知道，我肯定会离开的。"

"我知道。我很高兴你没那么做。现在请回家去吧。明天早上我回来的时候会去找你的。到时候我们再继续谈这事。"

我又一次穿过医院长长的走廊，那里坐着病人们的亲朋好友。他们聚集在一起分担痛苦。这不是读心术的问题：人们确实知道他们需要彼此。

我步行回家。我的腿还有点痛，但我尽力忽略疼痛。有时它会突然加剧，仿佛要让我无法承受。从我身边经过的路人会环顾四周，然后看着我，于是我立刻就感觉好多了。但我加快了脚步，以免麻烦这些善良的人。途中我遇见一群拿着花的年轻女性，她们正在说说笑笑。她们都没注意到我的阴郁表情，就用自己的容光鼓舞了我的精神。一股不属于我自己的欢乐之情从我的心头流过。从公园长凳上的一位老人那里，我收到了另一份礼物——安详的心态。这样的事我以前也遇到过，但我从未注意到我与其他人之间的感情联系。

对他们来说，生活比我们的更容易，也更艰难。他们可以给予，也可以接受快乐和悲伤。或者，我应该说，他们必须分享他们的幸福和痛苦。他们无法离弃他们的同胞：我们只会看到人们流泪，他们却能够感受到。而心灵远比眼睛敏感得多。

从那一天起，我成了一个嫉妒的人。是的，我嫉妒他们。有时我甚至感觉到某种类似敌意的情绪。对于他们来说，我将永远是一个外人，像一个身处于一群慷慨的富人之中的乞丐。我可以接受馈赠，但永远无力给予他们任何回报。

我返回地球的日子到了。按照事先的安排，只有莉娜陪着我前往太空港。

“我想和你一起回去。”莉娜说。

“你不可以，而且你也明白这点。地球上的生活对你来说太艰难了。你不可能只分享我的快乐或者痛苦，不是吗？”

“你说得对，我做不到。”莉娜说，“真是遗憾。”

“你在那里将会非常孤独，而且我也无法在你最需要的时候提供任何帮助。我知道这个，所以我不可能让你去。”

“那么，也许你可以留在这里？和我们在一起？和我在一起？”

她的声音里渐渐掺入了一丝怀疑。

“还记得你祖母接受手术的那一天吗？”我说，“我去了医院，但我就像是有视力的人当中唯一的瞎子。不，我不能留下来。”

我们的这一番谈话好多天前就开始一再重复。我们早已知道了最后的结局，只是在重复自己的台词。但我们情难自已。我们仍在希望着能有侥幸，能达成妥协，能解决我们的困境，能随便发生点什么事情，只要能让我们继续在一起就好。

我们走到登机坡道旁时，莉娜靠近我，近得我能看清她银色眼睛里的暗点。

“尽力记住我现在的样子。”她说。

强烈的感情让我开始头晕目眩。我抓住她的手臂，想要得到一点支持。但飞船上的乘客没人来帮我，没人试图分担我的痛苦。是啊，有些时候，帮助别人的冲动必须得到抑制。

然后是起飞、过载和颠簸，在臭气熏天、令人难受的货运太空港停留等候中转，在没有人情味的宾馆里过夜，在千篇一律的闪亮柜台上吃着差劲的食物。但我的身心状态都好得出奇。我知道那是因为什么。在无数公里以外，莉娜正坐在二楼她的卧室里，头痛欲裂。我对她感到恼火。“忘了我吧，我的爱人。至少让我的痛苦只属于我自己。”

我无比渴望回去，但我知道那绝不可能。

（梁宇晗　译）

意大利篇

在意大利，主流文学与科幻小说之间的鸿沟要比在欧洲其他国家更广更深，也许是因为意大利的主流文学传统几乎没有中断过，可以一直追溯到罗马帝国时期。即使在中世纪时期，教会与修道院依然守护着古典知识与昔日过往，绵延不断。另一方面，工业化、传统文化向人们期待的新文化的转变、民族身份的形成，这三者对于意大利来说都比较晚。卡洛·帕杰蒂在《科幻小说百科全书》中写道："要追溯意大利的科幻传统并不容易，因为科学语言和'文学文化'之间存在着既定的分裂。"

尽管如此，与想象有关的意大利文学一直以来都很强大。尽管但丁的《神曲》（约 1304—1320）在今天被视为幻想作品，并对后来的想象之旅题材产生了重大影响，但中世纪的人却把其对于地狱和天堂的描述当成了现实。另一方面，马可·波罗关于他在印度和中国的旅行记述（《马可波罗行纪》，1298）在入迷的读者眼里一定像科幻小说一样神奇。卢多维科·阿里奥斯托（Ludovico Ariosto）在他的文艺复兴史诗《疯狂的奥兰多》（*Orlando furioso*，1506）中写到了前往月球的航行，而托马索·康帕内拉（Tomaso Campanella）则将《太阳城》（*Città del sole*，1623）献给了当时的乌托邦文学。根据贾尼·蒙塔纳里在《惊异剖析》中的说法，该时期的其他作品包括：桑纳扎罗的《阿卡迪亚》（*Arcadia*，1501—1504）、福伦戈的《巴尔杜斯》（*Baldus*，1517）、弗拉卡斯托罗的《西菲利斯》（*Syphilis*，1530）、多尼[1]的《世界》（*I Mondi*，1552—1553），以及阿戈斯蒂尼的《无限对话录》（*I dialoghi dell'infinito*，1583—1590）。

18 世纪的著名意大利幻想作品包括扎卡里亚·塞里曼（Zaccaria Seriman）的《恩里克·万顿前往未知的南方大陆以及猴国和狗头人国之旅》（*Viaggi di Enrico Wanton: alle terre incognite australi, ed ai regni delle scimmie, e de' cinocefali*，1764）和贾科莫·卡萨诺瓦（Giacomo Casanova）的《二十日谈》（*Icosameron*，1788）。意大利争取民族独立的斗争占据了 19 世纪意大利文学的大部分精力，而 1861 年意大利完成统一大业又让一部分作家对未来充满了梦想，如保罗·曼泰加扎（Paolo Mantegazza）的《公元 3000 年：梦想》（*L'anno 3000. Sogno*，1897）和埃米利奥·萨尔加里（Emilio Salgari）的《2000 年代的奇迹》（*Le meraviglie del Duemila*，1907）。

蒙塔纳里注意到，除了 19 世纪的其他乌托邦作品和幻想之旅，以及 20 世纪初的冒险与神奇机器题材的青少年小说之外，两次大战期间的意大利杂志上的科幻作品数量很多，不过美国与英国的科幻杂志作品在这一时期完全没有流传进意大利。当时只有几部以漫画为载体的美国科幻作品得以与意大利读者见面，例如《布里克·布拉德福德》（*Brick Bradford*）、《巴克·罗杰斯》（*Buck Rogers*）和《闪电戈登》（*Flash Gordon*），后来这些作品也被法西斯官僚们查禁

1. 全名安东·弗朗切斯科·多尼，意大利作家。他在文艺复兴时期的乌托邦作品《世界》被认为是意大利早期奇幻科幻小说之一。

了。1952 年，意大利的读者第一次接触到美国科幻小说的翻译版本，不过遭到了独断的删减和改编，而且还是以意大利受众欣赏不了太复杂的科幻作品为借口。

早在 1884 年，《旅行画报——海陆历险》（*Giornale Illustrato dei viaggi e delle avventure di terra e di mare*）等杂志就开始出版。1952 年，意大利出现了第一本科幻杂志《奇妙科学》（*Scienza fantastica*）和第一套科幻系列出版物“乌拉尼亚”（Urania），出版商是蒙达多利（Mondadori）。该系列杂志和丛书由乔治·莫尼切利（Giorgio Monicelli）主编，他首创了意大利语的“科幻”（fantascienza）一词。根据蒙塔纳里的说法，在接下来的 15 年时间里，意大利科幻通过“71 种不同的科幻系列丛书与 20 种杂志”获得了大量发表与出版。这些杂志包括《未来》（*Il Futuro*）、《伽马》（*Gamma*）和《机器人》（*Robot*），都是昙花一现。当时美国模式占主导地位，甚至有意大利作家采用了美式笔名。1968 年泡沫破灭后，只有“乌拉尼亚”和《银河》（*Galassia*）存活了一段时间（与 20 世纪 50 年代美国科幻的繁荣与萧条并无不同）。在 20 世纪 90 年代后期，意大利主要的科幻出版商是北方出版社（Editrice Nord）。

意大利科幻界的著名人物有路易吉·门吉尼、维托里奥·卡塔尼、里诺·阿尔达尼、山德罗·山德雷利、伊涅赛罗·克雷马斯基、吉尔达·穆萨、罗贝塔·兰贝利、乌戈·马拉古蒂、贾尼·蒙塔纳里、罗贝托·瓦卡以及维托里奥·库尔托尼［他在 1977 年出版了一部现代意大利科幻小说史《未知的边疆》（*Le frontiere dell’ignoto*）］。佩斯卡拉大学的学者帕杰蒂和科幻作家蒙塔纳里都对这些受到美国模式深切影响的本国科幻作家们无话可说。帕杰蒂呼吁人们多多关注 20 世纪 80 年代涌现的包括达妮艾拉·皮耶垓在内的新一代年轻女性科幻作家，而且他还更看好短篇小说——“毫无疑问，这一体裁是帮助意大利作家将科学想象力与幻想主观宇宙结合在一起的合适工具……”蒙塔纳里评论说：“意大利作家倾向于从‘更软的’角度来处理预测和推想，而忽略了大多数‘硬性的’写作方法……技术与硬科幻……被忽略，他们偏向于强调社会秩序和人类的变化，包括政治价值和心理价值的变化。”

意大利科幻有一个较为耐人寻味的方面：许多不愿被视为科幻作家的主流作家都为其贡献过作品。在这方面意大利就像拉丁美洲一样，科幻的最大进步来自主流作家的推动，而且这些主流作家当中有几位在国际上也享有盛誉。帕杰蒂写道：“在那些通常被视为主流作家的战后小说家中，有几位最优秀的人物在处理科幻主题和符号象征时表现出了别出心裁的想象力。”其中最著名的可能是伊塔洛·卡尔维诺（Italo Calvino），他的两部作品集《宇宙奇趣全集》（*Le cosmicomiche*，1965）和《时间零》（*Ti con zero*，1967）代表了其想象力的巅峰时期。卡尔维诺的前辈托马索·兰多尔菲（Tommaso Landolfi）可能为他的创作开辟了道路；与托马索同时代的作家是迪诺·布扎蒂（Dino Buzzati），其作品大多是简短的超现实主义寓言。翁贝托·艾科（Umberto Eco）是另一位著名的意大利历史学家、哲学家以及文学批评家，他没有写过像卡尔维诺、兰多尔菲或布扎蒂那样的科幻小说［《福柯的摆锤》（*Il pendolo di Foucault*，1988）可能是他笔下最接近科幻的作品］，但根据尼尔·特林汉姆和菲尔·瑞恩斯的说法，“他与科幻体裁中的佼佼者颇有些共通之处：双方的核心关切是一样的，既包括创意点子的本质，也包括我们用来评判真理的方法具有怎样的道德意义”。

比起那些以“科幻”名义出版的相对传统的故事，这些主流作家的作品可能更能说明意大利人对科幻的独有态度。

（万年看客　译）

平凡与神奇

意大利主流文学对于科幻的贡献之一来自新闻行业。迪诺·布扎蒂作品的字里行间带有一丝世俗气息，这使他的幻想作品充满了日常现实里大事迫近的气氛。布扎蒂认为，“幻想作品应该尽可能地接近新闻报道……幻想故事的实际性取决于讲述故事的措辞是否简练到了极致。”即使在 20 世纪 30 年代，当他以儿童文学开始他的小说创作生涯时，焦虑元素就已承载了他的貌似简单的情节，因此经常有人将他与弗朗茨·卡夫卡相提并论。

布扎蒂的短篇小说集《灾难》(*Catastrophe*，1965）收录了他在 1949 年至 1958 年期间发表的短篇小说。其中，与小说集同名的短篇小说讲述了一位旅行者乘坐火车穿越意大利乡村，看到了十分离奇的景象——车窗外的人全都惊慌失措。但即使当他抵达终点，来到了一个废弃的车站之后，也没有人知道已经发生或将要发生的究竟是什么灾难。黛西·福纳加曾评价说：“布扎蒂总是让我们心悬半空、身处悬崖边，听凭我们一头雾水——这种缺憾是无法摆脱内心煎熬的后果。”

布扎蒂一生的绝大部分时间都在米兰度过，在那里他作为《晚邮报》的编辑和记者工作了大约 40 年。他的职业生涯涉猎很广，从战地记者到艺术评论家，再到特约撰稿人都干过。正如劳伦斯·韦努蒂在布扎蒂选集《无眠之夜》(*Restless Nights*，1984）的序言中所说，为了满足自己对于幻想的品味偏好，这一时期的布扎蒂经常撰写灵异与超自然题材的新闻报道，内容包括“巫术、目击 UFO、收到来自外星的心电感应的灵媒，以及一位被恶魔附身并且在布扎蒂本人——以及读者——眼前接受驱魔的受害人”。

虽然布扎蒂在早期出版了几本书，但他第一次在国际上获得的认可，来自他的长篇小说《鞑靼沙漠》(*Il deserto dei Tartari*，1940)，其主人公是一位驻扎在边防哨所的年轻军官，终日担心鞑靼人可能入侵。他耗费了毕生时间操练驻军，准备迎接敌袭，但是敌军却始终无影无踪。不过，就在他刚刚去世之后，前方就出现了敌军集结的迹象。这种海市蜃楼般的灾难感就像那一代人对于核爆浩劫的恐惧一样，弥漫在布扎蒂的所有小说当中，包括他的第三部作品集《塞壬》(*The Siren*，1984)。

20 世纪 50 年代，布扎蒂写了一篇短文章，其中描述了一种罕见的人。这种人尽管从表面看来循规蹈矩，但是内心却充满了各种“仿佛”：“仿佛战争正在进行，尽管实际上一片太平。仿佛天大的好消息即将到来……仿佛暴风雨正在门外愈演愈烈，屋里却没有人提及。仿佛在场的人中有一个人不得不离开，可能要动身前往月亮，不过讨论此人的行程是禁忌之举，就连拐弯抹角地提一句都不行。仿佛爱就在这里。”这一切都充满了布扎蒂特有的梦幻感，而他那平铺直叙的新闻报道式笔法又将幻想带到了人间。

福纳加写道：“在《鞑靼沙漠》以及其他故事中，人们感到某种可怕且不可理解的力量正在主宰着人类的生活……布扎蒂更喜欢见微知著，而不是平铺直叙……从而营造持续的不确定感……布扎蒂的真理是无所不在的无助以及对于未知的恐惧。他本质上是一个战后作家，面对的是如何适应生活这一永恒的问题……这个问题在我们这个时代至关重要，因为我们看到，所有被珍视的传统都面临崩塌，社会陷入了混乱，个人毫无机会找到人生方向……在布扎蒂的作品中，善良、温柔，以及犀利的拉丁式机智抵消了挫折感与愤世嫉俗的情绪。”

弗朗茨·罗滕施泰纳在《圣詹姆斯科幻作家指南》中评论说：“布扎蒂通过非常简单的手法，在情节转折优雅的故事中设法轮番交替地传达出惊异感、恐怖感、荒诞的存在感，体现了现代社会的复杂莫测与命运的莫名其妙。”韦努蒂总结说：“布扎蒂的故事反映了读者们的恐惧和希望，他们对战争的恐怖记忆犹在眼前，现在他们又面临着科学技术、城市生活质量，以及掌控我们命运的社会机构所带来的威胁……他文字里的这一方面使他成为我们这个时代最富有人性的小说家之一。”

（万年看客　译）

时间机器

［意大利］迪诺·布扎蒂 著

［美国］劳伦斯·韦努蒂 英译

第一台大型时间减速器建于马利斯加诺的格罗塞托附近。其实，它的发明者、著名的阿尔多·克里斯托法里是格罗塞托本地人。这位克里斯托法里是比萨大学的一名教授，致力于这一问题的研究至少有二十年，而且，他还在实验室中做了许多不可思议的实验，特别是有关豆科植物发芽的实验。然而，在学术界，他被视为一名空想家。后来，在他的拥护者、金融家阿尔弗雷多·洛佩斯的赞助下，“迪亚科斯亚”建造协会才得以成立。自那以后，阿尔多·克里斯托法里又被视为一位天才、一个造福人类之人。

他的发明包括一个叫作“C 场”的特殊静电场，在其中，各类自然现象完成其生命周期所需的时间都长得出奇。但在最初的一些关键实验中，时间的延迟都不超过千分之五六；也就是说，这在实际操作中几乎无法察觉。然而，克里斯托法里一经发现实验原理，就取得了飞速进展。通过马利斯加诺的这台机器设备，延缓时间的速度达到了近一半。这就意味着，一个平均寿命为十年的有机体，在置于“C 场”之后，其寿命可以达到二十年。

这台机器设备建在一个山区，超过八百米的半径范围则会失效。

在直径一点五千米的圆环范围以内，动植物的生长及衰老速度比地球上其他地方的动植物要慢一倍。现在，人也有望活到两百岁了。因此，这台机器设备便以“迪亚科斯亚”——希腊文中表示“两百”的词——来命名。

实际上，这一区域还无人居住。原来住在这里的一些农民，面临着两个选择，要么继续留在这儿，要么整体迁往别处安置。

他们都选择搬出去。于是，这一整片区域便被不可攀越的栅栏给围了起来。只留有一个入口，还被严密看守着。在很短一段时间内，在一片林立的别墅群中，一幢幢摩天大楼、一家大型疗养院（专门接收绝症患者，他们渴望延长所剩无几的生命），还有电影院和剧场拔地而起。此外，正中间耸立着一个高四十米的圆形天线，类似雷达上使用的那种。那就是“C场”的中心。发电厂则完全建在地下。

时间机器建成之后，这座城便向全世界宣告，它将在三个月内对外敞开大门。要想进入这里，特别是想要取得居住权的话，就得花上一大笔钱。尽管如此，世界各地成千上万的人还是跃跃欲试。可用住房很快就被申请预订一空。但没过多久，恐惧开始侵袭，于是，申请者的人数也比预期减少了。

究竟有什么好恐惧的呢？原来首先，凡是在这座城住过一段时间的人，在离开时都不可避免会受到损伤。想像一下吧，一个有机体已经适应了这种新的、生长较慢的物理环境。如果突然将它从“C场”移至一个生命运动速度快两倍的地方，那么，它的每个器官都必须即刻加速运行。一个奔跑的人突然减速可能还较为容易，但一个运动缓慢的人要猛地一把冲刺出去，可就没那么容易了。剧烈的失衡会造成有害，乃至致命的后果。

因此，凡是在这座城里出生的人都严禁离开。这也正合乎逻辑，我们可以推测，一个诞生于缓慢时间速度下的有机体，在被移至一个时间速度快两倍的环境之后，是不可能不遭受毁灭性重创的。为了防止出现这种问题，“C 场”周围将会建造一些用来加速和减速的特殊隔离间，这样一来，任何进入或离开这里的人，都可以让自己逐渐适应新的速度，以避免由于骤然剧变而造成肌体损伤（这些隔离间类似于深海潜水员所使用的减压舱）。然而，隔离间属于精密设备，目前还在设计阶段。得等到很多年之后，它们才能投入使用。

简而言之，迪亚科斯亚的居民比其他地方的男男女女都要长寿，但他们过着流亡的生活。他们被迫背井离乡，舍弃老友，放弃旅行。他们也不能再有形形色色的恋人和新交。尽管这里的居民享受着所有能够想象到的奢华与便利，但他们像是被判了终身监禁一样。

还远不止如此。要是时间机器有任何损害，它也会招致和擅自逃离同样的危险。发电厂里的确有两台发电机，要是其中一台停止工作，另一台会自动开始发电。但是，如果两台发电机同时发生故障呢？如果停电了呢？如果飓风或闪电击中了天线呢？如果发生一场战争或一些暴乱呢？

迪亚科斯亚的落成典礼即是它迎接第一批居民——共计一万一千三百六十五人——的庆祝仪式。其中大多数人，都已年过半百。克里斯托法里并不打算在城中定居，因此他本人不在场。代表他出席的是一个名叫施特默的瑞士人，他是时间机器的主管负责人。典礼仪式十分简单。

正午时分，在位于公共花园的发射天线脚下，施特默宣布，即刻起，迪亚科斯亚男男女女的衰老速度将精确减缓至从前的一半。天线发出一种特别柔和的嗡嗡声，而且这种声音也很悦耳。一开始，没人注意到环境状况已经改变。直到夜晚来临，才有人感到有些无精打采，仿佛他们被什么东西拖拽着。很快，人们在谈话、走路和吃饭时都恢复了以往的镇静。紧张的生活松弛了下来。做任何事都要费更大的力气。

大约一个月之后，诺贝尔奖得主埃德温·梅迪内在布法罗的《科技月刊》杂志上发表了一篇文章，它将被证明是给迪亚科斯亚敲响了丧钟。梅迪内坚称，克里斯托法里的时间机器有着重大危险。在这里，我们用通俗易懂的话来概括一下他的论点：时间总是向前奔流不息，如果没有遭到任何物质阻挡，它的速度会逐步加快，并加速至接近无限。因此，凡是阻滞时间流速都需要付出艰辛的努力，但加快时间速度却毫不费力——这就好比是，在河水里逆流而上非常困难，但顺流而下则很容易。据此观察，梅迪内提出了以下定律：如果人想要延缓自然现象，那么所需的能量与获得的减速度的平方成正比；相反，如果人想要加速自然现象，那么加速度则与所需能量的立方成正比。例如，十个单位的能量足以产生一千个单位的加速度；但是，同样十个单位的能量应用于相反的目标时，甚至都很难产生三个单位的减速度。实际上，在第一种情况下，人类的干预与时间的运行方向一致，也就是说，它们期望一致。梅迪内认为，“C 场”就是这样，它在两个运行方向都能起作用；机器维护中出现任何一个差错，或某些机器小零件的一次故障，都足以倒转它的运行效果。在这种情况下，这台时间机器非但不能将生命延长至它平均长度的两倍，反而会断崖式地将生命急速吞噬殆尽。在迪亚科斯亚城中，只消几分钟，其居民就会衰老几十岁。随后，文章附上了数学证明。

在埃德温·梅迪内阐发了这一观点之后，恐慌便席卷了这座长寿城。有些人甚至不顾仓促重返“加速环境”中带来的危险而逃之夭夭。但克里斯托法里向人们保证，这台机器运行良好，加上事实上也的确没有发生任何意外，人们的焦虑这才得到缓解。迪亚科斯亚的生活又恢复了它往日的节奏，千篇一律、平静安稳且黯淡无趣。快乐在这儿既微不足道又寡淡无味，以往那令人心跳加速、如痴如狂的爱情，也失去了其不可抗拒的魔力，连外界传入的新闻、声音乃至音乐，现在都由于速度太快而让人不悦。总之，尽管这里娱乐消遣不断，但生活并不那么有趣。不过，这种单调乏味跟以下这个想法相比也就不值一提了。一旦人们想到，在未来，当他们的同辈人一个接一个地离世，而迪亚科斯亚的居民依旧年轻强壮；接着，当他们同辈人的子女相继死去，迪亚科斯亚人还充满青春活力；甚至当他们同辈人的孙辈及曾孙辈离开人世时，他们也仍然健在，还有几十年的好日子可以享受，那他们就能心平气和地读讣告。这就是这座城中甚嚣尘上的想法，它抚慰了焦灼不安的灵魂，也平息了嫉妒与争吵。这也是为什么随着时间流逝，人们不再像原来那般痛苦，因为未来在眼前铺陈出的是一片余裕的广阔前景。每当遇到糟心事，城中的男男女女也会告诉他们自己：为什么要担忧？我可以明天再想，根本无需着急。

两年以后，迪亚科斯亚城的人口增至五万两千人，第一代迪亚科斯亚人也已经诞生。他们完全成年要到四十岁。十年之后，超过十二万人口将那一平方公里的土地挤得满满当当，摩天大楼的天际线也升到了令人眩晕的高度，尽管其建造速度要比在时间稍纵即逝的其它城市里慢很久很久。如今，迪亚科斯亚成了世界第一大奇迹。一队队游客挤满了它的四周，人们从门口观察这些与众不同的居民，他们就像多发性硬化症患者似的，因麻痹无力而行动迟缓。

这种现象持续了二十年。它毁于一旦则只需几秒钟。这一悲剧是如何发生的呢？它是人为，还是偶然？也许，某位不堪忍受爱情之苦或疾病折磨的技术人员，想要缩短他的痛苦，于是制造了这场灾难。抑或是，他只是被这种空虚利己、只关心自我保存的生活激怒到发疯，所以，他才故意倒转了机器的运行，释放出了时间的破坏性蛮力。

那天是五月十七日，一个温暖和煦、阳光灿烂的日子。“C 场”周围环绕着栅栏，沿栅栏站着成百上千名好奇的围观者，他们的目光都聚焦于那些极像他们、但生命却延缓了一半的人。城中传来天线发出的微弱却和谐之音，带有钟声般的共鸣效果。那天，笔者也在那儿，我还看到有四个孩子在玩一只球。“你多大了？”，我问其中最大的那个孩子。“上个月，我刚二十岁。”她彬彬有礼地回答，可她说话的速度却慢得夸张。他们跑动时的样子也很奇怪，所有动作都轻柔、滞缓，像电影中的慢镜头。连他们玩的球也弹不起来。

栅栏后面是一处花园的草坪和小径，再往后五十米，是环绕大楼的路障围栏。一阵微风拂过树木，树叶无精打采地摇曳着，像铅做的一样。下午三时许，远处突然传来天线的嗡嗡声并继而尖锐起来，像越来越响的警报声，像令人难以忍受的刺耳汽笛声。我永远忘不了那天发生的事情。时至今日，哪怕隔了这么多年，我还是会在静谧的午夜惊醒，眼前浮现出那幅恐怖景象。

四个孩子在我眼前恐怖地拉抻。我看着他们拔高、变壮，长成了大人模样。胡须从男孩们的下巴上飞长出来。他们身上的童装在闪电般成长的压力之下撕裂开来，将他们身体的一半都裸露在外，如此骤然剧变，他们也被恐惧攫住了。他们张开嘴想说话，但发出的却是一种我闻所未闻的怪异嗓音。在被释放出来的时间漩涡中，所有音节都被挤压在一块，像唱片在以疯狂的高音高速播放着。那种咯咯声很快就变成了喘息声，继而变成了绝望的呐喊声。

四个孩子到处张望，想要求助，看到我们后，他们便朝着栅栏处奔来。但生命在他们体内急速燃烧；只七八秒过后，奔到栅栏处的竟已是四位老人，他们白发银须、枯槁虚弱、瘦骨嶙峋。其中一位老人还设法用他枯骨似的手抓住了栅栏。但随即，他和几位同伴便一起瘫倒在地。他们死了。这些可怜孩子们的老朽身体立刻散发出了一股恶臭。尸体正在腐烂，血肉消融、白骨现出，就连骨头——我眼睁睁地看着它们——也化作一抔苍白尘土。

直至此时，机器那致命的尖厉之声才慢慢消退，最后，一切都归于死寂。梅迪内的预言成了真。由于某些永远无法获知的原因，时间机器倒转了它的运行，几秒钟便吞噬掉了生命中的三四个世纪。

如今，一片阴森、幽暗的死寂冰封了这座城。曾经闪耀着荣光与希望的摩天大楼，顷刻间笼罩在悲惨凄苦的老年暗影之下。墙体起了裂缝，现出一道道不祥的线条和褶痕，它们在破败的蜘蛛网边缘渗出黑色的液体。四处皆是尘土。尘土，静默，死寂。那二十万想要长命几百岁的富有、幸运之人，现在都只剩了些白色尘土，这里一把、那里一抔，仿佛千年古墓上的白色齑粉。

（汪丽　译）

写给我们这个时代的童话寓言

伊塔洛·卡尔维诺堪称意大利现代文学，乃至世界现代文学的伟人之一。他出生于古巴，1943年至1945年参加意大利抵抗运动，1947年从都灵大学毕业，此后他在埃伊纳乌迪出版社担任编辑直到1983年，两年后死于脑溢血。

卡尔维诺的第一部长篇小说和他的第一部短篇小说集分别于1947年和1949年出版，书名分别是《通向蜘蛛巢的小径》（*Il sentiero dei nidi di ragno*）和《最后来的是乌鸦》（*Ultimo viene il corvo*）。他还出版了其他5部短篇小说集和4部长篇小说，其中包括2部科幻小说。其中之一是《看不见的城市》（*Le città invisibili*，1972），该小说想象了马可·波罗和忽必烈汗之间的对话，对话的缘由则是马可·波罗造访过的超现实城市。卡尔维诺认为这是他“最完整、最完美”的作品。另一部长篇小说是《命运交叉的城堡》（*Il castello dei denstini incrociati*，1973），故事基于塔罗牌在不同的解牌环境下得到不同的释义而展开。

卡尔维诺对于科幻的兴趣主要体现在他在3年内出版的2部作

品集中：《宇宙奇趣全集》（1965）和《时间零》（1967）。这两部作品集都以散文式的短篇小说为主，讲述了一个理性宇宙的某些方面如何影响了生活在其中的生物。故事里的叙事者是一个与宇宙一样古老的名叫 Qfwfq 的生物。小说集中的大多数作品都以一条陈述事实的简短引言开始，其中包含了某些科学评论，然后想象这些评论成为现实之后会如何。例如《宇宙奇趣全集》的开篇故事《月亮的距离》（"The Distance of the Moon"）从乔治·达尔文爵士的一句话开始——从前月亮曾经离地球很近，根据 Qfwfq 的说法，站在梯子顶上就能够到。这篇小说的结尾像童话寓言一样，解释了月亮上为什么会有女人的形象。

卡尔维诺不仅写童话寓言，而且还编纂了一部不朽的意大利童话故事集。约翰·加德纳称他为"世界上最好的寓言家之一"。玛丽安·贡西尔写道，对于卡尔维诺来说，任何叙事都是童话创作。她指出，童话寓言以儿童的视角来讲述，并且寓道德教诲于其中；卡尔维诺笔下的主人公并不都是儿童，但却都具有儿童般的视角。

萨拉·玛丽亚·阿德勒在《卡尔维诺：寓言制作家》（*Calvino: The Writer as Fablemaker*）一书中写道："无论作家的幻想性质如何，在每一种情况下，他笔下的人物都面临着一个充满敌意与挑战的环境，而且人们还期望他们能将其战胜。"艾伦·舒斯在《纽约时报书评》上提到卡尔维诺具有"化平凡为神奇的才华"，萨尔曼·鲁西迪在《伦敦书评》杂志上称赞卡尔维诺"不费吹灰之力地看到了俗世中的神奇"。约翰·厄普代克和约翰·加德纳都认为卡尔维诺笔下的幻想与现实并存，足以与豪尔赫·路易斯·博尔赫斯以及加布里埃尔·加西亚·马尔克斯相提并论。

然而最主要的是，正如特蕾莎·德劳雷蒂斯在《科幻小说研究》（*Science-Fiction Studies*）中指出的那样，"卡尔维诺在二十世纪六七十年代的作品充满想象与科学知识，风趣幽默，启发人们思索一个由来已久的问题：生而为凡人、生存与亡故、繁衍与创造、欲求与置身，究竟意味着什么？”约翰·克卢特在《科幻小说百科全书》中写道：“卡尔维诺对科幻题材的使用以及将其与全系列当代文学装置的混合使用，使他成了一位对于科幻小说的未来发展而言相当有意义的人物。”玛丽安·贡西尔总结说：“卡尔维诺儿童般的想象力让他抛开了新现实主义的信条，为他的小说开辟了无限的可能性。”《现代意大利文学指南》中写道：“卡尔维诺的故事是一种手段——对于一位厌倦了纤毫毕露地痴迷于现代生活的作家来说，也许是唯一的手段——借以重现一个人仍然可以成为人的世界，在那个世界里人们仍然可以做梦，但又能理解。”

这听起来似乎很像科幻小说。

（万年看客　译）

螺旋体

[意大利]伊塔洛·卡尔维诺

对于大部分软体动物，同一个物种成员可见的机体形态在其生命中并不重要，因为它们彼此看不见，或者说它们对其他成员和环境只有很模糊的感知。但即便与其视力没有任何关系，它们照样具有看上去五颜六色的形态极美的外形（比如许多腹足纲的贝类）。

一

就拿我来说吧，当我贴在那块礁石上的时候，你说的是它吗？Qfwfq问，那海浪一起一落，我停在那里，平平的，吸吮着能吸吮的东西，全部时间都在想它。你若想知道关于那个时候的事，我可以讲的就很少了。我没有形态，就是说我不知道有什么形态，或者说我不知道自己可以有一种形态。我各部分都长了一点，长成什么样就是什么样；你们要说那是辐射对称式，就是我有辐射式对称，可我实际上并没有注意过。我为什么该在某一部分比别的地方长得更多点？我既没有眼，也没有头，身体各部位之间也没有任何区别；你们一定想说，我有两个孔，一个是嘴，一个是肛门，那就是双方对称，比你们所说的三叶虫也多不了什么；可是在记忆中那两个孔并无区别，东西的进出都在于我，我想让它经过哪里就经过哪里，进与出是一码事，只是后来才有了区分和过多的讲究。我时时幻想，这却是真的。比如我在腋下搔痒时，在腿搭腿时，还有一次让我的须子长成刷子式。我说这些都是为了给你们做解释：当时许多细节我都无法料到。我有一些细胞，它们大致相同，也都做着差不多一样的工作，无非是一张一弛一紧一松。由于我没有形态，我觉得自己就在所有形态中，能做所有动作、怪样和弄出点动静。总之，我的思想没有什么限度，而且不是思想，因为我没有一个可以思维的大脑，我的每个细胞都想自己一次可以想的，而且不是通过形象思维，因为我们没有任何形象，只是以一种不确定的方式感到自己在那里，并不排除其他方式的感觉。

我那时的条件是丰富的、自由的、满意的，但跟你们所想象的条件截然相反。我是光棍汉（那时的生产繁殖并不需要交配），健康而没有过分的奢求。一个人年轻时，自己面前的全部进化之路都敞开着，同时也可以尽情享受软体动物在礁石上那样平平的湿湿的美美的滋味。跟后来的种种限制相比，再想到要以一种形态排斥另外一种形态，会觉得突然那么身不由己，所以说还是我那时的生活最美好。

当然，我那时的生活全部集中于自身，真是无法与现在有种种关系的生活相比。我承认，或许是由于年轻，或许是由于环境影响，我当时有些自我欣赏。总之，我待在那里，全部时间都在观察自己。我看到身上的所有长处和短处，我喜欢我自己，不论优点缺点都喜欢；还应当注意到，我没有可供比较的对象。

可是我还没有落后到不晓得除了我之外还有其他事物存在：我

趴着的那块礁石，还有时时涌来的海水，还有其他的东西，世界。水是一种最可信赖的准确的信息工具：它给我带来可食之物，我用我的全部表面去吸食。其他不可食之物我也去吸食，它们能让我对周围的事物有所了解。办法是这样的：来了一股浪，我贴在礁石上，稍微抬起一点身子，但这是很难捕捉的感觉，只要我放松一点压力，哗啦一下，水从我身下过去，留给我的是实质、感觉和刺激。这种刺激你们可没有体验，有时痒得我要笑破肚皮，有时是一种寒战，有时是火辣辣的，有时又是渴望，总而言之，是一种不断的开心与激动的交替感受。你们不要以为我只是被动地张着嘴接受送到身边的一切：我很快就有了自己的经验。我能迅速分析出来，送到跟前的是什么东西，应该做出什么举动，以便最好地利用它，或者避免最不幸的后果。一切都在于收缩，或者凭借我的每个细胞，或者适时放松：我可以做出选择，拒绝吸吮或把吸入物吐出来。

这样，我知道，还有其他的生物存在，在我身边的东西都留下了痕迹，它们有的和我截然不同，有的跟我相似到让我讨厌。不，我现在正让你们觉得我的脾气是古怪的，这不是真的；每个个体当然都有自己关心的事，但其他个体的存在使我安然，向我表明我周围是一个可供居住的空间，让我不再怀疑只有我存在，否则我会觉得在被流放。

也还有异性者。水传来一种特别的振动，我记得我第一次发觉，或者说不是第一次，我发现，好像我一直就知道她们存在。发现了她们的存在，我有了一种好奇心，倒不是为了看她们，也不是要让她们看到我，因为首先我那时没有视觉，其次我们也没有区别：每个个体都与其他个体一样，看我看他或看她感觉都是一样的。我的好奇是要知道，我和她们之间是否会发生什么事情。我在受一种折磨，不是做什么特别的事，我知道没有什么事可做，更无特别之事可言，但要以某种方式对那种振动给予答复，回报以一种相应的振动，或者就是我自己的一种振动，让这种振动表现出确实与众不同，你们现在称作荷尔蒙的东西在当时对我是极美的。

喏，她们中的一个排卵了，嘶呋哩呋，嘶呋哩呋；而我就嘶呋噜呋，嘶呋噜呋，给卵子授精：一切都在大海里进行，混合在一起，在阳光下温和的水里，我还没有告诉你们，我感受到了太阳，它使水变暖，也使石头变热。

我说的是她们中间的一个。因为那些海水拍打在我身上带来的女性的信息，一开始，像味道相同的好汤一样对我没有什么区别，我并未注意到她们之间有什么不同。后来我明白了谁更适合我的口味，而这种感受是从前所没有过的。总之，我热恋上了，就是说，我开始识别出她，她们中间的一个不同于其他个体的她的信号。我等待着她的信号，而且对我期待的她的信号回报以我的信号，也就是说，我爱上了她，她爱上了我，今生还有比这更值得期望的吗？

现在的习惯变了，你们可能不理解一个人竟可以爱上某一个异性，却从未与之交往。她发给海水一种不容混淆的信号，海浪把信号传到我这里来，让我收到我想象不出的她的信息：不是表面的泛泛的信息，不像现在那种可以看得见、闻得着、摸得到、听得见的信息，而是实质性的信息，凭那些信息，我便能长时间地想象，我可以想象到细微之处，而不是想她的长相如何，这太庸俗，我想象她是如何从没有形态变成千姿万态，但始终还是她。换句话说，我想象的不是她的形态，而是她的特性，抓住其特性再赋予其形态。

我很了解她，但我对她又并没有把握，时时有所怀疑，有所焦急，有所渴望。我不泄露任何情绪，你们知道我的脾气，可是在我那副不动声色的面具之下，却有些我现在也不好坦白的虚假。我不止一次怀疑她背叛了我，她的信息不只发给我，也向其他个体传递，我不止一次认为捕捉到或发现了，她给我的信号中有不诚挚的调子。

我吃醋，可以说这倒不是对她不信任，而是对我自己没有把握：谁能保证她能明白我是我？她晓得我的存在吗？这种通过海水的两性关系，这么充分的完全的关系，我还能指望得到什么更多更好的吗？这种关系绝对是个性的，是两个又有别又结合的个体间的关系，而对于她呢？你能向我保证她不在其他一个两个三个或十来个上万个个体身上找到与在我身上相同的感觉吗？谁能保证她参与跟我的关系之前不曾对其他个体心醉神迷，不曾不分青红皂白草率了事，转而欣喜若狂地抛弃过初恋对象？而下一个又该轮到谁呢？

这种怀疑并不符合事实，我从她私下里发出的细声细气的振动中得到了确认，她在我们交换信息时始终那么焦急，那么腼腆。但是如果因为害羞和缺乏经验，她会不会不善于掌握我的特点，那么会不会有别人趁机混入呢？而她，不成熟的她，还以为第三者是我，不知道加以区别，结果我们之间最贴心最亲密的游戏不就要扩展到在一伙陌生的同类之中进行了吗？

我那时开始分泌一种钙质，我想做些什么，好让我的存在变得不可混同于别的个体，以我的有特点的存在保护她的忠贞。现在试图罗列词汇对我这种做法的新鲜独创性大加解释也没有什么用，我只用一个字就足矣，甚至还富裕："做！"我想做，我从未做过什么，也从未想过可以做什么，而现在做本身就是一件伟大的事。于是我开始做第一件事，就是给自己做贝壳：通过一定的腺体，从我身上那件肉披风的边缘部分吐出分泌液，这种液体形成一圈弧形，直到围着我成为一个坚硬的色彩斑斓的盾，其外表粗糙不平，里面却又滑又亮。我当然无法控制我自己的形态：我蜷缩在自己内部，悄然无声，动作缓慢，我继续着，在一扇贝壳覆盖我全身后，再开始做另外一扇。就这样，我长上了螺旋形的贝壳，你们会认为那是无比困难的事，其实只要坚持不懈，慢慢吐出那种黏液，不间断地始终如一，它就一圈一圈长大起来。

这个贝壳做成后成了一个必不可少的容身之处，一个让我得以生存的屏障，如果没有它可就糟糕了。可是我制作它并非因为它有这些用处，相反，正像一个个体想喊一声，并非他喊出的声音有多好听，喊“哇”或者“啊”也都一样，我做贝壳只是为了表示自我。在这个自我表示中，我注入了对那边的她的全部思念，我倾泻了她给我带来的所有恼火，我爱心眷眷地想着她，为了她使我成为我，为了我使她成为她，可以说，我的一切都注入了那个螺旋状的贝壳之中。

我分泌的钙质物有规则地出现了色彩，构成了螺旋形盘绕的连续不断的美丽色带。这个贝壳是一个不同于从前的我的东西，但也是我最真实的部分，是对我是何种人的最好解释，使我的肖像变为有节奏的、坚硬的、彩色的、螺旋形盘绕的样子。而这也是她的肖像，因为她也同时制作了一个跟我一模一样的贝壳，我不知道我当时在抄袭她的作品，她也不知道在模仿我的制作，其他所有同类都在仿照他人制作着全都一样的贝壳，使事情又回到原来千篇一律的起点。不过，这些贝壳说起来一样，细看就能发现许多微小的差别，而这在后来就可以变成很大的差异。

可以说我的贝壳是自己做的，我并没有特别注意让它成为这样或那样，当然这不意味着我三心二意，恰恰相反，我在进行分泌时一刻也不曾分心，从未想过别的，或者说我从来都在想别的，因为我绝不会想贝壳，而其余的又没有什么可想。但是伴随着这种制作贝壳的努力，我也在努力去想什么，或者说我在做的过程中努力想以后做什么。于是我的工作不单调无味了，因为我随之进行了思维上的努力，每个行动又分化出很多想法，每个想法又变成很多行动，每个行动又可以做成许多事情，而这一切都包含在贝壳的增长之中，一圈接着一圈的增长……

二

（现在又过了五亿年，我环视四周，看见礁石旁的斜坡上已经修了一条铁路，火车驶过，车上一位荷兰姑娘向窗外探望；最后一节车厢只有一个旅客，他在读一本两种文字对照的英雄史诗。火车消失在隧道里，上面的公路旁有一块牌子上写着“飞翔吧，埃及！”，画着金字塔。一辆摩托冰淇淋货车想超过一辆满载百科全书的卡车，可又突然刹车，排在卡车后边行驶。原来有一群蜜蜂飞过，使道路能见度骤降。这群蜜蜂是从地里的一排蜂房里飞出来的，一定是蜂王迁居，致使身后黑压压一片蜂群追随，从隧道另一端像火车的黑烟一般冒出来。这一阵蜂群和煤烟让人什么也看不见，只有一个农民还在地里抡着锄头干活，根本就没察觉他一锄头下去翻上来一块新石器时代的土，而他的菜地正围绕着一个天文观察站，望远镜对着空中，旁边坐着看门人的女儿，她正看一份周刊里关于星占的文章，周刊封面上是电影《埃及女王》女主角的脸。我看到这一切却毫无惊奇之感，因为做贝壳也含着蜜蜂在蜂巢里酿蜜，煤炭，望远镜，克莱奥帕特拉的王国，关于她的电影，英雄史诗中的战争与帝国，英雄史诗所用的文字和用所有语言译成的作品，包括荷兰的斯宾诺莎和百科全书里关于斯宾诺莎生平与作品的十四行概述介绍。这辆卡车终于被摩托冰淇淋货车超过，而我在做贝壳时也觉得做了和想了这些。

我四下张望，找谁？找我的她，我爱了五亿年的她。

我看见海滩上有一个荷兰女子，一位救生员晃动着一条金项链向她示意空中的蜜蜂。我认出来了，是她！从她耸肩时右肩几乎碰到脸颊的动作上看，可以肯定就是她，绝对肯定！只是那个天文观察站门卫的女儿也有点像，埃及女王的照片也似乎像是她；也许克莱奥帕特拉真有其人，就生存于对克莱奥帕特拉的表演中；或者她是那个带头飞行的蜂王；也许是那辆摩托冰淇淋货车挡风玻璃上贴着的剪纸女人，她身上穿的正巧跟海滩上的姑娘的泳装一样！海滩上的姑娘正在听半导体收音机里播送的一位女歌手的曲子，而那个运送百科全书的卡车司机也在听同一首歌。我肯定听了五亿年，当然是她的歌。我找寻的就是她，而我看到的是海鸥在海面上擦水而飞，水面上露出一群沙丁鱼的闪闪鳞光。我有一阵曾相信在一只母海鸥身上看到了她的影子，又有一阵怀疑她是一条沙丁鱼，但同样可能是英雄史诗里提到的女王或者女奴，是把书放到火车车厢位子上去跟荷兰游客聊天的那个乘客，也许她是荷兰姑娘中的哪一个，我几乎爱上她们中的每一位，同时又肯定是始终如一地爱着她一个人。

我越专心于对她们每个人的爱，就越不能下决心对她们说“是我啊！”。我害怕自己弄错了，更怕她弄错了：把我当成什么其他人，把其他什么人当成我，比如那个戴金项链的救生员，那个天文观察站的主任，或一只公海鸥，或英雄史诗的作者荷马，或那个已经来到海滩、身边围了一群荷兰姑娘的卖冰淇淋的人，或斯宾诺莎，或那辆载运百科全书的卡车的司机，或一只完成延续本种族使命后正濒于死亡的雄蜂。）

三

……这并不排除贝壳首先是贝壳，有其不可能另有别样的特殊形态，因为是我赋予它这种形态，是我能够并且愿意赋予它的唯一形态。贝壳有了一个形态，世界的形态也就发生了变化，就是说现在世界上又多了这种原本没有的形态。

这就产生了很大后果：因为光线的波浪式的颤动冲击到身体后引起特别的效果，首先是颜色，就是我用以做成贝壳的条纹的那些东西，它的振动就不同于其他；其次还有容量进入一种与其他容量形成特殊关系的状态；最后还有其他我尚未意识到的现象。

这样，贝壳能产生贝壳的可见形象，据知贝壳们彼此十分相像，但只是在这里，若在别处，便可能是在视网膜上生成，那么就是以视网膜为基础的另一种形象，而该形象又以脑为前提，这个脑又有它的视神经，视神经把外面的振动一直传送到里面，而神经的另一端是专门看外面有什么东西的眼睛。现在想起来还觉得可笑，一个有脑子的个体有一根神经分布着，像一根钓鱼线投入黑暗中，而这位只要不睁开眼睛就不知道外面有没有可看的事物。我当初还没有这种东西，还无权谈论它，但我有我的想法，重要的是建立一种可视形象，以后自然会随之产生眼睛。于是我集中精力于我的外部（当然我的内部也制约着外部），使它形成一种形象，一种后来说成是美好的形象，与别的形象比起来它们会相形见绌：不漂亮，有点丑或丑死了。

我想，某个躯体能够以一种可辨认的特殊方式发出或反射闪光的振动，那么，这种振动会产生什么样的结果呢？把它装进口袋里？不。接收后把它再发射给自己身边最近的地方？那种在振动面前不能利用振动的人，接收了振动就有些不舒服了吗？把头藏在一个洞穴里去？不，他会向那个地方探出头，直到那一点展示在他的视觉面前，使之感觉、发展有关的器官，将它作为形象接收下来。总之，眼、蛳脑的联系就是那个变成形象的外力，加上要捕捉任何形象的意愿的内力，形成从外面通到内部的一个通道。

我没有错，我现在还肯定这个设计在总体上是正确的，可我的错误在于以为视力既然会生在我的身上，也就会在她的身上。我制造了一个我自己的和谐的彩色的形象，为的是进入她的视觉接收系统，占据其中心地位并在那里长期稳定住，使她可以持续不断地享有我，除了在视觉上，再加上梦想与记忆中的占有。我感到在那同时她也发出了自己最美的形象，迫使我雾蒙蒙慢吞吞的感觉在自己视野里发展，成为后来的明亮清晰的视觉。

于是我们的努力使我们变成了在一定意义上完美的物体，那时还不知道是什么，我们变成了以自己形体而自我完美的完美者。我说的是视觉，是眼睛，但我没有预料到一点：最终要睁开眼睛彼此相望，但那时我们看到的却不是我们两个人，而是很多其他人和事物。

四周充满了无形无色的、内脏尽可能各就各位的长得好好的家伙，它们根本就不想着自己要做什么，如何表达自我，如何形成一个稳定的完美的形态，给看到自己的人一个丰富视觉的可能。它们来来去去，时而沉下，时而浮上，在空气、水和礁石之间无忧无虑地转悠着；而我们，我和她以及那些想从自身形成一种形态的人在那里暗中努力。由于我们的努力，那块从来没有区别的空间变成了一个可观的世界：谁利用它？这些外人，这些从前自己也没想到过看的可能（因为样子丑陋，即使互相看望，谁也不会有什么收益），这些原来对形态的爱好最麻木的人。而我们埋头做了大部分的工作，制造出可以看的事物，它们竟悄悄地占了最舒适便利的地位：适合于它们的懒惰，长出可以直接接收我们制作的形象的器官！可别说它们也付出了好一番辛苦劳动：它们头上长满那种黏稠的液体，可以因此而生成任何器官，何况它们已经有了感光器官，再升华也不难。但要完善已有的器官，我倒要看看它们会怎么个做法！如果没有可观看的物体，没有可视物，又怎么办呢？一句话，它们花费了我们的辛苦才有了视觉！

结果，视觉，我们一直期待着的视觉，却成了别人的视觉，发生了一场大革命：突然，在我们周围有人睁开了眼睛，有了角膜、虹膜和瞳孔。真蛸和墨鱼的肿大而乏味的眼睛，虾和龙虾的突出的眼睛，苍蝇和蚂蚁的复杂肿胀的眼睛，海豹那双又黑又亮小得像大头针一样的眼睛，蜗牛长长的触角尖上露出的球眼，海鸥毫无表情的眼睛探索着海面……一位潜水渔民戴着玻璃面罩在探索海底，一位船长的双眼在望远镜后面观望，一位女游客在那副大墨镜后把目光集中在我的贝壳身上，然后目光跟她的他相遇，就把我全然忘却。我被一副老花镜观察着，我觉得那是一个动物学专家的老花眼，他想看清我时，有一群刚出生不久的小沙丁鱼从我身前游过，它们小得每个小身体只能容下一只小黑眼，像一颗颗一只眼的黑微粒在大海里游动。

所有这些眼都是我的，是我使它们成为可能；我凭着自己的积极主动，给它们提供了基本的物质形象。有了眼就有了一切，所以凡有眼的一切东西，都是从我的工作成果变成的，它们各有其形态和职能，而其中都有我一份贡献。它们都与我有着关系，与我当初在那里的努力有着关联。总而言之，我预见了一切。

说到底，我就在那些眼底，或者说那些眼底有另外一个我，一个我的形象。而我的形象能与她的形象相遇，那是她的最忠实的形象。我穿过虹膜的半液体化球体、瞳孔的暗室、视网膜的镜宫，再漫无边际地向我们真正的元素扩展。

（张密　译）